29

글쓰는기계 게임 판타지 장편소설

초판 1쇄 찍은 날 | 2021년 1월 22일
초판 1쇄 펴낸 날 | 2021년 1월 29일

지은이 | 글쓰는기계
펴낸이 | 예경원

기획 | 위시북스
편집책임 | 이은송
편집 | 위시북스

펴낸곳 | 예원북스
등록번호 | 제396-2012-000132호
등록일자 | 2012. 7. 25
KFN | 제1-585호

주소 | 경기도 고양시 일산동구 호수로 646-24 위너스21II빌딩 206A호 (우)10401
전화 | 031-819-9431 팩스 | 031-817-9432
E-mail | yewonbooks@naver.com

ISBN 979-11-365-4957-0 04810
　　　979-11-6424-237-5 (Set)

Wish Books
나는 될놈이다
29
글쓰는기계 게임 판타지 장편소설
WISHBOOKS GAME FANTASY STORY

CONTENTS

나는 될 놈이다

CHAPTER 1

태현은 늙은 뱀파이어가 도망치려는 걸 바로 알아챘다.

"잡아!"

케인과 최상윤이 급히 달려가 뱀파이어의 어깨를 붙잡았다. 항아리를 빼지 못하도록.

"아키서스다! 아키서스! 뱀파이어 살려!"

"입도 막아!"

"읍읍읍!"

"빨리 뽑아!"

"읍! 으읍!"

늙은 뱀파이어는 눈물을 뚝뚝 흘리며 눈빛으로 호소했다.

-젊은 뱀파이어여! 너도 뱀파이어라면 아키서스 같은 사악한 종자와 어울리지 말고 정정당당하게 뽑아라!

그러나 한 재산 뜯긴 에반젤린에게 늙은 뱀파이어의 소리는 개소리일 뿐이었다.

"잘 뽑겠습니다!"

"으으으읍!"

[<봉인된 뱀파이어의 최고급 혈액>을……]

[<박쥐로 변신할 수 있는 밤의 망토>를……]

"나와! 나온다고!"

에반젤린은 신이 나서 실버를 늙은 뱀파이어에게 집어 던지며 뽑기 시작했다. 늙은 뱀파이어는 몸부림쳤지만 케인과 최상윤은 단단히 붙잡았다.

"야. 근데 이 뱀파이어는 아키서스를 어떻게 아는 거지?"

"대륙에서 명성을 떨쳐서 그런가?"

"오래 살아서 그런 거 아닌가? 앗. 잘됐군."

태현은 손바닥을 주먹으로 쳤다. 늙은 뱀파이어라면 아는 것도 많겠지!

"살라비안 교단을 알고 있나?"

늙은 뱀파이어는 시선을 피했다. 그리고 대답을 하지 않았다. 그는 오래 살았기에 경험이 많고 지혜로웠다.

뱀파이어들 사이에서 내려오는 <아키서스를 만났을 때 살아남는 방법>을 읽은 사람이었다.

아키서스를 만났을 때, 주변에 친구가 있다면 친구를 넘어뜨

리고 도망쳐라. 아키서스는 그 친구를 먼저 잡아먹을 것이다.

아키서스를 만났을 때, 혼자 있을 경우 가지고 있는 걸 모두 떨어뜨리고 도망쳐라. 아키서스는 그걸 줍느라 늦게 쫓아올 것이다.

위와 같은 방법을 모두 쓸 수 없을 경우 눈을 감고 아무 말도 들리지 않는 척을 해라. 아키서스의 말에 넘어가는 순간 무슨 짓을 해도 벗어날 수 없게 될 터이니 (중략) 아키서스한테 속은 이들 중에는 골드 드래곤도 있다고 한다.

다른 방법은 쓸 수 없었다.

눈 감고 입 닫기!

늙은 뱀파이어가 그렇게 저항하자 태현은 방법을 바꿨다.

"뭐, 말하기 싫으면 항아리나 더 뽑을까? 에반젤린. 준비됐지?"

차르륵!

에반젤린은 실버를 꺼내 늙은 뱀파이어 앞에 부을 준비를 마쳤다. 이제까지 쌓인 한을 풀고야 말겠다는 강한 의지!

"말…… 말하겠다! 제발! 제발 그만!"

결국 늙은 뱀파이어는 입을 열었다. 항아리 안에 있는 걸 다 털리는 것만은 참을 수가 없었던 것이다.

"난 살라비안 교단과 상관이 없다! 난 그냥 순진한 늙은 뱀파이어……."

"……뭐라고?"

"장사를 좀 했을 뿐……."

태현은 늙은 뱀파이어가 이상하게 친근해 보였다.

아!

'저놈 펠마스 닮았네!'

하는 짓거리가 펠마스 비슷했다!

"살라비안 교단과 상관이 없다고?"

태현은 그저 확인하려고 다시 물었다.

[최고급 화술 스킬을······.]

[늙은 뱀파이어 블라디가 매우 겁을 먹고 진실을 토해냅니다!]

[화술 스킬이 오릅니다!]

"조······ 조금은 관련이 있을지도······."

"······."

"안 죽인다고 약속해다오!"

블라디는 에반젤린의 발목을 붙잡고 늘어졌다. 그나마 여기서 가장 착해 보이는 건 같은 뱀파이어인 에반젤린뿐!

태현은 선선히 대답해 줬다.

"죽이진 않을게."

"진?"

죽이'진' 않는다고? 미묘한 어감에 에반젤린은 의아해했지만 블라디는 궁지에 몰려서 그런지 눈치채지 못한 모양이었다.

"그······ 살라비안 교단에 발을 담갔던 적이 있긴 한데······."

심지어 살라비안 교단 출신! 조금 관련이 있는 게 아니었다.

일행의 표정을 눈치챘는지 블라디가 다급히 말했다.

"몇백 년 전 일! 몇백 년 전 일이었다! 가입했다가 바로 나왔다!"

"……뭐 그렇다 치고. 나온 건 왜 나왔지?"

"시키는 게 많아서……."

뱀파이어 교단이긴 했지만, 뱀파이어도 나올 정도로 이것저것 시키는 게 많은 살라비안 교단! 뭐 주워 먹을 거 없나 하고 들어갔던 블라디 입장에서는 살라비안 교단에 오래 있을 이유가 없었던 것이다.

"흠. 들어갔다가 바로 나왔으면 아는 게 별로 없겠군."

블라디의 귀에는 '아는 게 별로 없겠군'이 마치 '아는 게 별로 없다니 널 죽이겠다!'로 들렸다.

이대로는 아키서스 당해 버린다!

"아는 게 많다!"

"가입했다가 바로 나왔다면서?"

"주교 자리까지는 했을지도……."

"그냥 두들겨 패면 안 되나요?"

유지수가 손을 들고 물었다. 타이럼 레인저들은 이럴 때 화살 좀 몇 개 몸에 꽂고 시작하던데!

블라디는 고개를 도리도리 흔들며 저항했다.

"그래. 주교까지 하신 블라디. 살라비안 교단에 대해 아는 거 다 털어놔 봐."

"안 털었다가 들키면 글자 하나당 화살 하나씩……."

"???"

"어, 다들 이렇게 안 하나요?"

쏟아지는 시선에 유지수는 당황했다. 타이럼 레인저들만 하는 방법인가?

"살라비안 교단 고위층들은 대부분 다 뱀파이어다."

"……지금 설마 그걸 정보라고 말한 거 아니지?"

블라디는 당황했다. 살라비안 교단의 고위층이 뱀파이어란 건 나름 비밀이었는데?! 요즘은 상식처럼 되어버린 건가?

"아…… 아니. 그게 몇백 년 전에는 비밀이었는데……."

"그거 말고는?"

"어…… 어……."

나온 지 오래되어서 쓸모 있을 정보는 거의 없을 것 같았다.

"교단이 부리는 괴수들에게는 약점이 있는데……."

"괴수들 다 죽었다."

"……대, 대주교가 쓰는 마법에는 비밀이 있는데……."

"대주교도 죽었어."

블라디는 기겁했다.

살라비안 교단에 무슨 일이 있었던 거야?! 설마 아키서스 당한 건가?

"그냥 죽여주십시오……."

블라디는 빠른 포기를 선택했다.

여기까지인가! 바라는 게 한 가지 있다면, 아키서스하지 말고 깔끔하게 죽여주기를!

"포기하지 마! 블라디!"

"맞아! 기억을 되살려 봐!"

태현 일행은 열심히 블라디를 응원했다. 그 응원이 더 섬뜩해 블라디는 괴로워졌다.

'그냥 죽여 좀!'

그러는 사이 태현은 블라디가 말한 것들을 되새겨보다가 무언가를 깨달았다.

"대주교 마법에 비밀이 있는 걸 알 정도면 친한 거 아니었나?"

"친…… 하지는 않고 가끔 피 마실 때 같이 마시는 정도?"

"저게 어느 정도로 친한 거야?"

"많이 친한 거."

에반젤린은 바로 대답했다. 태현은 블라디의 목에 칼을 겨누고 말했다.

목에 칼을 대면 다들 기억력이 좋아지게 마련!

"그렇게 친한 사이인데 대주교가 보물 어디다 숨겼는지 모르냐? 응?"

"대, 대주교는 보물을 자기 혼자 챙겨서 나는 하나도 못 받았…… 사실 몇 개 훔치긴 했는데 저 항아리에 다 있었다!"

그나마 몇 개 훔친 것도 태현 일행이 모두 뽑아가 버린 것!

'어라? 그러면 크네마 백작의 검은 원래 살라비안 교단 대주교가 훔쳐간 거였나?'

크네마 섬이 지금 뱀파이어들끼리 싸우면서 개판이 된 것 같던데……. 누가 악신 교단 아니랄까 봐 이곳저곳 싸움을 일으킨 모양이었다.

[규모로 보면 아키서스가 더······]

'시끄러.'

"네 성격에 대주교가 혼자 챙겨 가는 걸 가만히 보고 있지는 않았을 텐데. 뒤도 안 밟았나? 응?"

"밟긴 했는데 포기했지······."

"······?"

"어째서?"

"그야 대주교가 절대 훔칠 수 없는 곳에 숨겨놨으니까."

블라디의 말에 태현은 긴장했다.

대체 어느 곳에 숨겨놨길래? 다른 드래곤의 레어? 뱀파이어들만 들어갈 수 있는 특수 던전의 심층부?

"그게 어디지?"

"에랑스 왕국 은행."

의외의 장소에 일행들은 모두 할 말을 잃었다.

아····· 그래. 무언가 귀중한 걸 보관할 때는 은행이 최고지!

장소를 들은 이다비가 당황한 목소리로 말했다.

"태현 님. 에랑스 왕국 은행에 보관한 게 사실이면 큰일인데요."

에랑스 왕국 은행! 골드를 맡기면 이자도 조금씩 주고, 가방 무게가 무거운 플레이어들이 아이템을 안심하고 맡길 수 있는 보관 장소 중 하나였다. 무엇보다 에랑스 왕가가 직접 관리하고 있었으니까!

"아……!"

태현은 깨달았다. 대주교가 자기 이름으로 은행에 보물을 맡겨놨으면, 태현은 찾아갈 수가 없는 것이다.

어지간한 곳이면 들어가서 던전 깨고 훔쳐 나왔을 텐데, 저기는 은행! 일단 할 수 있는지부터 문제였고, 하더라도 에랑스 왕가와 원수 사이가 될 것이다.

안 그래도 적이 많은 태현 입장에서 에랑스 왕국마저 적으로 만들면?

'진짜 대륙 공적 되겠군.'

에스파 왕국이나 잘츠 왕국 같은 멀리 있거나 작은 왕국들을 빼고, 근처에 있는 왕국들과 모두 적이 되는 업적 달성!

다른 사람들이라면 일부러 하려고 해도 못 할 것이다.

"어떡하냐?"

"……가서 훔치는 건?"

"무리겠지. 그게 가능했으면 벌써 소문이 돌았을걸."

만약 에랑스 왕국 은행에 들어가 뭔가 훔칠 수 있다면, 은신과 도둑질 스킬 만렙을 찍을 수 있을지도 몰랐다. 도둑 랭커들도 한 번쯤은 눈독을 들여보지만 결국 다 포기하는 그곳!

"……가서 말을 걸어보는 건 어때요?"

이다비의 말에 태현은 의아해했다. 말을 뭐 어떻게 걸라고?

"들어가서 협박하라고?"

모두 손들어! 움직이지 마! 보물을 갖고 오면 목숨은 살려주겠다!

"……그게 아니라요. 태현 님은 화술 스킬도 높고, 왕위도 갖고 있으니까, 가서 말로 상황을 설명하면……."

"……그럴듯한데?"

원래라면 씨알도 안 먹힐 상황이지만, 태현은 경우가 좀 달랐다. 대륙에서 온갖 명성을 쌓은 덕분에 에랑스 국왕도 만나고 싶어하는 상황. 게다가 본인이 아탈리 국왕이기도 했다.

찾아가서 '그 대주교란 놈이 아주 나쁜 놈인데 아탈리 왕가 보물을 싹 훔쳐간 놈이니 좀 돌려주십쇼~'라고 잘 말한다면 의외로 허락을 받을 수 있을지도 몰랐다. 적어도 들어가서 강도질하거나 도둑질하는 것보다는 훨씬 더 나은 방법!

"……그러면 전 이제 놔주시는 겁니까?"

블라디는 은근슬쩍 존댓말로 물었다. 옆에서 보니 대화가 잘 풀린 것 같은데 나는 가도 되겠지?

"아니야. 보니까 넌 꽤나 도움이 될 거 같다."

"아…… 아니. 전 늙고 병들어서 도움이 되지 않을 겁니다."

"아니야. 내가 너와 비슷한 인상을 가진 놈을 아는데, 의외로 쓸모가 있더라고."

아키서스 교단에 펠마스가 있다면 살라비안 교단에는 블라디가 있다! 게다가 연기하고 사기 치는 솜씨를 보면 펠마스보다 한 수 위였다.

데리고 다니면서 좀 써먹어야겠다! 핏빛 군도에서 퀘스트가 아직 끝나지 않으니 이런 도움 되는 놈을 놓칠 수는 없었다.

"뱀파이어가 아닌 게 들키시면 매우 위험할 겁니다."

"그래. 그건 알고 있지."

"아키서스 교단인 게 들키시면 그것도 그것대로 위험할 겁니다."

"……."

복잡한 표정을 짓는 태현 일행!

"아키서스 교단은 뱀파이어도 믿어도 된다는데……."

"아니 어떤 미친 뱀파이어가 아키서스를 믿습니까?"

"죽고 싶냐?"

태현은 울컥해서 블라디의 멱살을 잡았다. 아키서스 욕은 해도 내가 하지 남이 하면 화난다!

"아, 아니…… 아키서스는 좀…… 믿는 뱀파이어가 있을 수도 있겠지만 보통은 안 믿겠죠."

"왜? 살라비안도 믿는 놈들이?"

솔직히 아키서스 교단이 살라비안 교단에 비교하면 훨씬 더 상식적이고 멀쩡하게 굴러가는 교단!

"무섭잖습니까."

"……."

태현은 할 말이 없었다. 그래, 뱀파이어도 아키서스는 무서울 수 있겠지!

"살라비안 교단은 들어갈 때 속을 걱정이 없거나, 최소한 들어갔다가 나오더라도 뭐라도 챙겨 나올 수 있겠지 하는 기대가 있는데 아키서스 교단은 그런 게 좀…….”

“알겠으니까 그만 말해.”

“제가 젊었을 때도 다른 뱀파이어들 사이에서 ‘어느 교단이 챙길 게 많을까’ 이야기했었는데 그때도 아키서스는 한 번도 안 나왔습니다.”

“알겠으니까 그만하라고.”

“……옙.”

블라디는 조용히 입을 다물었다.

닥치라는데 닥쳐야지!

‘크네마 백작의 검은 어떻게 써야 하나…….’

그러나 태현은 블라디의 경고를 생각보다 진지하게 받아들이고 있었다. 뱀파이어 아닌 게 들키면 페널티. 아키서스 교단인 걸 들키면…… 페널티인가?

[카르바노그도 잘 모르겠다며 고개를 갸웃거립니다.]

일단 뱀파이어들은 타 종족을 기본적으로 깔아보고 시작했다. 그런 만큼 다른 종족이 자기네 영지를 먹겠다고 하면 여러모로 페널티가 들어갈 것이다.

-인간 백작이라니! 우우!

-뱀파이어 아닌 주인은 용납할 수 없다!

그렇지만 아키서스 교단은?

-아키서스 교단이라니! 그런 사악한 교단은 받아들일 수 없다!

-아키서스 교단이라니! 너무 무섭다! 말 잘 들을 테니 제발 아키서스만큼은!

말을 안 들을지, 말을 잘 들을지 태현도 예상이 가지 않았다.

'일단 인간인 건 숨겨야겠지.'

괜히 페널티 받고 시작할 필요가 없었다.

"음……."

태현은 블라디를 빤히 쳐다보았다.

생각해 보니 얘 뱀파이어잖아?

"왜 그렇게 쳐다보십니까?"

블라디는 태현의 시선이 불안했는지 몸을 꼼지락거렸다. 전승에 따르면 아키서스의 시선을 오래 받으면 수명이 준다던데…….

"흠. 블라디. 이렇게 만난 것도 인연인데 내가 너한테 선물을 하나 주마."

"전 괜찮습니다!"

슥-

블라디의 목에 칼이 다시 들어왔다.

"받을래 말래?"

"감사히 받겠습니다…… 크흑!"

태현의 계획은 간단했다. 블라디를 간판으로 세워 크네마 섬을 먹는 것!

본인이 간판으로 나서서 먹는 것보다는 훨씬 더 간단하고 부담이 덜한 일이었다. 물론 블라디 입장에서는 하늘이 무너지는 소리였다. 왜 크네마 백작의 검을 가졌는데도 블라디가 이런 사기나 치고 있었겠는가.

'내가 그런 싸움에 어떻게 끼어들어!'

영지를 얻겠다고 싸우는 뱀파이어들은 다들 한가닥 하는 이들이었다. 그런 뱀파이어들 사이에 끼어서 '내가 검 찾았다! 내가 백작 된다!' 같은 소리를 했다가는 쥐도 새도 모르는 사이에 목이 잘려 나갈 수 있었다.

원래 고래 싸움에는 새우가 끼어드는 게 아닌 법!

"살려주십쇼!"

블라디는 엎드렸다. 짧고 굵게 죽기보다는 가늘고 길게 살고 싶다!

"아직 안 죽였는데 왜 그래?"

"혹시나 제가 백작이 되더라도…… 핏빛 군도의 다른 뱀파이어 백작들한테 암살당할 겁니다! 게네들이 얼마나 무서운데……!"

"음. 게네들이 무섭냐 아키서스가 무섭냐?"

블라디는 진지하게 고민해 봤다.

"……아키서스?"

"……게네들이 더 무섭다고 말해주기를 조금 바랐는데."

태현은 입맛을 다셨다. 솔직히 마음속으로는 '에이 그래도 그 백작들이 더 무섭죠!' 같은 대답이 나오기를 조금 바랐던 것 같았다.

그렇지만 블라디는 솔직했다. 이런 지나치게 솔직한 자식!

"블라디. 네가 살고 싶으면 방법이 있다. 다른 놈들을 겁먹게 만드는 거야."

"……?"

"그냥 네가 지나가다가 검 주워서 백작이 되었다고 하면 모두가 우습게보겠지만, 아키서스 교단을 등에 업고 백작이 되려고 한다면 다들 어떻게 생각하겠냐?"

"미쳤다고 생각할 것 같습니다."

슥-

"……두, 두려워할 것도 같습니다."

"그래. 두려움! 두려움을 잘 활용하는 거다."

누구보다도 두려움을 잘 활용하는 태현의 말에는 설득력이 있었다. 물론 선신 교단이 할 말은 아니었다.

[카르바노그가 이제 악신 교단으로 가는 거냐고 당황해합니다.]

"평소에 에반젤린 같은 호구들 뜯어먹을 때를 생각해 봐."

"야……."

"있어 보이는 현명한 뱀파이어인 척을 하면 다들 넘어가지 않았냐?"

"그런…… 그랬었습니다."

"그럼 이제 매우 무서워 보이는 정체불명의 뱀파이어 백작인 척을 하자."

"제가 잘할 수 있을까요?"

"잘못 하면 죽을 텐데 열심히 해야겠지."

"크하하하! 나, 크네마 백작의 정당한 계승자이자 공포를 모르는 자, 카테란드 바다의 질서를 가지고 온 자, 모든 토끼들의 주인이자 악마의 혓바닥을 가진 자, 사디크와 기타 등등 신의 힘을 빼앗은 자, 악마 공작을 속이고 쓰러뜨린 자. 드래곤을 쓰러뜨린…… 아니, 이거 좀 심하지 않습니까?"

블라디는 당황했다. 원래 이런 업적들은 상대를 겁먹게 만들고 움츠러들게 한다는 점에서 거창할 필요가 있었다.

그렇지만 정도가 있지. 악마 공작을 속이고 쓰러뜨리고 드래곤도 쓰러뜨리고 다른 신들의 힘도 빼앗은 자라니. 그게 말이 되나?

"이 정도는 해야 겁을 먹지 않나?"

"아니, 그래도 좀 말이 되야……."

"실제로 내가 한 일들인데?"

블라디는 기겁했다. 생각해 보니 살라비안 교단 대주교도 이 아키서스가 슥삭했던 것 같은데…….

너무 무섭다!

"뭐 그게 부담이 되면 그런 아키서스를 업고 있다고 해."

"아키서스 교단에서 무슨 자리를 맡고 있다고 할까요?"

"흠…… 대충 뱀파이어 전사라고 하자."

"너무 대충 아닙니까?"

블라디는 투덜거렸다.

감투란 자고로 이름이 멋있어야 하는 법!

"그럼 고위 뱀파이어."

"너무 대충……."

슥-

"……지어도 품격이 있는 것이 참으로 아름답습니다!"

"오냐."

법은 멀었고 칼은 가까웠다.

블라디는 현재 핏빛 군도의 세력과 크네마 백작의 섬에 끼어든 세력들을 설명하기 시작했다.

"핏빛 군도는 뱀파이어 귀족들이 언제나 싸우는 땅입니다. 이 중 몇몇 강력한 백작들이 있고……."

일행은 꾸벅꾸벅 졸기 시작했다. 너무 많고 복잡한 핏빛 군도의 세력들! 온갖 뱀파이어 귀족들이 서로 얽혀 있으니 듣는 것도 일이었다.

"아. 됐고. 크네마 백작에서 싸우는 놈들이 누구냐고."

"지금 남아서 싸우는 건 스카비오 백작과 안달토 백작……."

"그 둘밖에 없어? 뭐야. 쉽겠는데?"

"스카비오 백작은 에스파비오 백작과 밀라네 백작, 팔라치 백작…… 등의 지원을 받고 있고 안달토 백작은……."

"아. 작작해라."

태현은 짜증을 냈다.

"지원이고 뭐고 간에 일단 거기서 싸우는 건 둘밖에 없다는 거잖아?"

"나머지 군소 세력들은 다 쓰러졌고 이제 둘만 맞서고 있죠."

"잘됐네. 포병대와 기사단 불러와서 정면으로 쓸어버리기 좋겠다."

'포병대? 기사단?'

블라디는 고개를 갸웃거렸다.

"미, 미, 미, 미친……."

블라디는 입을 떡 벌렸다. 태현 일행이 잠시 사라지더니, 웬 무시무시한 놈들을 데리고 다시 나타난 것이다.

한쪽은 기묘하게 생긴 대포들을 우르르 끌고 다니는 정체불명의 미친놈들이었고, 다른 한쪽은 정체를 알아서 무서운 미친놈들이었다.

언데드 사냥 전문 기사단! 뱀파이어 입장에서는 팔다리가 덜덜 떨려오는 일이었다.

"가자! 저 섬인가?"

해안가 쪽에는 스카비오 백작의 깃발이 걸려 있는 진영이 보였다.

스카비오 백작에게는 안 된 일이었다. 반대쪽 해안가를 택했다면 당할 일이 없었을 텐데!

-침입자, 여기는 우리가 점령한 땅이다. 돌아가라! 접근하는 순간 네 피를 한 방울도 남기지 않고 마셔 버릴 테니!

"폐하! 처형하게 해주십시오!"

박쥐가 날아와서 말하자 그걸 본 기사들이 경련을 일으켰다.

뱀파이어다!

"그래. 가도 좋다."

"와아아아!"

"야. 잠깐. 아직 물 위인데……?"

기사들은 함성과 함께 물 위로 뛰어들었다. 헤엄치면 금방이지만 그래도 아직 땅에 닿지도 않았는데 내리다니?

-기사의 완벽한 돌격!

순간 기사들은 허공에서 말을 소환하더니 바다 위를 달려 빠르게 접근하기 시작했다.

'부럽다!'

기사들만이 쓸 수 있는 전용스킬! 태현은 감탄했다.

-뭐, 뭐야?

-기습이다! 기습!

갑자기 생각지도 못한 기사단이 쳐들어오자 뱀파이어들은 당황했다.

"에랑스 왕국 놈들이 감히 우리를 토벌하려고 기사단을 보내?!"

"용서하지 않겠다!"

"다른 백작들을 불러라!"

침입자가 있을 경우 똘똘 뭉치는 것이 핏빛 군도의 뱀파이어였다. 에랑스 왕국이 쉽게 토벌하지 못하는 데에는 이유가 있는 법!

"야. 외쳐야지."

"콜록, 콜록. 넵."

블라디는 마른 기침을 몇 번 하더니 준비했다.

"들어라! 콜록. 콜록."

야심차게 외친 블라디. 블라디의 목소리는 그대로 묻혀 버렸다.

챙챙챙!

"기사들을 막아라!"

"죽어라, 불결한 언데드들!"

중갑을 입고 덤비는 기사들, 그리고 그 기사들을 막기 위해 안간힘을 쓰는 뱀파이어들.

치열한 싸움 덕분에 블라디는 무시당했다.

"들어라! 들으라고!"

그제야 뱀파이어들이 고개를 돌렸다. 저 듣도 보도 못한 뱀파이어 놈은 누구?

"클클클…… 나는 블라디! 아키서스 교단의 고위 뱀파이어이자 기사단을 손에 넣고 부리는 강력한 뱀파이어다! 클클, 잘 들어라! 크네마 백작의 검은 내 손에 있다! 이 내가 크네마 섬의 정당한 백작이란 말이다! 내 앞에 무릎을 꿇어라!"

번쩍!

블라디는 검을 치켜들었다. 크네마 백작의 검이 사악한 빛을 발하고, 그 빛에 자리에 있던 뱀파이어들이 블라디를 인정하지…… 않았다.

[스카비오 백작의 뱀파이어들이 분노합니다!]

[스카비오 백작의 뱀파이어들이 당신의 선언을 인정하지 않습니다!]

[스카비오 백작 진영의 적대도가 올라갑니다!]

[당신의 목에 현상금이 걸립니다!]

이제와서 백작의 검을 찾았다고 '아, 네, 그러십니까' 하고 물러설 정도로 뱀파이어들은 친절하지 않았다.

"죽여!"

"놈의 검은 가짜다! 속지 마라! 그래도 뺏어라!"

인정하지 않고 뺏을 생각으로 가득!

블라디는 기겁해서 뒷걸음질 쳤다.

거리가 멀었는데도 무서워!

그러나 블라디는 잊고 있었다. 그의 옆에는 더 무서운 이들이 있다는 것을

쿵-

상륙을 마친 태현 일행과 아키서스 포병대가 공격을 준비하기 시작했다.

"발사 준비."

"공격! 공격!"

뱀파이어들의 절반은 기사단을 둘러싸고, 절반은 블라디를 향해 달려오기 시작했다. 달려오던 뱀파이어들은 도중에 떠들었다.

"저놈들은 근데 누구냐? 뱀파이어가 아닌 것 같은데."

"기사단도 아닌 거 같다."

"아까 저 뱀파이어 놈이 무슨 교단이라고 하지 않았나?"

"살라비안?"

"아니. 아키서스라고 했던 것 같은데."

"아키서스? 아키서스……?"

이 자리에 있는 뱀파이어들은 대부분 젊은 뱀파이어들이었다. 〈아키서스를 만났을 때 살아남는 방법〉 같은 건 읽어본 적 없는 뱀파이어들!

블라디는 한탄했다. 요즘 젊은 뱀파이어들은 겁이 없다고.

콰콰쾅!

살라비안 교단을 상대하기 위해 준비했던 아이템들. 그 아이템들이 화끈하게 뱀파이어들을 향해 날아가고 있었다.

달려들던 뱀파이어들이 싹 날아가자 그 뒤 뱀파이어들은 기겁했다.

저게 대체?

"드, 드워프들이 왔나?"

"이게 무슨……!"

[스카비오 백작 뱀파이어들의 사기가 내려갑니다!]

[스카비오 백작의 원한이……]

[아이템을 얻었습니다.]

[아이템을 얻……]

"용용이. 흑흑이. 나와서 경계 서라."

태현은 흑흑이도 꺼냈다. 뱀파이어 상태지만 여기 이 핏빛 군도는 햇빛이 잘 안 들어서 상관이 없었다.

'이런 장점도 있군.'

"안개로 변신해서 접근…… 크아악!"

"박쥐로 날아가서…… 크악!"

정면으로 돌격했다가 갈려 나간 뱀파이어들은 사방으로 흩어지고 각종 변신을 사용했다.

그러나 소용없었다. 아키서스 포병대들은 화염탄, 은탄, 각종 포탄을 바꿔가며 신나게 두들겨 팼다. 게다가 안개로 변신해서 접근하는 쪽에게는 용용이와 흑흑이가 화끈하게 마법을 갈겨댔다.

"저…… 저건! 뱀파이어 드래곤……?!"

"전, 전설의 뱀파이어 드래곤이다!"

"??"

-?????

[???]

태현도, 흑흑이도, 카르바노그도 당황했다.

뭐? 전설의 드래곤?

"야. 전설의 뱀파이어 드래곤이 뭐냐?"

"전, 전설의 뱀파이어 드래곤입니까 저게??"

블라디도 당황했다.

전설의 뱀파이어 드래곤이라고? 그게 왜 여기 있지?

"놀라지 말고 설명을 하라고."

"그…… 전설의 뱀파이어 드래곤은, 말 그대로 뱀파이어들 사이에서 전설처럼 내려오는 이야기인데……."

무시무시한 뱀파이어 드래곤! 이름만 들어도 엄청나게 강할 것 같은 느낌이 왔다. 언젠가 뱀파이어들의 왕이 뱀파이어 드래곤을 타고 나타나 뱀파이어들을 모두 무릎 꿇릴 것이라고!

"뭐? 그런 전설이 있어? 뱀파이어 놈들도 좀 웃기군. 드래곤 하나 타고 온다고 왕이 된다니. 그래서 되는 거라면 난 벌써 왕위가 2개였겠다."

드래곤 두 마리를 데리고 있는 태현 입장에서는 어이가 없었지만, 다른 일행들은 동의할 수 없었다.

'플레이어 중에서 드래곤 있는 건 너밖에 없거든……?'

남들은 하나 보기도 힘든 드래곤을 두 마리나 데리고 있는 태현!

"아니, 그런데 정말 뱀파이어 드래곤이 어떻게 있는 겁니까?"

블라디의 놀란 목소리에 흑흑이는 조금 기분이 좋아진 것 같았다.

경외심과 공포는 언제나 블랙 드래곤이 좋아하는 감정! 날 보고 좀 더 두려워해라!

"드래곤은 오만하고 거만한 종족이라 절대 뱀파이어가 되지 않을 텐데…… 대체……? 혹시 아키서스당한 겁니까?"

흑흑이는 깨달았다. 블라디가 놀란 건 경외심과 공포가 아니라, '아니 뭔 드래곤이 뱀파이어가 됐지? 모자란 놈인가?'에 가까운 감정이었다는 것을!

-크아아!

"으악! 아니. 혹시 몰라서 물어본 겁니다……!"

블라디는 급히 굽신거렸다. 호구짓을 해서 뱀파이어가 됐다고 해도 드래곤이었으니까. 일단 그보다는 강할 것!

"하긴 드래곤 중에서 뱀파이어 될 만한 놈을 찾기가 힘들긴 하겠지."

-주인님…….

흑흑이는 울상이 되어 태현을 쳐다보았다. 나름 학카리아스를 쓰러뜨리고 그 레어도 뺏었겠다, 이제 드래곤들 모임에 가서 어깨에 힘 좀 줘도 되겠다 싶었는데…….

-들었어요? 발칼레오스네 아들이 뱀파이어가 됐다는데요?

-정말요? 어떻게 긍지 높은 블랙 드래곤이 뱀파이어가 되지? 블랙 드래곤 맞아요?

-하여간 블랙 드래곤 망신은 다 시킨다니까!

'안 돼!'

흑흑이는 좌절했다.

"걱정 마라. 흑흑아."

흑흑이는 의아해했다. 걱정하지 말라니.

'혹시 대책이? 역시 대책이 있는 거였어!'

"여기서는 잘 먹히니까. 계속 여기서 지내면 되지."

─……주인님!!

흑흑이는 질색했다. 이 햇빛 한 점 없는 우중충한 섬에서 계속 지내라고?!

그러는 사이 스카비오 백작의 뱀파이어 진영은 완전히 박살이 나버렸다.

기사단의 돌격+아키서스 포병대의 사격+거기에 뱀파이어 드래곤의 등장까지!

[스카비오 백작의 뱀파이어들이 도망치기 시작합니다!]
[기계공학 스킬이……]

해안가에 설치되어 있던 간이 요새를 비우고 뱀파이어들이 도망치기 시작했다. 각종 경험치와 보상도 메시지로 들어왔다.

"블라디. 도망치는 놈들한테 말해줘야지."

"커험, 커허험…… 클클…… 나약한 놈들아! 전설의 뱀파이어 드래곤을 타고 온 나 블라디 앞에 굴복하라! 피의 제왕 블라디 님 앞에서 굴복하란 말이다!"

[핏빛 군도에서 블라디의 악명이 퍼져 나갑니다!]
[뱀파이어 암살자들이 블라디를 노리기 시작……]

"헉."

블라디는 기겁해서 태현을 쳐다보았다. 암살자?!

"흠…… 뭐, 괜찮을 거야."

"그, 그렇겠죠? 여기 아키서스 믿는 사람들이 있으니……."

암살자보다는 아키서스 믿는 사람들이 더 무섭겠지!

이상한 방식으로 안심하는 블라디였다.

"크네마 백작의 검을 가졌다고? 전설의 뱀파이어 드래곤을 타고 왔다고? 블라디란 놈은 대체 뭐하는 놈이냐!"

스카비오 백작은 분노했다. 어디서 듣지도 보지도 못한 뱀파이어 놈이 홀랑 나타나서 진영을 날려 버렸으니 분노하는 것도 당연했다.

"하지만 백작님! 전설의 뱀파이어 드래곤을 타고 왔다면……."

"전설의 뱀파이어 드래곤을 타고 나타났다면 조심해야 합니다!"

"크윽. 전설의 뱀파이어 드래곤이라면 어쩔 수 없지."

크네마 백작의 검은 어디서 주웠나 보다~ 하고 넘길 수 있는 뱀파이어들이었지만, 전설의 뱀파이어 드래곤은 그렇게 넘길 수 없었다. 넘기기에는 너무 강렬했던 것!

"그 블라디란 놈한테 사신을 보내라. 손을 잡자고. 놈을 이용하면 이 지겨운 싸움도 빨리 끝낼 수 있을지도 모르겠군."

스카비오 백작은 오래 산 교활한 뱀파이어였다. 한 대 얻어맞긴 했지만 그 정도는 참아줄 수 있었다.

중요한 건 이득! 경쟁자인 안달토 백작을 밀어내고 크네마 섬을 차지할 수 있다면 참아줄 수 있었던 것이다.

"옳으신 말씀입니다!"

"옳으신 말씀입니다. 그 블라디란 놈이 머리가 있다면 냉큼 손을 잡을 겁니다. 크헬헬."

"아무리 놈이 대단하다고 해도 아무 세력도 없는 놈 아닙니까!"

"뭐? 전설의 뱀파이어 드래곤을 타고 나타났다고?"

"그 전설의 뱀파이어 드래곤을 타고 나타났다고 합니다!"

"스카비오 백작과 싸웠다니. 더 잘 됐군! 사신을 보내라. 손을 잡자고! 같이 스카비오 백작을 몰아내는 거다!"

안달토 백작은 '쾅' 하고 팔걸이를 내려치며 외쳤다. 안달토 백작은 비교적 젊은 뱀파이어였다.

노회하고 교활한, 음모를 꾸미는 걸 좋아하는 스카비오 백작. 그에 비해 안달토 백작은 젊은 뱀파이어들과 같이 직접 싸우는 걸 좋아하는 혈기 있는 뱀파이어!

스카비오 백작이 마법사라면 안달토 백작은 전사에 가까웠다.

"안달토 백작님의 제안이라면 놈은 냉큼 받을 겁니다!"

"뱀파이어 제일검의 제안 아닙니까!"

두 백작이 신이 나서 사신을 보내는 것도 모르는 채, 태현 일행은 느긋하게 요새를 만들고 있었다.

[현재 크네마 섬의 점령율은 2%입니다.]

섬은 넓었고, 이런 지역 장악 퀘스트는 천천히 인내심을 가져가며 해야 했다. 그러려면 필요한 게 거점! 만약의 상황에 들어가서 버틸 만한 곳이 필요한 것이다.

다행히 뱀파이어들이 요새를 양보해 준 덕분에 재활용해서 쓸 수 있게 되었다.

[대장장이 기술 스킬이 오릅니다.]
[아키서스 포병대의 대장장이 기술 스킬이 오릅……]

다행히 아키서스 포병대의 드워프들은 대장장이 기술에 이골이 난 이들이었다.

뚝딱뚝딱-

순식간에 완성되어가는 요새 벽!

물론 문제가 아예 없는 건 아니었다.

[아키서 부족 전사들이 요새 벽을 파괴합니다!]

평생 망치라고는 남 대가리 깰 때만 잡아본 아키서 부족 전사들!

"……빨리 수리해라."

"옙."

민망해하는 아키서 부족 전사들은 더 빠르게 망치를 놀렸다. 아키서스 포병대가 대포 설치부터 요새 수리까지 전부 다 맡자, 데리고 온 경비병들은 슬슬 초조해지기 시작했다.

와서 아무것도 못 한 그들! 솔직히 역할은 거의 짐꾼에 가까웠다.

싸움이야 기사단과 포병대가 다 했고, 그들은 포병대 근처에서 창을 들고 '어? 뱀파이어 오나? 오나?' 하다가 싸움이 끝났으니…….

"폐하. 특수 능력도 없는 저희들은 뭘 할 수 있죠?"

"너흰 쓸모가 없다. 그냥 옆에서 구경이나 해라."

"……."

"농담이다."

"하하하하!"

"역시! 폐하! 농담도 대단하십니다!"

경비대장은 태현의 농담에 까르르 웃었다.

쓸모가 없을 리가!

"창 들고 저기 서 있어라."

경비대장은 고개를 갸웃거렸다. 저기에 대체 무슨 의미가?

"무슨 의미가…… 있죠?"

"뱀파이어가 습격해 올지도 모르잖아."

"아. 그렇군요!"

경비대장은 냉큼 경비병들을 데리고 보초를 서기 시작했다. 그걸 본 유지수가 고개를 갸웃거리며 물었다.

"쟤네들 정찰 스킬도 없고 시야도 넓은 편 아니라서 뱀파이어가 은신해서 다가온다고 해도 눈치채기 힘들지 않을까요?"

"응. 그냥 경험치 먹게 하려고 세워놓은 거야."

경비병들은 사실 별 쓸모가 없었다. 생각보다 포병대가 훨씬 강했던 것! 악마가 빙의된 대포를 뻥뻥 쏴대며 접근하기도 전에 녹여 버리니, 근접전이 벌어질 일이 별로 없었다.

그리고 근접전이 벌어져도 아키서 부족 전사들이 경비병보다는 잘 싸울 것 같긴 했다.

그래도 경비병들을 데리고 다니는 건 나중에 있을 보상! 잘 키워서 데려다주면 영주들이 보상을 줄 테니 그냥 옆에 세워놓는 걸로 충분했다.

'어지간히 급하지 않은 이상 쟤네들까지 싸울 필요는 없겠지.'

전력이 부족해서 언제나 태현이 먼저 뛰어들어서 개싸움을 벌여야 했던 때를 생각해 보니 감개무량했다.

전력이 강해지니 이렇게 쉽게 플레이가 되는구나!

마치 랭커 마법사가 된 기분이었다. 멀리서 손가락만 까딱거리는 걸로 몬스터들을 쓸어버리는 마법사!

근접전 직업들 사이에서 도는 농담이 괜히 있는 게 아니었다.

-전사는 3D 직업이야.

-마법사나 사제는 뒤에서 치고받지도 않는데 대우는 더 좋아. 젠장…….

실제로도 근접전 직업이 더 피곤하긴 했다. 마우스로 클릭하는 게 아닌, 실제로 칼을 휘두르고 방패로 막아야 하는 것이다. 하다 보면 정신적으로 빨리 피곤해질 수밖에 없었다.

그런 걸 질리지도 않고 계속 하는 태현이 이상한 놈이었지, 다른 사람들이 이상한 게 아니었다.

"어. 저기 뱀파이어다."

케인은 멀리서 백기를 들고 접근하는 뱀파이어들을 발견했다. 뱀파이어답게 언데드 말을 타고 오고 있었지만, 그래도 사신답게 제법 폼이 나는 겉모습을 갖고 있었다.

"흠. 그렇군. 발사!"

케인은 당황했다.

"야! 백기 들고 있잖아! 사신 아냐?"

"저건 우릴 방심시키려는 수작이다. 발사!"

태현은 이번 크네마 섬 공략에서 귀찮은 수작을 부릴 생각이 없었다. 이간계와 수작질은 힘이 부족할 때나 하는 법! 한번 싸워보고 나서 감을 잡은 것이다. 크네마 섬 정도는 그냥 이 전력으로 쓸어버릴 수 있겠다고.

언데드 전문 기사단과 포병대. 오히려 전력이 넘치는 편이었다. 그렇게 된 이상 굳이 귀찮게 수작을 부릴 필요가 없었다.

다 쓸어버리고 보상도 다 챙기자! 물론 악명은 블라디의 이름으로 생겼다.

[블라디의 악명이 핏빛 군도에 퍼져 나갑니다!]

"으아…… 으아아……!"
블라디는 그제야 진심으로 깨달았다. 왜 아키서스와 엮이지 말라고 하는지!

"저기 놈들이 보입니다."
"흥. 건방진 놈들. 요새를 수리하고 있군."
"우리를 두려워함이 아니겠습니까?"
뱀파이어들은 해안가에 자리 잡은 요새로 다가가며 지껄여 댔다.
"더 접근하지 말고 놈들이 오라고 해야겠다. 건방진 놈들 같으니."
"놈들이 먼저 요새를 공격한 것도 있으니 알아서 올 겁니다. 아쉬운 놈들 아닙……."
콰콰콰쾅!
"아, 아니. 미친! 뭐 하는…… 이게 무슨 짓이냐!"
말 걸기도 전에 날아온 포격!

뱀파이어들은 분노해서 고함을 질렀다.

태현은 심드렁하게 대꾸했다.

"감히 사신으로 위장해서 함정을 파려고 하다니! 블라디 님 께서 그걸 모를 줄 알았냐!"

"아…… 아니. 아직 그런 생각은 없었다!"

"우린 사신으로 온 거다! 당장 공격을 멈춰라!"

"아직이라고? 그럴 생각이 있긴 했군! 감히 블라디 님을 속 이다니! 블라디 님의 이름으로 너희를 용서하지 않겠다!"

"아, 아니……."

블라디는 말리려고 했다. 사신까지 공격하면 진짜 피도 눈 물도 없는 개×끼처럼 보이지 않을까?

물론 대부분의 뱀파이어들이 그렇긴 하지만 블라디는 그런 놈 으로 보이고 싶지 않았다. 이제 진짜 잠도 편하게 못 자겠구나!

"쓸어버려라!"

"크아악! 블라디 이놈! 감히 주인님의 명령을 받고 온 우리 를 이렇게 대하다니. 널 절대 용서하지 않겠다!"

양 백작들이 보낸 사신들은 탈탈 털리고 도망치면서 저주 를 내뱉었다.

"으아…… 으아아……."

블라디는 머리를 감싸 쥐고서 절규했다.

나는 그저 호구 뱀파이어들을 속이면서 착하게 살고 싶었을 뿐이었는데! 왜 내게 이런 시련을! 살라비안을 배반한 탓인가!?

그러거나 말거나 태현은 사신들이 도망치는 걸 느긋하게 구경하고 나서 말했다.

"좋아. 한동안 준비하느라 안 올 테니까 이 근처 점령 좀 해볼까."

영지를 얻기 위해 싸우는 이유가 무엇이겠는가. 영지에서 나오는 이익 때문! 만약 아무것도 없는 황무지라면 거길 갖기 위해 싸우는 사람은 없을 것이다. 뭐가 나와야 싸우지…….

태현은 이 주변에서 쓸 만한 게 뭐가 있나 찾아볼 생각이었다.

'크게 안 바라고 본전 정도만 나왔으면 좋겠는데.'

어차피 크네마 섬을 얻으려는 데에는 거창한 목적이 있는 게 아니었다. 아키서스 신앙 퍼뜨리기+겸사겸사 뱀파이어 전사들도 얻기 정도?

아탈리 왕국의 일부만 점령하고 있는 태현 입장에서는 핏빛 군도처럼 멀지 않은 섬에 영지를 하나 더 두는 건 나쁘지 않은 선택이었다. 만약의 상황에서 지원군을 불러올 수 있었으니까!

'그런데 그런 걸 하려면 뭐라도 좀 있어야…….'

영지가 좀 돈이 있고 풍족해야 뱀파이어 전사들을 팍팍 뽑아 군대로 쓰지, 아무것도 없으면 잘 뽑히지도 않았다.

'영지에 돈이 없어 뱀파이어들이 도망칩니다', '영지에 돈이 없어 뱀파이어들이 불만을 가집니다' 같은 메시지나 뜨겠지!

"으으음……."

"흐으으음……."

태현 일행은 주변을 돌아다니면서 뭐 쓸 만한 게 없나 찾는 시간을 가졌다. 그리고 결론을 내렸다.

와 뭐 이런 땅이 있나?

"핏빛 군도는 원래 이래?"

"뱀파이어 땅이 원래 이렇지. 뭘 바란 거야? 햇빛 잘 들고 곡식 잘 자라는 땅을 기대했어?"

에반젤린은 어이없다는 듯이 대답했다. 애초에 핏빛 군도는 햇빛이 들지 않는 뱀파이어 특화 땅.

그만큼 농사가 잘 되지 않았다.

"그래도 좀 심한데. 음…… 아키서스 신앙으로 어떻게 되려나……."

[햇빛이 들지 않아 농사에 페널티를 받……]

음산한 핏빛 버섯:
햇빛이 들지 않는 땅에서 뱀파이어들의 기운을 받고 자란…….

비쩍 마른 B급 젖소:
피를 많이 빨려서 마른 젖소다. 우유는 기대하지 않는 게 좋을…….

목장도 별로였고, 그나마 지역에서만 나오는 시약 몇 개 정도가 전부!

"아. 그래도 포도는 맛있어."

"뭐? 정말?"

태현은 에반젤린의 말을 미심쩍어하며 확인했다. 포도가 맛있다니.

'혹시 뱀파이어라 미각도 맛이 갔나?'

[괴식 요리의 길을 걷는 아키서스가 할 소리는 아닌 것 같다고 카르바노그가 말합니다.]

피를 받고 자란 아름다운 핏빛 포도:

핏빛 군도의 특산물인 붉은 포도다. 피를 많이 먹고 자랄수록 더 감칠맛 있는 맛을 낸다.

"어라? 진짜잖아?"

"……내 말이 그렇게 안 믿기니?"

에반젤린의 말은 못 들은 척 넘기고 태현은 이다비와 고민했다.

"포도는 쓸 만한 거 같은데, 어떻게 하지?"

"포도로 또 장사할 만한 아이템 만들어볼까요? 파워 워리어 표 팝콘처럼."

"좋은 생각이긴 한데 괜찮은 게 있나?"

"와인 어때요? 골짜기에서 팔면 사람들이 마시고 취해서 더 지를 것 같은데요."

지금도 모자라 더 긁어모으려는 둘!

일행은 그 철저함에 전율했다. 너무 무섭다!

[현재 점령하고 있는 지역의 경제 상태가 매우 좋지 않습니다.]
[현재 점령하고 있는 지역의 치안……]

대충 계획을 세웠어도 지금 점령하고 있는 곳이 개판이라는 건 달라지지 않았다. 여기가 그렇다면 크네마 섬의 다른 지역도 비슷하리라.

'아무리 핏빛 군도가 다 황량하다지만 이건 좀 심한데? 경제도 안 좋고 문화도 바닥이고 치안도 안 좋은 땅을 왜 이렇게 얻으려고 싸우는 거지? 무슨 다른 이유라도 있나?'

태현은 이상함을 느꼈다. NPC들이 그렇게 안 물러서고 꼬라박는 데에는 다 이유가 있는 법.

"블라디. 크네마 섬에 뭐 숨겨진 보물이라도 있나?"

"예? 그런 게 있으면 제가 먼저 가져왔죠."

솔직담백한 블라디의 대답!

"아. 그렇지만 크네마 백작이 워낙 대단했던 뱀파이어였으니까 숨겨놓은 보물이 있을지도……."

크네마 백작은 나름 고대 뱀파이어의 혈통을 이어받은 대단한 뱀파이어였다. 그런 만큼 크네마 백작의 성에는 대단한 보물들이 잠들어 있을 수도 있었다.

태현은 이해가 안 간다는 표정을 지었다.

"크네마 백작이 사라진 지 꽤 되지 않았나? 근데 성에 보물이 남아 있다고?"

"크네마 백작의 성에는 아무도 못 들어갑니다. 섬의 정당한 지배자가 아니면 문을 열어주지 않거든요."

〈크네마 백작의 성 안으로-핏빛 군도 지역 퀘스트〉

크네마 백작의 성에는 강력한 마법이 걸려 있어 권리가 없는 침입자를 막아낸다.

성문을 열고 안으로 들어갈 수 있는 방법은 하나!

섬의 정당한 주인으로 인정받아 크네마 백작의 후계자가 되는 것뿐이다. 섬의 정당한 주인이 되어 크네마 백작의 성 안으로 들어가라!

보상: ?, ???

'오······.'

태현은 퀘스트창을 보고 흥미가 생겼다. 다른 뱀파이어 백작들이 이러는 걸 보면 성안에 뭔가 있는 것 같았다.

강도······ 아니, 플레이어의 직감!

"한번 가볼까?"

"예? 아니, 성에 마법 걸려 있어서 아무도 못 들어가는데······."

"블라디. 고정관념을 버려. 포기부터 히면 쓰나."

블라디는 불안해지기 시작했다. 이 아키서스가 대체 무슨 아키서스를 하려고 이러는 거지?

핏빛 군도에 소문이 돌기 시작했다. 크네마 섬 영지전에 웬 새로운 세력이 나타났다고!

뱀파이어 플레이어들은 그 소문에 솔깃했다. 판온에서 뱀파이어 종족을 고른 플레이어들은 매우 숫자가 적었다. 뱀파이어 종족은 장점이 뚜렷했지만, 그만큼 단점들도 뚜렷했던 것! 덕분에 초보자 뱀파이어들은 핏빛 군도에서 주로 지냈다. 대륙에서는 햇빛을 피하는 것부터 시작해서 귀찮은 일이 많았으니까.

그런 와중에 갑자기 날아온 영지전 소식은 모두의 관심을 샀다.

-새로운 놈들이 나타났다고? 뭐하는 놈들인데?
-플레이어 같던데? 그리고 들어보니까 김태현이란 소문이 있대.
-김태현? 김태현이 왔다고?!

마치 아무것도 없는 시골에 스타가 온 것 같은 기분!

핏빛 군도에 태현이 왔다는 소문이 돌자 뱀파이어 플레이어들은 엄청나게 흥분했다.

진짜 김태현이 왔어?!

-아니. 김태현이 여기 왜 와?
-맞아. 뱀파이어 아니면 여기 올 이유가 없는데.
-그리고 김태현 지금 대회 때문에 미국에 있지 않나? 한참 마지막으

로 던전 돌면서 준비하고 있을 텐데.

……그러게?

확실히 설득력 있는 말! 얼마 있으면 대회가 시작하는데 어떤 미친놈이 던전을 안 깨고 여기에 있단 말인가.

그러나 뱀파이어 플레이어들은 미련을 버릴 수 없었다.

정말 김태현이라면…… 이번 기회를 놓친다면…….

'평생 후회할 거야!'

-너 어디 가냐?

-그러는 너는?

-김, 김태현 맞나 한번 확인만 해보려고…….

-크흠. 나도 한번 확인만 해보려고. 믿지는 않는데~ 그냥 어떻게 된 일인지 보려는 거지.

-나, 나도 그래.

뱀파이어 플레이어들은 서로 민망한 표정으로 움직였다. 아까까지는 '그게 말이 되냐' 하고 구박하던 플레이어들도 슬쩍 끼어 있었다.

진짜였으면 좋겠다!

"진⋯⋯ 진짜잖아?!"

멀리서 하품을 하며 거대한 대형 망치를 휘두르고 있는 사람.

저건 케인이었다! 뱀파이어 플레이어들은 깜짝 놀랐다. 정말 케인이라니. 그렇다면 김태현도 여기 있단 말인가?

"헉. 뭐야?"

요새 벽을 보강하고 있던 케인은 질겁했다. 해안가로 소형 나룻배 수십 척이 몰려오고 있었던 것이다.

태현은 블라디를 데리고 크네마 성으로 떠나면서 케인에게 명령을 내렸다.

"내가 돌아오기 전까지는 공격 안 할 거 같지만, 공격할 경우에는 네가 알아서 잘 막아."

포병대부터 기사단까지 다 두고 갔으니 아무리 케인이라도 막을 수 있을 것이다. 전술 스킬이 낮더라도 포병대나 기사단은 알아서 잘 싸울 수 있는 이들!

케인은 꿀꺽 침을 삼켰다.

'그⋯⋯ 그래! 이번 일을 잘해서 나도 전술가로 명성을 날려 보는 거야.'

판온에서 대규모 지휘를 잘하는 플레이어들은 극히 소수였다. 수십, 수백 명이 넘는 플레이어들을 어디로 보내고 어떻게 싸워야 할지 결정을 내리는 건 아무나 할 수 있는 게 아니었다. 그러나 그만큼 잘하는 사람들에게는 명성이 따라붙었다.

최고의 전술가나 마법사나……

태현 관련 기사를 보면 저런 별명들이 꼭 들어갔다.

–〈전술의 마법사〉 김태현, 평원에서 길드 동맹을 격파하고 블랙 드래곤을……

–PVP만 잘하는 게 아니다! 판온 최고의 전략가, 김태현을 분석한다!

케인은 태현처럼 그런 폼나는 별명 하나 정도는 받고 싶었다.

〈튼튼한 인간 방패〉 케인, 〈논개〉 케인 같은 별명 말고!

투기장 대회 때 한번 붙은 별명은 쉽게 사라지지 않았던 것이다.

'논개라고 부른 놈 잡히면 진짜……'

케인은 그렇게 생각하며 공격 선언을 하려고 했다.

"케인 님!!"

"케인 님 맞으시죠!!"

"어…… 어?"

케인은 들어 올렸던 팔을 슬쩍 내렸다. 나룻배에서 내린 뱀파이어들이 반짝반짝 눈을 빛내며 달려왔던 것이다.

"맞, 맞는데."

"역시!!!!"

"여기는 무슨 일로 오셨습니까?"

"여기 오래 계실 거죠?"

"근데 곧 대회 아니에요?"

"김태현 님은 어디 계시죠?"

케인을 둘러싸고 우르르 질문을 던져내는 뱀파이어들!

마치 스타를 직접 만난 팬 같았다.

케인은 그 대접에 당황하면서도 기뻐했다.

'뭐, 뭐지? 함정인가?'

"점점 더 음산해지는군."

"아. 예."

"여기 뭐 알려진 함정이나 피해야 할 만한 자연지형 있나?"

"없을걸요."

"그래…… 너 지금 도망치려고 눈 굴리는 거 아니지?"

블라디는 기겁했다. 어떻게 알았지?!

"블라디. 도망치는 건 좋지만 하나만 생각해라."

"……?"

"살라비안 교단도 도망치다가 나한테 잡혀서 전부 다 죽었는데 네가 도망칠 수 있겠냐?"

[블라디가 공포에 질립니다!]

[최고급 화술……]

[블라디의 공포가 최대치에 달합니다!]

"제, 제가 어떻게 도망칠 생각을 하겠습니까? 폐하께서 저한 테 주신 은혜가 얼마나 큰데……."

"하하. 알긴 아네."

태현은 그렇게 말하고서 멈춰 섰다. 저 멀리 언덕 위에 높게 솟아오른 크네마 백작의 성이 보였다.

'수상쩍긴 한데…….'

안 그래도 어두운 핏빛 군도. 크네마 백작 성 근처는 더욱 어두웠다. 구름 사이로 들어오는 빛 한 줄기 없을 정도로.

'뭐, 도망칠 수는 있겠지.'

태현의 자신감은 확실했다. 언제 어느 상황이 닥치더라도 자기 목숨 하나는 챙겨서 도망칠 수 있을 것 같은 자신감!

[카르바노그가 바로 그게 아키서스의 자신감이라며 손뼉을 칩 니다.]

자신만만하던 태현은 표정을 구겼다.

'아니, 난 아키서스하고 다른…….'

[아주 똑같다고 카르바노그가 말합니다.]

'……됐다.'

태현은 성 가까이 다가갔다.

[섬의 정당한 지배권을 얻지 못했습니다. 크네마 백작의 성이 접근을 거부합니다!]

[<흡혈성의 저주>가 덮쳐옵니다!]

[가까이 올수록 불운이 심해……]

괜히 다른 뱀파이어들이 성을 내버려 둔 게 아니었다. 뭘 하기도 전에 접근만 하면 각종 저주가 쏟아져서 행동불능으로 만들어 버리는 것!

실제로 블라디는 발 한번 뻗었다가 넘어져서 구덩이 밑에 빠진 다음 언덕 밑으로 굴러떨어지기 시작했다.

태현은 저 멀리 굴러가는 블라디를 보며 의아해했다.

왜 저래?

"도망치는 거 아니지?"

"이게 그걸로 보입니까 이 샊…… 아니, 폐하!"

블라디는 뭔가 이상하다는 걸 깨달았다.

쟤는 왜 멀쩡해?

"이런 치사한 성 같으니…… 설마 사람을 차별하는 거냐! 같은 뱀파이어끼리 이래도 되는 거냐! 당장 저놈에게도 저주를 내려라!"

블라디는 성에게 삿대질을 하며 따졌다. 멀리서 지나가는 뱀파이어들이 그걸 보고 머리에 손가락을 대고 빙빙 돌렸다.

뭐야 저 늙은 뱀파이어? 미쳤나 봐!

"블라디. 나한테 들리는 거 알고 있지?"

"……폐, 폐하 말고 다른 사람한테 한…… 저기 지나가는 뱀파이어들 있잖습니까."

너무 멀어서 잘 보이지도 않는 뱀파이어들!

"그리고 저주가 안 내린 게 아니다. 내렸는데도 별 효과가 없군."

"예? 어째서? 설마 아키서스의 힘……!"

"그렇지."

아키서스는 행운의 신. 흡혈성의 저주가 아무리 불운을 몰고 와도 태현한테는 통하지 않았다. 그러나 블라디는 다른 식으로 이해한 것 같았다.

"하긴, 아키서스가 저주의 신 그 자체니 어지간한 저주는……."

"……아키서스는 행운의 신이다."

"아. 그랬었죠."

무심코 본심이 나온 블라디였다.

"폐하. 그러면 저는 여기서 기다리고 있겠습니다."

블라디는 어울리지 않게 반짝거리는 눈빛으로 말했다.

이건 기회다! 도망칠 기회!

"응? 아냐. 내 옆에 바짝 붙어라. 그러면 불운도 커버가 될 거야."

"아…… 아니. 그렇게까지 해서……."

"나도 화살받이 하나는…… 아니, 부하 한 명은 있어 줘야 공략이 쉽거든."

"방금 화살받이라고 하지 않으셨습니까?"

"아냐. 화살받이라니. 넌 이번 성 공략에서 케인 같은 역할을 하게 될 거다."

"그게 뭔지는 모르겠지만 별로 안 좋은 것 같습니다……"

케인이 뭐지? 아키서스 교단에서 노예를 의미하는 단어인가?

블라디는 질색했다. 그러거나 말거나 태현은 천천히 성 근처를 돌면서 진입 방법을 확인했다.

'해자는 깊게 팠고 성벽은 높군…… 날아서 들어가면 되나?'

성벽을 보니 저 성벽을 타고 기어오르는 건 꽤나 힘들어 보였다. 가파르고 경사진 데다가 곳곳에는 기어오르는 사람을 막기 위한 함정까지!

"여기 날아가서 들어가 보려고 한 사람은 없나?"

뱀파이어들은 비행이 편한 종족이었다. 조금만 레벨이 높아져도 박쥐 변신이나 다른 동물로 변신할 수 있는 스킬을 얻었으니까. 흡혈성 정면 접근이 안 된다면 위에서 뛰어내려서 들어가는 방법이 먹힐지도…….

"당연히 있습니다."

"어떻게 됐지?"

"추락하던데요……."

"음…… 그래."

태현은 블라디를 붙잡았다.

-행운 전환!

[일시적으로 행운이 민첩으로……]

'이런. 잘못 뽑았군.'

-행운 전환!

[일시적으로 행운이 힘으로……]

'됐다.'
"폐, 폐하. 왜 절 붙잡으시고……."
"블라디. 날아봐라!"
태현은 블라디를 붙잡고서 위로 던졌다.
언제나 가장 좋은 방법은 직접 경험해 보는 것! 그냥 불운으로 인한 저주만 날아온다면 날아서 들어갈 것이고, 다른 저주도 있다면 보고 생각을…….

[무지막지한 괴력으로 뱀파이어를 집어 던졌습니다! 명성을 얻습니다!]
[신성 스탯이 오릅니다.]
[투척 스킬이 오릅니다.]

"으아아아아! 저주하겠다! 아키서스!"

블라디는 허공에서 허우적거리며 재빨리 박쥐 변신을 하려고 했다.

성벽 위에 착지해야 한다!

[흡혈성이 날아오는 침입자를 용서하지 않습니다! 성벽이 높아집니다!]

"와."

태현은 놀랐다. 저 성은 마치 살아 있는 것 같았다. 접근하는 상대에 맞춰 성벽이 올라가다니.

쾅!

블라디는 그대로 성벽에 박았다. 소리가 묵직한 게 꽤나 아파 보였다.

'안 죽었겠지?'

[흡혈성이 성벽을 기어오르는 침입자를 용서하지 않습니다!]

"아냐! 기어오르는 거 아냐! 내려갈 거야! 잠시 부딪힌 거다!"

블라디가 애절하게 외쳤지만 흡혈성은 들어주지 않았다.

"크아아아악!"

블라디는 감전된 것처럼 부르르 떨더니 그대로 성벽 아래로 떨어졌다. 태현은 잽싸게 블라디를 받았다.

"괜찮냐?"

"안 괜찮다! 세상에 그런 무식한 방법을…… 늙은 뱀파이어를 이렇게 괴롭히는 법이 세상에 어디 있단 말이냐!"

어찌나 무서웠는지 존댓말도 사라진 블라디!

"그러면 다음에는 대포로 쏴줄까? 그게 더 나았으려나."

"……폐하. 제가 잠시 정신이 나갔었나 봅니다."

CHAPTER 2

'역시 성문인가?'

태현은 성문으로 접근했다. 불운이 심해진다는 메시지창이 계속 떴지만 태현에게는 영향을 주지 못했다.

'앗. 이거 더 안으로 들어가면 경험치 작업 할 수 있는 건가?'

태현은 문득 생각이 들었다. 솔직히 흡혈성 중앙에 도착해도 태현의 행운 스탯은 전부 다 깎이지 않을 것 같지만…… 그것만 해도 어딘가! 적어도 레벨업에 필요한 경험치 양은 줄어들 게 분명했다.

'그러려면 들어가야 하는데…….'

태현은 〈고대의 망치〉를 꺼냈다. 활활 타오르는 오러가 달린 망치에 블라디는 움찔했다.

'성기사인가?!'

블라디는 알지 못했다. 태현이 철거업자 관련 칭호를 받을 정도로 수많은 성문들과 건물들을 박살 내왔다는 것을!

꽝!

[<꿈틀거리는 흡혈성의 정문>은 대미지를 받지 않습니다.]

꾸르르륵-

[<꿈틀거리는 흡혈성의 정문>이 자격 없는 침입자에게 분노합니다!]

퉤에엣!

성문에 입이라도 달린 것처럼, 성문이 붉은 피의 가시를 쏘아댔다. 물론 태현이 이제 와서 이런 거에 겁을 먹을 사람은 아니었다.

캉! 카캉! 카카캉!

검으로 쳐내고 막아내고 반격의 윈까지 사용해서 되돌려줬다.

[흡혈성의 힘으로 <꿈틀거리는 흡혈성의 정문>이 회복합니다!]

블라디는 눈 하나 깜박하지 않는 태현의 모습에 감탄했다.

과연 아키서스답게 무시무시하다! 뱀파이어를 도륙하면서도 눈 하나 깜박하지 않을 것 같은 담대함!

"왜 그렇게 쳐다보냐?"

"폐하의 모습이 너무 멋있으셔서……."

[……?]

어쨌든 다른 사람들이 흡혈성을 뚫지 못하는 이유를 알 것 같았다.

접근하는 순간부터 불운 저주. 그 불운을 버티고 어떻게든 스킬을 써서 기어오르거나 날아오르려고 하면 성이 살아서 움직여 침입자를 막아냈다.

성문으로 뚫어보려고 해도 성문은 빠르게 대미지를 회복했다. 불운 상태에서 성문의 반격까지 막아내면서 뚫을 수 있는 사람은 얼마 없을 것이다.

'물론 그렇게 귀찮게 할 필요 없지.'

-살아 움직이는 폭탄!

태현은 성큼 다가가 성문을 폭탄으로 바꿔 버렸다.
그리고 뒤로 물러섰다.

[카르바노그가 당황해합니다.]

'왜? 이런 일 한두 번 하는 것도 아니잖아.'

[성이 통째로 날아가면……]

'……아, 아니. 설마 그럴 리가.'
태현은 카르바노그가 무슨 소리를 하는지 깨닫고 멈칫했다.
'저 성은 통째로 움직이는 놈이고, 저 성문은 따로 있는 일개 부품 같은 거잖아. 성까지 날려 버릴 수준은 안 될 거라고.'

[카르바노그가 당신의 기계공학 스킬을 지적합니다.]

성문이 성보다는 약해도, 태현의 기계공학 버프를 받으면?
'……취, 취소해야 하나?'
콰아아아아아아아아아아앙!
"으아아아악!"
블라디의 비명이 주변을 채웠다.

[<꿈틀거리는 흡혈성의 정문>을 폭발시켰습니다!]
[기계공학 스킬이 오릅니다.]
[명성이……]
[현재 블라디의 이름으로 일을 벌이고 있습니다. 핏빛 군도에서 블라디의 악명이 높아집니다!]

태현은 눈이 뜨인 것 같았다.
아. 나는 이제까지 정말 정직하게 판온을 해왔구나! 정직하

게 악명을 스스로 다 받다니. 앞으로는 다른 사람을 앞세워서 악명을 세탁해야겠다!

[카르바노그가 고개를 절레절레 흔듭니다.]

'후. 판온을 너무 착하게 했어.'

[?????]

카르바노그가 놀라거나 말거나 메시지창은 계속해서 나왔다.

[흡혈성이 정문을 회복시키려고 합니다!]

"앗. 들어가야지."
태현은 엎드려서 떨고 있는 블라디의 멱살을 잡고 앞으로 뛰었다.

[크네마 백작의 흡혈성 안에 처음으로 입장했습니다!]
[명성이 크게 오릅니다!]
[레벨 업 하셨습니다.]

'오……!'
아까 성문을 날려 버린 것에 더해서 아무도 들어오지 못한 곳에 들어온 보너스까지.

'거기에 행운이 좀 낮아져서 그런 건가?'

현재 레벨 148. 이제 150도 멀지 않았다. 예전에는 '난 레벨 100도 못 갈 거 같다' 생각했지만, 사람은 어떻게든 성장하는 법이었다. 다른 놈들은 300을 향해 달려가고 있었지만……. 그건 모르는 척하자!

'어라. 공포 스탯이 9,995네?'

공포 스탯. 높으면 눈빛을 보내는 것만으로도 적한테 위압감이나 각종 상태 이상을 주고, 상대방의 공포에 저항할 수 있는 스탯이었다. 힘이나 민첩, 체력이나 지혜만큼은 아니어도 높아서 나쁠 건 없는 쏠쏠한 스탯!

태현은 게임 초반에 〈공포를 모르는 자〉라는 사기 칭호를 받아서 각종 보스 몬스터를 상대할 때도 겁을 먹지 않았기에, 공포 스탯이 좀 의미가 없긴 했다.

'1만 찍으면 스킬 같은 게 나올 거 같은데…….'

[크네마 백작의 흡혈성 안에 들어오는 데 성공했습니다.]
[크네마 백작의 검을 갖고 있습니다.]
[크네마 백작의 흡혈성이 당신을 주인으로 인정합니다!]
[성의 권리를 얻습니다!]

파아아아앗!

안에서 몬스터가 나오지도 않고, 던전을 깨지도 않고, 성은 순순히 권리를 넘겨줬다. 태현 앞에 메시지창이 떴다. 성을 관리할 수 있는 성주 권한 메시지창이었다.

이렇게 그냥 준다고?

태현과 블라디는 당황한 표정으로 서로를 쳐다보았다. 몰래 들어올 생각을 하긴 했지만 이렇게 날로 먹을 기대는 하지도 않았는데……!

"아니. 몬스터도 없나? 아까 그렇게 잘 막더니……."

태현은 아쉽다는 듯이 주변을 두리번거렸다.

내 경험치! 기껏 불운 페널티 받고 경험치 좀 빠르게 올리나 했더니…….

그러나 사방을 돌아봐도 잡을 만한 몬스터는 보이지 않았다. 보이는 건 그저 블라디뿐.

"폐하? 왜, 왜 그렇게 쳐다보시죠?"

"아냐. 아무것도."

성주가 된 이상 불운 페널티도 사라졌다. 아쉽지만 포기할 수밖에 없었다.

"일단 애들 다 불러야겠군."

해안가에 있는 임시 요새보다는 여기 성이 훨씬 더 싸우기 좋을 것이다.

다른 뱀파이어 백작들이 소식을 듣기 전에 움직여야지!

다른 뱀파이어 백작들이 들으면 황당하다 못해 뒷목을 잡을 이야기였던 것이다. 웬 갑자기 튀어나온 놈이 성을 먹튀해 간단 말인가. 눈이 뒤집혀서 덤벼들어도 이상할 거 없었다.

태현은 일행을 호출한 다음, 성의 상태를 하나씩 확인해나 가기 시작했다.

군사력: F등급, 경제력: F등급, 기술력: F등급, 종교력: F등급, 발 전도: F등급, 영지 골드: 0…….

와! 이런 쓰레기 성이 있다니! 여기에 비교하면 절망과 슬픔 의 골짜기는 젖과 꿀이 흐르는 땅이었다.

태현은 한숨을 쉬었다.

'생각해 보니 어차피 여기는 블라디 저놈이 다스릴 성이니 까…….'

보면 볼수록 백작들이 탐내는 이유가 이해가 가지 않았다. 태현은 성 내 시설 리스트를 켰다.

[흡혈성의 망루-다 부서져가는 망루지만 올라가면 일단 싸울 수는……]

[흡혈성의 막사-뱀파이어 전사들이 훈련되는 곳이지만 지금 안에는 아무도 없습니다.]

"……."

[흡혈성의 거대한 심장-흡혈성의 중앙에 있는 거대한 심장입 니다. 이 흡혈성을 살아 움직이게 만드는 힘의 근원입니다.]

"오……?"

그래도 뭔가 좀 그럴듯해 보이는 게 있다?

[카르바노그가 이걸 보라며 쿡쿡 찌릅니다.]

'왜? 더 좋은 게 있어?'

[흡혈성의 토끼 사육장-지금은 텅텅 비었지만 한 때는 토끼가 있었던 곳입니다. 크네마 백작은 토끼를 좋아했습니다.]

태현은 떨떠름한 표정으로 토끼 사육장 설명을 껐다.

[카르바노그가 화를 냅니다.]
[탕탕탕! 탕탕탕탕!]

'아. 시끄러.'
토끼 발로 땅바닥을 두드리는 소리를 내자 의외로 거슬렸다. 결국 삐지는 카르바노그!

[카르바노그가 말을 무시합니다.]

'⋯⋯알겠어. 토끼 사육장부터 확인해 볼게.'
태현은 카르바노그를 달랬다. 카르바노그가 세력도 적고 아는 사람도 별로 없는 마이너한 신이긴 했지만, 그래도 신은 신이었다. 대부분의 신들이 떠난 대륙에서 신이란 것만으로도 대단한 것!

실제로 카르바노그는 태현에게 꽤나 많은 도움을 주고 있었다. 신이었기 때문에 남들이 모르는 지식도 많이 알고 있었던 것이다. 덕분에 태현도 몇 번이고 도움을 받았으니 카르바노그를 삐지게 할 수는 없었다.

달래줘야지!

'뭐, 토끼 사육장 정도야 별거 아니니까…….'

토끼 사육장은 무슨 〈연금술사 길드〉나 〈보석 세공사의 집〉 같이 비싼 시설도 아니었다.

이름만 들어도 견적이 나온다! 대충 철창 만들고 사료 구해서 뿌려놓으면 토끼 사육장은 끝이었다. 게다가 처음부터 만드는 것도 아니라 이미 있는 거 대충 고쳐서 수리만 하면 되는 거니까…….

[현재 <흡혈성의 토끼 사육장>의 상태는 96%입니다.]

'오. 더 잘됐군.'

태현은 안심했다. 96%면 거의 망가진 게 없다고 봐도 됐다.

[<흡혈성의 토끼 사육장>을 수리하고 다시 운영하기 위해서는 64,300 골드가 필요합니다.]

"······응?"

태현은 눈을 깜박였다. 내가 뭐 잘못 봤나?

6만 골드라니. 내가 토끼 사육장을 수리하겠다는 거지 성을 사겠다는 게 아닌데? 그 돈이 있다면 영지부터 관리하지!

그러나 다시 봐도 메시지창은 달라지지 않았다. 태현은 기가 막혔다.

'아니 뭔 토끼 사육장을 오리하르콘이랑 미스릴로 만들었나??'

[<흡혈성의 토끼 사육장>을 수리하는 데에 필요한 재료는 다음과 같습니다.

유레자 산 최고급 다이아몬드 0/10

프로즈란드 산 최고급 사파이어 0/10

고위 뱀파이어의 혈액 0/10

와이번의 심장 0/10]

태현은 크네마 백작이 왜 망했는지 알 수 있었다. 토끼가 사는 곳을 온갖 보석으로 만들고, 토끼가 먹는 사료를 위해 고위 뱀파이어의 혈액부터 와이번의 심장까지 준비했으니······.

미친놈이 토끼에 이렇게 돈을 쏟아부으니 망하지!

[카르바노그가 크네마 백작에게 감동합니다. 이런 백작이 있는 줄 몰랐다고 반성합니다.]

살라비안 교단이나 다른 교단이 아니라 카르바노그 교단에 갔어야 할 인재가 여기 있었다.

태현은 복잡한 마음으로 상태창을 확인했다. 크네마 백작이 그래도 나름 고대 뱀파이어 혈통도 잇고 해서 좀 대단한 놈인 줄 알았는데…….

'그냥 사치하다가 죽은 놈 같은데…….'

토끼에 이렇게 쏟아붓고 죽은 건 솔직히 자업자득 아닌가?

'카르바노그. 미안한데 이건 지금 당장 수리할 수가 없을 것 같다.'

[카르바노그가 시무룩해집니다.]

시무룩해졌지만 탕탕거리진 않았다. 카르바노그가 보기에도 너무 재료가 많이 들어갔던 것!

[크네마 백작이 살아 있었다면 이야기가 잘 통했을 것이라고 카르바노그가 아쉬워합니다.]

'그래. 나도 그랬을 거 같아.'

토끼 애호가 백작이 토끼 신에게 선택 받은 사람을 만난다면? 친밀도가 하늘을 뚫고 올랐을 것이다.

'블라디 놈 백작 세우는 것보다 훨씬 나았을 것 같기도…….'

싸울 필요도 없고 그냥 날로 핏빛 군도의 섬을 하나 먹은 다음 유유자적 돌아가면 그만!

그렇게 생각하니 크네마 백작의 죽음이 아쉬워졌다. 약간 좀 이상한 사람이면 어떠냐! 이야기만 잘 통하면 그만이지!

그래도 태현은 토끼 사육장을 직접 찾아갔다. 카르바노그를 달래기 위해서…… 는 아니었다.

'상태가 96%면 보석이 대체 얼마나 많이 남아 있는 거지?'

사악한 흉계!

그런 것도 모르고 카르바노그는 감동하고 있었다.

'……!'

햇빛이 잘 들지 않는 핏빛 군도인데도 멀리서부터 눈부시게 번쩍이는 무언가가 보였다.

저건 설마……!

황금으로 바닥을 다지고 다이아몬드와 사파이어, 에메랄드로 유리를 대신한 사육장!

그 눈부신 광채에 태현은 전율했다.

'신의 뜻인가? 착하게 살아온 보답으로 날 위해?'

[???]

태현은 홀린 듯 다가갔다. 그 순간 카르릉하는 소리가 들렸다.

"……?"

-카르릉!

사육장 안은 텅 비어 있지 않았다. 안에는 토끼 하나가 들어 있었다.

'뭐야. 안 돌아가는 거 아니었나?'

시설이 파손되어서 운영이 안 되어 있을 텐데 토끼가 남아 있다니.

[카르바노그가 조심하라고 합니다!]

"……?"

-카르룽!

[크네마 백작이 직접 키운 <고대 뱀파이어 토끼들의 왕>이 울부짖습니다!]

[저항에 실패합니다!]

[이동 속도가 느려집니다!]

[스킬 쿨타임이……]

[방어력이……]

정말 놀랐다. 태현의 상태 이상 저항력은 보통이 아니었다. 랭커들 중에서도 태현만큼 디버프에 잘 버티는 사람은 없을 것이다. <아키서스의 화신> 패시브 스킬들과 미친 행운 스탯, 그리고 정말 다양하게 뜯어낸 각종 방어 스킬들까지!

그런데도 그걸 뚫고 상태 이상을 먹이다니.

대체……?

[카르바노그가 저 토끼는 매우 강한 토끼라고 말합니다. 크네마 백작이 아무래도 고대 뱀파이어의 피를 먹여 각성시킨 것 같다고 합니다!]

뱀파이어 드래곤에 이어 뱀파이어 토끼. 뱀파이어 드래곤은 매우 무서웠지만 뱀파이어 토끼는 별로 무섭게 들리지 않았다.
그러나 그건 착각이었다. 진짜 센 뱀파이어 토끼는 매우 무섭다!

[<고대 뱀파이어 토끼들의 왕>은 크네마 백작말고는 인정하지 않습니다.]
[주의하십시오!]
[토끼의 신 카르바노그의 사도입니다. <고대 뱀파이어 토끼들의 왕>이 당신을 인정합니다.]
[토끼 지배 스킬을 갖고 있습니다. <고대 뱀파이어 토끼들의 왕>이 당신을 나름 좋아합니다.]

그러나 태현에게는 남들에게 없는 장점 같지 않은 장점이 있었다. 토끼와 친하다는 것!
-카릉.
'고대 뱀파이어 토끼들의 왕…… 너무 기니까 토왕이라고 불러야지.'

[카르바노그가 그 소리 절대 쟤한테 하지 말라고 경고합니다.]

토왕은 태현한테 이빨을 들이대는 걸 멈추고 들어와도 좋다는 듯이 거만하게 드러누웠다. 물론 거만하게 드러누워도 토끼였기 때문에 별로 위엄은 없었다.

"음…… 그래서…… 넌 뭘 할 수 있고 왜 여기 있는 거니?"

-카릉.

[먹이를 주고 자기를 섬기던 크네마 백작이 떠난 다음 여기서 기다리고 있었다고 합니다.]

"……왜?"

보통 주인 없으면 떠나지 않나? 토왕 정도라면 저 사육장 정도는 충분히 부술 수 있을 텐데?

-카릉.

[왕은 자기 발로 움직이지 않는 법. 다음 백작이 자기를 모시러 올 때까지 기다리고 있었다고 합니다.]

'……그냥 게으른 놈 아닌가?'

한마디로 자기 발로 움직이기 싫어서 저랬다는 것!

"토왕아."

[카르바노그가 그렇게 부르지 말라고 했는데라고 탄식합니다!]

-카릉?

그러나 토왕이는 별로 싫어하지 않았다. 오히려 좋아하는 반응!

[······]

"너 레벨이 혹시 몇이니?"

그 질문에 토왕이는 당당하게 앞발가락 하나를 폈다.

"······천, 천?!"

태현은 경악했다.

레벨 100일 리는 없을 테고, 설마 1,000??? 아니······ 그게 말이 되나? 그렇지만 그게 아니라면······.

[1, 10이라는 뜻이라고 카르바노그가 말해줍니다.]

태현의 얼굴이 순식간에 구겨졌다.

뭔 레벨 1??

'아니. 레벨 1짜리 울부짖음에 상태 이상 걸린 거라고?'

어디 가서 부끄러워서 말도 못 할 이야기!

물론 특수 스킬들은 레벨이 낮아도 상관이 없지만······.

태현은 안으로 들어가 토왕이를 붙잡았다. 토실토실하게 오른 토끼가 그대로 들어 올려졌다.

-카룽! 카룽!

[토왕이가 무엄하다고 화를 냅니다.]

"그래. 그래."

이런 토끼를 보고 속은 스스로가 한심해졌다. 태현은 반성했다.

'이런 실수를 하다니!'

"사신을 쫓아 보냈다고? 블라디란 놈이 뭐 하는 놈인지는 모르겠지만 절대 용서하지 않겠다!"

"그놈은 뱀파이어의 수치다!"

뱀파이어 백작들 사이에서 '블라디'란 이름은 명예도 규칙도 모르는 쓰레기 같은 이름으로 불리고 있었다.

그러나 충격은 거기서 끝나지 않았다.

"백작님!"

"뭐냐?"

"크…… 크네마 백작의 흡혈성에 누군가 들어갔다고 합니다!"

"그게…… 무슨 말도 안 되는 소리냐?"

스카비오 백작은 경악했다. 자기 자신도 들어가지 못했던, 강력한 침입불가 마법이 걸려 있던 흡혈성. 게다가 아직 크네마 섬의 주인은 정해지지도 않은 상황! 그런데 감히 어느 놈이!?

"설마…… 그 블라디란 놈이 들어간 거 아닐까요?"

"말도 안 된다!"

"하지만 백작님! 그놈 말고는 의심 가는 놈이 없습니다!"

"차라리 안달토 백작이 들어갔으면 모를까 그놈이 무슨 재주가 있어서 들어갔단 말이냐!"

스카비오 백작은 믿을 수가 없었다. 그들은 절대 들어가지 못했던 곳에 블라디란 놈이 손쉽게 들어갔다는 것을!

"확인해 봤습니다! 안달토 백작이 점령한 건 아닌 것 같습니다. 놈들도 혼란스러워하고 있습니다!"

주변은 조용해졌다. 모두 전율에 떨고 있었다.

블라디란 뱀파이어, 정말 무서운 뱀파이어다! 대체 이런 뱀파이어가 어디서 튀어나왔단 말인가?

"백작님…… 큰일 났습니다. 블라디 놈이 만약 성 안에 있는 그걸 먼저 발견하면……."

"……아니다! 놈은 그걸 모를 거다. 나나 안달토 백작 정도 아니면 존재를 알지도 못할 테니까."

스카비오 백작은 포기하지 않았다. 상황이 이상하게 흘러가고 있었지만 아직 희망은 남아 있었다.

"그 흡혈성 안에 있는 게 얼마나 많은데, 미치지 않고서야 토끼 기르는 곳에 가서 토끼를 찾겠느냐? 블라디란 놈이 아무리 교활하고 영악해도 그건 모를 것이다!"

그랬다. 스카비오 백작이 쓰레기 같은 가치밖에 없는 크네마 섬을 먹고 성을 점령하려는 이유는 바로 〈고대 뱀파이어 토끼들의 왕〉 때문이었다.

고대 뱀파이어 출신에, 온갖 비술의 달인이었던 크네마 백작이 이뤄낸 최후의 걸작! 소문에 따르면 그 토끼에는 온갖 뱀파이어들의 비술이 담겨 있다고 들었다.

대체 그런 대단한 기술을 가졌는데도 왜 다른 몬스터들을 놔두고 그릇을 토끼로 정한 건지는 모르겠지만……. 그 크네마 백작이 골랐다면 토끼여야 할 이유가 있었을 것이다! 토끼가 뭐 비술에 더 잘 맞는다거나, 더 튼튼하다거나…….

아무리 생각해도 뭔가 좀 이상하긴 했지만……. 어쨌든 이유는 중요하지 않았다. 중요한 건 성공했다는 것!

그 토끼를 가지는 순간 강력한 괴수 군단을 손에 넣는 것이나 마찬가지였다. 그리고 그 비슷한 대화가 안달토 백작의 진영에서도 일어나고 있었다.

"블라디…… 사신을 공격한 그 무식하고 근본 없는 뱀파이어 놈은 모를 것이다! 포기할 수 없다. 군대를 준비해라!"

"백작님. 흡혈성은 위험합니다! 거기가 얼마나 강력한지 아시잖습니까?"

"흥. 크네마 백작과 달리 블라디란 놈은 흡혈성의 힘을 제대로 다루지 못할 거다! 오히려 방어는 더 약해졌을 거다."

안달토 백작의 말도 틀리진 않았다. 크네마 백작은 온갖 비술의 달인이었고 각종 마법을 사용해 흡혈성을 난공불락의 요새로 만들었다.

그러나 지금은 주인이 바뀐 상황. 바뀐 주인이 크네마 백작보다 뛰어날 리는 없을 테니, 있는 것도 제대로 활용하지 못할 수 있었다.

막 주인이 바뀌어서 혼란스러운 지금이 기회!

"너희들도 알고 있을 텐데! 고대 뱀파이어 토끼 군단이 얼마나 강력한지! 나름 마수를 부린다던 살라비안 교단도 두려워서 꼬리를 내릴 정도였다!"

안달토 백작은 포기할 수 없었다.

토끼……! 토끼를 손에 넣어야 한다!

괴수 몬스터는 왜 강한가?

체력, 방어력, 공격력 등등이 나올 것이다.

그러나 크기는? 크기는 장점과 단점이 모두 있었다. 크면 공격력이 올라가지만 그만큼 커져서 피할 공격도 많이 맞게 됐다. 그렇다면 작지만 엄청나게 강력한 괴수가 있다면 어떨까?

"그게 바로 크네마 백작이 만든 고대 뱀파이어 토끼 군단이다! 놈은 아주 영리했지. 토끼의 민첩함과 영리함, 그리고 번식 속도까지!"

안달토 백작은 토끼가 아주 강한 괴수가 될 수 있는 동물이라고 생각했다. 일단 빠르고 영리한 데다가 작았다. 어둠을 틈타 공격한다면 제대로 보이지도 않을 것이다.

게다가 빨리 불어났다. 크네마 백작이 괜히 토끼를 고른 게 아닌 것!

하지만 자리에 있는 뱀파이어들이 모두 안달토 백작처럼 이성을 잃어버리진 않았다. 아직 정신줄을 붙잡고 있던 뱀파이어들이 손을 들고 말했다.

"하지만 백작님. 기왕 고대 뱀파이어의 피를 이어받은 괴수를 만들 거라면 다른 몬스터가 낫지 않았을까요?"

"맞습니다. 날아다닐 수 있는 와이번이라거나…… 아니면 늑대라거나……."

"흥. 잘 알지도 못하는 소리 하지 마라. 늑대와 토끼가 싸우면 누가 이길 거 같나?"

"당연히 늑대가 이기죠……?"

"아니다. 얼핏 보면 그렇게 보일 수 있겠지. 하지만 늑대와 잘 훈련 받은 토끼가 싸우면 이야기가 달라진다. 토끼가 좌우 위빙으로 공격을 피하고 늑대 밑으로 뛰어 들어가면 능히 늑대의 배를 공격해 쓰러뜨릴 수 있는 것이다."

"……예?"

"토끼가 그만큼 강하다."

이게 무슨 '드래곤? 그거 뒤에서 목 조르면 발톱 안 닿으니까 쉽게 잡지~' 같은 소리?

"토끼! 아! 얼마나 무서운가!"

'아무리 생각해도 그냥 크네마 백작이 토끼 좋아서 고른 거 같은데……'

뱀파이어들은 그렇게 생각했지만 입을 다물었다. 전투를 앞 둔 안달토 백작은 특히 난폭했다. 괜히 아니라고 말했다가 좋 을 게 없었다.

"전부 전투 준비해라. 흡혈성으로 간다!"

눈치 없는 뱀파이어 하나가 손을 들고 끝까지 물고 늘어졌다.

"그러면 토끼하고 와이번하고 싸우면 누가 이깁……"

"야. 그만해."

"넌 왜 계속 묻냐?"

"좋은 걸 물었다. 얼핏 보면 와이번이 이길 것이라고 생각되 겠지만 토끼가 와이번의 눈을 노리고……"

다른 부하들은 동료를 노려봤다. 왜 쓸데없는 질문을 해서 저 지겨운 헛소리를 들어야 하나!

태현은 흡혈성의 옥좌에 앉아 토왕이를 쓰다듬었다. 처음 에는 카르릉대던 토왕이도 의외로 편했는지 태현의 무릎 위에 서 가릉대고 있었다.

"흠. 그러니까 네 능력이 상대방 위압시키는 것과…… 〈고 대 뱀파이어 토끼〉를 불리는 거라 말이지?"

토왕이의 능력은 심플했다.

혈통으로 인한 각종 상태 이상 스킬들. 그리고 크네마 백작이 심혈을 기울여 만들어준 숫자 불리는 번식 능력!

"잠깐. 너 혼자잖아?"

혼자서 어떻게 늘어나?

[토왕…… 아니, <고대 뱀파이어 토끼들의 왕>은 혼자서도 번식할 수 있다고 카르바노그가 말해줍니다.]

'그냥 너도 토왕이라고 해라.'

[싫다고 카르바노그가 고개를 흔듭니다.]

너무 촌스러!

그러거나 말거나 태현은 토왕이라고 불렀다.

'혼자서 늘어나다니. 신기한데.'

슬라임처럼 나눠지나? 아니면 버섯처럼 포자를 뿌리나?

사실 그런 자세한 원리는 중요하지 않았다. 중요한 건 토왕이가 숫자를 불릴 수 있다는 점이었다.

'언데드 토끼들은 꽤 쓸 만했는데 고대 뱀파이어 토끼들도 좋으려나…….'

얼마나 좋을지는 모르겠지만 척후용 몬스터 군단으로 써먹기 괜찮지 않을까? 기왕 손에 넣었는데 안 쓰기는 또 아쉬우니, 태현은 한번 써볼 생각이었다.

"그래서 어떻게 하면 늘어나?"

[배불리 먹이면 된다고 카르바노그가 말해줍니다.]

"그거야 쉽…… 잠깐. 설마……."
태현은 아까 사육장 설명 창을 떠올리고 움찔했다.
분명 거기 사료가 보통이 아니었는데…….
-카릉.

[격에 맞지 않는 건 안 먹는다고 합니다.]

"……그, 그래."
-카릉?

[그래서 밥은 언제 주냐고……]

"나중에!"
태현은 말을 회피했다. 지금 그 재료를 어떻게 구해주니?
"김태현!"
성 앞에 도착한 일행의 목소리가 들렸다. 태현은 성벽 위로
올라갔다.
"케인!"
"김태현!"

"……근데 그 뒤에 애들은 누구니?"

못 보던 플레이어들이 한가득!

"내 팬!"

케인은 당당하게, 자랑스럽게 말했다. 그러자 뒤에 있던 플레이어가 조심스럽게 말했다.

"저기요."

"……?"

"저는 케인 님 팬이 아니라 태현 님 팬인데요. 그러니까 '네' 팬이라고 해주셔야……."

"맞아. 나도 그렇게 생각했어."

"발음을 조심해 주세요."

케인은 울컥했다. 이 자식들이 아까는 같이 끼워달라고 그렇게 빌더니……!

"케인 님! 제발 저희도 퀘스트에 참가시켜 주세요!"

"무슨 퀘스트든 좋습니다! 잡일도 좋아요!"

"한 번만 같이 해보는 게 소원이었습니다!"

해안가 쪽으로 몰려온 플레이어들은 무릎을 꿇고 빌었다.

케인은 당황했다. 뱀파이어들 중에 꽤 고렙 같아 보이는 이들도 몇 명 있었던 것이다.

'아니 저 레벨에 무슨 잡일을……?'

저 정도 레벨이면 그냥 자기 퀘스트를 하는 게 이득이었다. 군이 뭔 퀘스트인지도 모르는 태현 쪽으로 와서 끼려고 하는 것보다. 계산이나 이득이 아닌 순수한 팬심!

-태현하고 같이 뭔가 해보고 싶다!
-솔직히 이번 기회 아니면 김태현을 핏빛 군도에서 볼 일 없을 것 같다!!
-김태현이 뭐가 아쉬워서 이런 어둡고 침침하고 냄새나는 곳에 또 오겠…….
-야. 적당히 해라. 슬퍼지잖아.

어쨌든 이런 뱀파이어 플레이어들이 무보수로 퀘스트에 참가한다는 건 좋은 일이었다.

케인은 다른 사람들과 상담을 마치고 외쳤다.

"좋아! 내가 허락한다! 같이 퀘스트를 하자!"

"와아아아! 케인! 케인! 케인!"

"내가 누구냐!"

"케인! 케인! 케인!"

"내 이름을 더 외쳐라!"

"케인! 케인! 케인!"

"더 크게!"

"작작해! 작작해!"

'생각해 보니 그때부터 시선이 좀 차가웠던 것 같은데……'

그나마 있던 몇몇 케인 팬도 부끄러워서 '나 케인 팬 아닌데?? 나 정수혁 팬인데???' 하고 슬며시 태세전환을 하게 만든 행동!

"그래서 쟤네가 누군데?"

"……네 팬!"

그걸 또 바꿔서 말하고 있었다. 일행은 짠한 눈빛으로 케인을 쳐다보았다.

"아. 그럼 들어오시죠."

태현은 선선히 들어오라고 허락했다. 플레이어들은 우르르 흡혈성 안으로 들어왔다.

태현이 영주가 된 덕분에 쓸데없는 저주 같은 건 없었다.

"와. 여기가 그 크네마 백작의 흡혈성이야?"

"거기 침입불가 아니었나? 김태현은 어떻게 들어온 거지?"

"김태현이잖아."

"하긴."

별다른 설명이나 추측 필요 없이 '김태현이잖아'로 끝나 버린 대화!

최상윤은 뱀파이어 플레이어들의 대화를 들으며 의아해했다.

방금 대화 뭔가 이상하지 않았나?

뱀파이어 플레이어들은 처음 보는 크네마 백작의 흡혈성에 놀라 웅성거렸다.

"태현 님!"

"오는 길에 친구한테 들었는데, 스카비오 백작이 군대를 이끌고 여기 오고 있답니다!"

"어. 그거 말해줘도 괜찮아?"

"괜찮습니다!"

친구 따위는 바로 팔아먹는 쿨함! 친구야, 네 퀘스트보다는 내 퀘스트가 중요해!

"태현 님! 안달토 백작도⋯⋯."

"안달토 백작이 끌고 오는 전사들은⋯⋯."

"스카비오 백작의 진영은 지금 어디 어디 있냐면⋯⋯."

누가 먼저라고 할 것도 없이 뱀파이어 플레이어들은 신이 나서 정보를 쏟아냈다. 핏빛 군도가 좁다 보니 남이 뭐 하는지는 가만히 있어도 귀에 들어오는 법!

'역시 〈흡혈성의 거대한 심장〉을 노리는 건가?'

태현은 토왕이를 쓰다듬으며 그렇게 생각했다. 아무리 생각해도 그것 말고는 답이 보이지 않았다.

[흡혈성의 거대한 심장-흡혈성의 중앙에 있는 거대한 심장입니다. 이 흡혈성을 살아 움직이게 만드는 힘의 근원입니다.]

아무도 없는데도 이 성에 들어오지 못하게 만들 정도로 강력한 아이템! 뱀파이어들이라면 이걸 탐내도 이상할 게 없었다.

'내가 미리 먹어버리면 안 되겠지?'

[카르바노그가 미친놈 보듯이 쳐다봅니다.]

'음. 하긴 뱀파이어도 아닌데 괜히 심장 먹었다가 탈나면 골치 아프겠지…… 흑흑이한테 한 입 먹어볼까…….'

오싹!

흑흑이는 몸을 떨었다. 성안이 추운지 이상하게 싸늘했다.

"앗. 태현 님. 그 토끼는 뭐예요!?"

"아. 이거? 성에 있는 거 주웠어."

이다비가 와서 귀엽다는 듯이 토왕을 쓰다듬으려고 했다. 토왕은 이빨을 드러내고 위협하려 했다.

-카르릉…….

"야. 뭐하냐?"

태현은 토왕이의 뒷목을 붙잡고 노려보았다. 지금 이게 어디서 누구한테 성질이야?

[카르바노그가 아키서스해 버린다고 협박하라고 조언합니다.]

-카르릉…….

토왕이는 주눅 든 표정으로 얌전해졌다. 태현이 어느 정도로 강한 건지 알아챈 것이다.

"너…… 너무 귀여운데요……?!"

이다비는 토왕이를 마구잡이로 쓰다듬으며 말했다.

-카르릉! 카릉!

"토끼 좋아했어? 집에서 기르지 그래?"

"아…… 아뇨."

"왜? 번거로워서?"

"길러서 잡아먹을 수 있는 동물 아니면 굳이……."

-카르릉!!

"아, 아니야! 널 잡아먹겠다는 게 아니야……!"

그러나 이미 신뢰는 물 건너간 상태!

토왕이는 재빨리 태현의 등 뒤로 타고 돌아가 이다비를 피했다.

"잡아먹을 생각 없는데……!"

이다비는 눈물을 글썽거렸다. 그러나 토왕이는 끝까지 피했다.

"나중에 만지게 해줄게. 일단 플레이어들부터 배치해야겠다."

태현이 〈흡혈성의 거대한 심장〉을 어떻게 쓸지는 나중에 확인해 보고 결정해도 됐다. 중요한 건 일단 공격을 막아내는 일! 기껏 흡혈성을 먹었는데 제대로 방어를 못해서 뺏기면 그것만큼 웃긴 일도 없었다.

[현재 〈흡혈성의 거대한 심장〉의 힘을 사용해서 흡혈성 전체에 마법을 사용할 수 있습니다.]

[〈흡혈성의 거대한 심장〉의 힘은 62%입니다. 회복되기 전에 많은 힘을 소모할 경우 심장에 과부하가 걸릴 수 있습니다.]

'심장 상태가 왜 이러지?'

[성문을 부순 걸 복구하는 것 때문 아닐까 하고 카르바노그가 추측합니다.]

'아……'

태현은 납득했다. 그런 거라면 어쩔 수 없지!

"여러분! 성벽 위로! 지금부터 싸울 준비를 하겠습니다!"

태현이 외치자 그렇게 웅성거리던 플레이어들이 싹 조용해졌다. 말 한마디로 좌중을 휘어잡을 수 있는 카리스마!

'우리가 싸우면 뭐 해줄 거에요', '이거 무슨 퀘스트에요' 같은 당연한 질문도 나오지 않았다.

김태현이 말하면 한다! 김태현이 시키면 한다!

일사불란 그 자체였다.

'방어 시설이 좀 애매하긴 한데, 그건 플레이어들 공격하고 아키서스 포병대로 퉁쳐야겠군.'

흡혈성이 강한 건 성을 감싸고 있는 마법적 능력 때문이었지, 그 시설 때문이 아니었다. 오랫동안 관리되지 않은 탓에 망루 같은 방어 시설들은 작동이 안 되거나 내구도가 낮았다.

태현 일행 혼자서 이 거대한 성을 막아내려면 힘들었겠지만, 다행히 태현에게는 공짜 노동력이 생겼다.

"와아아아!"

플레이어들은 태현이 지시하는 대로 성벽 곳곳에 자리 잡고 빈자리를 채우기 시작했다. 이 정도면 심장이 회복되는 동안 마법을 쓰지 않고도 버틸 수 있을 정도의 전력!

동시에 태현은 끌고 온 경비대와 기사단들을 불렀다.

"폐하! 저희는 어디를 지키면 됩니까? 성문 뒤에서 대기하고 있을까요?"

기사들은 기대된다는 눈빛으로 말했다. 성문 뒤에서 대기하고 있다가 성문이 부서지는 순간 돌격!

수비 시 기사들이 즐겨 쓰는 전략이었다. 간신히 성문을 뚫고 들어오는 적들을 그대로 짓밟아줄 수 있었다.

"아니야. 너희들은 〈흡혈성의 거대한 심장〉을 지켜야 한다. 내가 생각하기에 저길 노리고 들어오는 놈들이 있을 거야."

"과연……! 역시 폐하십니다! 적들을 완전히 읽고 계시군요!"

-카르릉!

공성전은 꼭 힘으로 우직하게 밀어붙이는 것만 있는 게 아니었다.

성을 점령하는 게 목적이라면 그래야 하겠지만, 안에 있는 무언가가 목적이라면 혼란을 틈타 훔치기만 해도 됐다.

그리고 뱀파이어 종족은 도둑질에 최적화된 종족! 안개로 변신하거나 박쥐로 변신하거나 기타 등등으로 변신해서 성 안으로 들어올 수도 있는 것 아닌가.

심장을 훔쳐가지 못하도록 최대한 대비해야 했다.

"뱀파이어 놈들 생각이야 뻔하지."

"역시 폐하!"

"역시 폐하!"

[기사단이 당신의 전략에 감탄합니다!]

[기사단 내 평판이 오릅니다!]

[기사단이 당신 곁에 머무르는 시간이 늘어납니다!]

태현은 흐뭇하게 웃었다.

'응?'

시간이 늘어난다고?

'아니…… 적당히 하고 보내야 하는데. 얘네 언제까지 쫓아올 거지?'

원래라면 성과를 못 내고 뺑뺑이만 돌아서 '아니! 폐하랑 더 이상 같이 못 다니겠습니다!'라고 하면서 떠나야 했다. 그런데 태현이 워낙 오자마자 팍팍 성과를 내고 있으니 기사단도 '역시 폐하! 대륙의 영웅!' 하면서 대만족하고 있었다.

뱀파이어들 쓸어버린 것부터 시작해서 그들의 성까지 점령하다니! 지금 뱀파이어들과 같이 손을 잡고 성을 지키는 것도 더 많은 언데드들을 처형하기 위한 전략이겠지?!

물론 태현에게 그런 생각은 없었다.

'얘네 어떻게 쫓아 보낸다?'

태현이 오지 않을 습격을 대비하며 심장 주변을 경계하고 있는 동안, 두 뱀파이어 백작은 부하들을 이끌고 빠르게 나타났다.

속전속결!

-블라디란 놈이 흡혈성을 완전히 장악하기 전에 쳐야 한다!

덕분에 규모는 좀 작아 보였지만, 한 명 한 명이 정예였다. 뱀파이어 플레이어들은 금세 알아봤다.

"와. 저거 복장이…… 기사들인가 본데?"

"백작 호위 기사들 아냐? 백작이 직접 왔어!"

"살다 살다 백작을 직접 보네."

대륙에서도 영주 얼굴은 쉽게 보기 힘들듯이, 핏빛 군도도 마찬가지였다. 공을 세우거나 그만한 위치에 올라가지 않는 한 쉽게 만날 수 없는 게 귀족 NPC!

플레이어들은 신이 나서 백작과 기사단을 관찰했다. 이번 기회가 아니면 언제 보겠냐!

"사진 좀 찍어보자. 각도 좋네."

"야. 내 뒤 배경으로 잡히게 잘 찍어줘."

태연한 플레이어들! 원래라면 겁을 먹어야 하겠지만 아무도 겁을 먹는 사람은 없었다. 그들 뒤에는 태현이 있었으니까!

"……저놈들 왜 저러지?"

"미친놈들인가 봅니다. 신경 쓰지 마십시오."

스카비오 백작이 찜찜해하자 부하들이 달랬다.

"그보다 지금 문제는……."

스카비오 백작과 기사단이 반대쪽에서 달려오는 무리를 보고 복잡한 표정을 지었다. 안달토 백작의 기사단이었다.

그랬다. 흡혈성을 갖고 싶어하는 건 스카비오 백작 혼자뿐
만이 아닌 것!

"그리고 공격을 하더라도 놈이 토끼를 눈치채지 못하게 해
야 한다."

"걱정 마십시오. 백작님. 놈은 그게 얼마나 중요한 건지도
모를 겁니다. 아마 다른 보물들에 눈이 팔려 헤헤거리고 있을
테니……."

"토왕아. 엎드려!"

-카룽!

"뛰어!"

-카르룽!

"전광석화!"

-카룽?

"……뭐하냐??"

케인은 이해가 안 간다는 듯이 물었다. 태현이 저렇게 쓸데
없는 짓으로 시간을 낭비하고 있다니!

"아. 얘 레벨 못 올리나 확인해 보고 있었지."

레벨 1은 정말 숨만 쉬어도 레벨이 오르는 수준이었다. 그런
데도 레벨이 안 오르다니.

'아예 레벨 1로 고정인가?'

보통 레벨 1로 고정되어 있다는 건 저주를 받았거나, 아니면 다른 능력들이 너무 사기적이라 레벨 1로 제한되는 페널티를 갖고 있거나였다.

'……저주?'

아무리 생각해도 전자 같은데?

[저주는 없다고 카르바노그가 말합니다.]

'그러면 그냥 단순하게 불쌍한 토끼인가?'

"……그래도 공격은 조심히 해야 한다. 혹시라도 토끼가 있는 곳에 공격이라도 맞으면……."

"걱정 마십시오. 백작님."

"주의해서 공격할 겁니다."

부하 기사들은 자신들만 믿으라는 듯이 가슴을 두드렸다.

그들이 누구인가. 스카비오 백작의 친위 기사들 아닌가!

각종 검술과 전투뿐만 아니라 마법까지 익힌 뱀파이어 마검사! 성벽 위에서 뱀파이어들이 버티고 있다지만 우스울 뿐이었다.

다그닥다그닥-

그러는 사이 안달토 백작 쪽에서 사신이 왔다.

"무슨 일이냐?"

"주인님께서 스카비오 백작님을 뵙고 이야기를 하고 싶어하십니다."

"감히 건방지게……!"

"아니. 아니다."

스카비오 백작은 부하들을 말렸다. 안달토 백작과 만나 이야기하는 건 평소라면 거절할 일이었지만 지금은 상황이 좀 달랐다. 일단 중요한 건 토끼였으니까!

"좋아. 만나보도록 하지."

스카비오 백작과 안달토 백작은 호위 몇 명만 데리고 중앙으로 모였다. 흡혈성 위의 플레이어들은 그걸 신기하게 쳐다봤다.

"우와! 귀족 NPC들이 회의한다!"

"무슨 이야기하는 거지?"

"이렇게 나와주서서 감사합니다. 백작님."

"피차 바쁘니 할 이야기만 하지. 원하는 게 뭔가?"

"잘 아시잖습니까? 백작님도."

'이놈도 토끼를 원하고 있군.'

스카비오 백작의 눈썹이 꿈틀거렸다.

"저는 백작님께서 그걸 가져가셔도 납득할 수 있습니다."

아무도 믿지 않을 소리!

'웃기는 소리를 하는군.'

"그렇지만 저 블라디란 놈은 아닙니다! 어디서 나온지도 모르는 건방진 놈이 감히 내가 보낸 사신을 공격하다니!"

스카비오 백작은 그 말을 듣고 안달토 백작이 사신을 보냈다는 걸 깨달았다.

'이런 치사한 놈이⋯⋯?'

그새 손을 잡으려 들어?

다행히 블라디란 놈이 포악하고 건방져서 망정이지 아니었다면 둘이 손을 잡을 뻔했다!

"어떻습니까, 백작님? 토끼를 손에 넣을 때까지 서로 손을 잡는 게?"

"으음⋯⋯."

스카비오 백작 입장에서는 손해 볼 일은 아니었다. 게다가 스카비오 백작은 안달토 백작보다 훨씬 더 노회하고 교활하다는 자부심이 있었다. 동맹을 맺더라도 이용해 먹을 자신이 있다!

"나쁘지 않은 생각이군. 토끼는⋯⋯."

"⋯⋯저 블라디란 놈을 끝장내고서 누가 가질지 정하도록 합시다!"

안달토 백작은 씩 웃으며 손을 내밀었다. 젊은 뱀파이어 백작다운 패기였다. 스카비오 백작은 그 손을 붙잡았다.

"응? 너희 뭐하냐?"

"예?"

심장 근처 주변에 기사단을 배치한 태현은 성벽 위로 올라왔다.

그리고 신기한 장면을 보았다. 뱀파이어 백작 둘이 당당하게 성 아래 평원에서 회담 진행 중!

"쏴야지! 쏘기 좋게 앉아 있네!"

"어, 귀족들이 회의하는 중 아닙니까?"

귀족 NPC들은 기본적으로 대우를 받았다. 귀족 NPC들이 만나서 회의를 하면 그게 설령 적진 앞이라도 '음…… 그래도 저걸 공격하는 건 좀 불명예스러운 일이니까…….' 하고 참는 게 보통!

"아키서스 교단에서는 그런 거 없다!"

"아……! 그런……!"

아키서스 포병대는 감탄했다.

그렇구나! 귀족들의 규칙 같은 건 신경 쓰지 않는 너무 멋진 아키서스 교단!

[아키서스 포병대가 경험치를 얻습니다.]
[스킬이 상승합니다.]

"발사!"

콰콰콰쾅!

악수를 하던 두 백작은 뭔가 날아오는 소리에 고개를 돌렸다. 저 먼 성벽 위에서 포탄이 날아오고 있었다.

그들이 생각했던 것보다 훨씬 사정거리가 긴 아키서스 포병대! 설마 '이 거리를 바로 때리지는 못하겠지'라고 생각하기도 했지만, 동시에 귀족들이 회의하는데 설마 이걸 무시하고 치겠어? 라고 생각한 것도 사실!

그러나 태현도 아키서스 포병대도 그런 건 신경 쓰지 않는 사람들이었다.

[블라디의 악명이 오릅니다!]
[귀족들의 규칙을 깼습니다! 핏빛 군도의 뱀파이어 귀족들이 블라디에게 분노합니다!]

페널티는 상당했다. 귀족들이 회의하는 걸 무시하고 선빵을 갈긴 것에 대한 분노! 가만히 있다가 덤터기를 쓴 블라디는 울상을 지었다.

"우리 친구 블라디를 협박하다니! 용서할 수 없군. 더 쏴라!"

"블라디를 위해!"

아키서스 포병대는 신이 나서 포탄을 갈겨댔다. 설마 이런 공격을 받을 거라고 생각지 못한 뱀파이어 기사들은 급하게 허둥지둥 도망칠 뿐이었다.

"그만 쏴! 개 같은 놈들아!"

"블라디를 위해! 블라디를 위해!"

"뭘 날 위해서야!"

블라디는 애타게 외쳤지만 포병대는 귓등으로도 듣지 않았다. 각자 자기 주인들을 데리고 도망치던 기사들은 이를 갈며 블라디를 저주했다.

"블라디! 피의 이름을 걸고 네 목을 잘라주겠다!"

"블라디……! 앞으로 핏빛 군도에서 네놈이 보이는 순간 널 죽여 버리겠다!"

블라디는 털썩 주저앉았다.

내가 어쩌다가……!

태현은 그런 블라디를 위로했다.

"괜찮아. 밖에 안 나가고 성 안에만 있으면 되지. 성 관리 잘하고 좋겠네."

위로에 탁월한 재주가 있는 태현!

태현은 그 재주를 제대로 발휘했다. 그뿐만이 아니었다. 위로뿐만 아니라 도발에도 재주가 있다는 걸 보여주기 위해 태현은 앞으로 나섰다.

"하찮은 두 놈들아! 블라디 님께서 너희들 같은 쓰레기들이 도망치는 모습을 보니 하찮아서 더 이상 볼 가치도 없다고 하신다!"

"!!!"

"너희들한테는 백작 자리도 아깝다! 블라디 님한테 사신을 보내서 굽신거리던 놈들이 이렇게 건방지게 오다니, 블라디 님께 용서받고 싶으면 당장 군대를 물리고 제대로 된 사과를 해라!"

"저런 개자식이……."

"네놈의 핏방울 모두를 빨아 먹어주마!"

"잠깐……?"

이를 갈던 뱀파이어 기사들은 뭔가 이상한 걸 깨달았다.

"백, 백작님."

"왜 그러느냐?"

"저, 저놈 어깨 위에……?"

두 백작은 눈을 가늘게 뜨고 노려보았다. 성벽 위에 있는 인간 놈 어깨 위에 뭔가…….

"토…… 토…… 토끼?!"

"저놈이 어떻게?!"

두 백작은 기겁했다. 아무리 봐도 그들이 찾아 헤매던 그 토끼가 맞았다. 태현이 그걸 찾아낸 것도 놀라웠고, 아무런 구속 장치나 마법 장치 없이 토끼를 데리고 다닌다는 것도 놀라웠다.

크네마 백작이 아닌 이상 저 토끼를 데리고 다닐 수가 없을 텐데!?

"가…… 가짜 아닌가? 우리를 혼란시키려고…….''

"가짜치고는 너무 그럴듯한데…….''

"게다가 가짜라고 하더라도, 그렇다면 놈이 정말로 찾은 게 되잖나!"

뱀파이어 기사들이 떠들어대자 태현은 의아해했다.

도망가다 말고 저러고 있지?

"다시 발사."

"에이!"

포병대는 신이 나서 장전했다. 누구 명령이라고 거역할까!

스카비오 백작은 무릎을 쳤다. 그제야 상황을 깨달을 수 있었다.

"블라디, 이 무서운 놈 같으니……!"

"그게 무슨 소리십니까, 백작님?"

"블라디 그놈도 알고 있었던 거다! 우리가 크네마 백작의 토끼를 노리고 있었다는 것을! 놈은 그걸 알고 먼저 성으로 들어가 토끼를 손에 넣은 거지. 저것 봐라! 저건 협박이다. 우리가 치고 들어갈 경우 토끼를 파괴할 수도 있다는 협박!"

-카르릉.

태현 어깨 위에 있던 토왕이가 불편하다는 듯이 꿈틀댔다. 그러자 태현은 토왕이를 양손으로 잡고 내려놓았다.

그걸 본 스카비오 백작은 손가락질했다.

"저, 저것 봐라! 놈이 토끼의 목을 조르려고 하고 있다! 이런 사악하고 더러운 놈 같으니……!"

스카비오 백작은 전율했다. 오랫동안 살아오면서 온갖 더럽고 비열하고 치사한 뱀파이어들은 다 만나왔지만, 블라디는 그걸 뛰어넘었다. 뱀파이어 중 가장 영악하고 비열한 뱀파이어!

"일단 물러선다!"

"하, 하지만……."

"이렇게 된 이상 어쩔 수 없지."

스카비오 백작은 목소리를 낮췄다.

"저놈과 몰래 협상을 할 수밖에."

방금 손을 잡았던 안달토 백작은 전혀 신경 쓰지 않는 태도! 그러나 부하들은 전혀 당황하지 않았다. 뱀파이어 귀족들 사이에서 배신은 일상이나 마찬가지였던 것이다.

"그러면……."

쾅! 콰쾅!

"그래. 밤이 되면 몰래……."

콰쾅! 콰콰콰쾅!

"아, 이 저주받은 놈들아! 그만 쏘지 못해?!"

진짜 집요하게도 쏴댄다!

한번 기회를 잡은 아키서스 포병대들은 쉽게 물러서지 않았다.

오늘이 마지막 날인 것처럼 쏴라!

두 백작은 이를 갈며 부하들을 멀찍이 후퇴시켰다. 계속 여기 있다가는 밤까지 되기도 전에 죽을 것 같았다.

"백, 백작님. 저런 놈들과 정말 협상을 해야 합니까?"

부하 중 하나가 그렇게 말했다. 스카비오 백작은 무심코 고개를 끄덕이려다가 참았다.

"두고 봐라. 내가 저놈들을 속이고 말 테니까!"

"와! 백작들이 도망간다!!"

그 대단한 핏빛 군도의 백작들이 뭘 해보지도 못하고 도망치자 플레이어들은 환호했다. 물론 두 백작이 도망친 데에는 복잡한 사정이 있었지만, 플레이어 눈에는 그냥 태현이 겁나서 도망친 것으로 보일 뿐!

"백작이라고 거들먹거리던데 별거 아니잖아?"

"맞아! 맞아!"

백작쯤 되는 NPC면 얼굴 한 번 보기도 힘들었다. 그런 백작이 이렇게 도망치는 건 하나의 쾌감이었다.

신이 난 플레이어들은 더 나아갔다.

"우우! 스카비오 백작! 돌아와라!"

"이런 모욕을 받고서도 도망치면 넌 뱀파이어의 수치다!"

[명성이 오릅니다!]

[경험치를 얻습니다!]

[스카비오 백작이 당신의 이름을⋯⋯]

경험치와 각종 보상이 들어오는 대신, 스카비오 백작이나 안달토 백작이 네 이름을 기억했다는 메시지창이 떴다.

평소라면 무서웠겠지만 이번에는 아니었다.

태현이 있으니까!

"흥. 어디서 협박이야!"

"맞아. 우린 이제 여기서 플레이할 거야!"

시설도 거의 없는 곳이지만 충성도는 무한 수준! 백작들이 저 멀리 도망친 걸 확인한 플레이어들은 우르르 태현에게 몰려왔다.

"김태현! 김태현! 김태현!"

"김태⋯⋯ 현?"

달려온 플레이어들은 뭔가 이상하다는 걸 깨달았다.

분위기가 좀 이상했던 것!

"뭐야? 무슨 일이야?"

"어떻게 된……"

마치 초상집 같은 침울한 분위기였다. 태현 일행은 미안한 얼굴로 말했다.

"죄송하게 됐습니다. 저희가 잠시 가봐야 해서……"

"아니, 대체 무슨 일로요? 같이 싸우기로 한 거 아니었어요?!"

새로 도착한 플레이어가 당황해서 외쳤다. 같이 싸우기로 했는데 이걸 버려두고 갈 일이 있나?

"이제 곧 결승전에 참가해야 해서요."

아……! 그런 거라면 어쩔 수 없지……!

'아니 결승전 몇 시간 전인데 여기서 이러고 있는 사람이 있냐??'란 말도 나왔지만, 사람들은 어떻게 막을지 이야기를 나눴다.

태현이 잠시 자리를 비웠지만 기사단과 아키서스 포병대는 그대로 남아 있는 상황.

전력은 충분했지만…… 그래도 불안하다!

제대로 된 리더가 있는지 없는지의 차이는 생각보다 컸다.

늑대가 이끄는 사자 무리보다는 사자가 이끄는 늑대 무리가 더 나은 법!

자리에 모인 플레이어들은 웅성거리기 시작했다.

"어쩌지?"

"그래도 성벽 멀쩡하고 저기 기사단도 있으니까 괜찮지 않나?"

"김태현 없어서 불안한데 도망쳐야 하지 않을까?"

두려움이란 건 무서웠다. 충분히 단결하면 막을 수 있는 상황인데도 겁을 먹고 도망치게 만들었다. 게다가 전염까지 되었다.

적은 멀리 후퇴하고 공격도 시작하지 않았는데 벌써 도망치려고 하는 사람들이 나올 정도!

그걸 본 블라디는 깨달았다. 이대로 가면 진짜 죽는다! 저기 있는 플레이어들은 도망쳐도 백작들이 쫓지 않겠지만, 블라디는 무조건 쫓아올 것이다.

-다른 놈은 몰라도 넌 죽인다, 개자식!

아직도 백작들과 그 부하들의 눈빛이 눈에 선했다.

저들을 남겨둬야 했다.

"크크크…… 들어라! 이 나약한 흡혈귀들아!"

블라디는 최대한 그럴듯하게 보이기 위해 애쓰며 성벽 위에 올라섰다.

연기에 실패하면 죽는다!

"김태현 폐하께서는 나한테 전권을 맡기고 가셨다. 내 명령에 따라라! 이 진정한 흡혈귀 블라디 님이 너희들을 승리로 이끌어 줄 것이니!"

"블라디?"

"걔가 누구야? 나 처음 들어보는데."

"근데 김태현이 믿고 맡길 정도면 괜찮은 NPC 아닐까?"

"안 알려진 전설 NPC 같은 건가?"

알아서 좋게 해석해 주는 뱀파이어들! 블라디가 핏빛 군도 해안가에서 잘 모르는 뱀파이어들 상대로 뽑기 사기 치던 늙은 뱀파이어라는 걸 눈치채는 플레이어는 없었다.

블라디에게는 천만다행인 일이었다.

"싸워라! 싸워라! 싸워서 놈들의 피를 마셔라! 저놈들은 별거 아니다!"

"와…… 와아아!"

블라디가 분위기를 띄우려고 노력하자 어느 정도 달아오르기 시작했다. 블라디는 더 분위기를 띄워야 한다고 생각했다.

"내 목적은 여기서 끝나지 않는다! 저놈들을 발라내고 저놈들의 영지까지 쳐들어가자!"

"와아아!"

"저놈들의 영지를 뺏어서 너희들에게 나눠주겠다!"

"와아아아아아아!"

"근데 그게 진짜 가능해?"

"뭔가 믿는 게 있으니까 저러는 게 아닐까?"

"와. 김태현 진짜 대단하다. 핏빛 군도 영주 정도는 이길 수 있다 이건가?"

"김태현 정도라면 그런 자신감을 가져도……."

흡혈성에서 같이 싸우기 vs 결승전 현장에서 직접 보기.

에반젤린은 후자를 선택했다.

'어쩔 수 없었어!'

손에 들린 표. 이 표 하나를 사기 위해 그녀가 얼마나 괴로 웠던가.

'그저 이 표 하나가 갖고 싶었습니다……!'

"에반젤린. 울어?"

"아, 아니야. 안 울어."

"김태현 선수랑 친하다고 하던데, 김태현 선수가 결승전에 올라와서 우는 거구나!"

"그건 진짜 아니야."

"미, 미안."

에반젤린이 정색하자 친구들은 움찔했다. 아니었어?

방송에서는 되게 친해 보이던데……?

"와아아아아아아아아아!"

귀청을 찢는 듯한 거대한 함성. 그 함성에 에반젤린은 선수 들이 들어오고 있다는 걸 깨달았다.

'대단해!'

마치 세상이 떠나갈 것 같은 뜨거운 열기. 단순히 판온이 던 전을 공략하는 대회에 이만한 사람들이 모일 줄이야.

지금 판온은 세계에서 가장 유명한 게임이었고, 가장 대단 한 스포츠라고 할 수 있었다.

'그리고 김태현은 거기에서 가장 유명한 선수고.'

그렇게 생각하니 새삼 태현이 대단해 보였다. 맨날 옆에서 인성을 폭발시킬 때는 '아오 저 사악한……!'라고 생각했었는데…….

판온에서 '나름' 유명한 플레이어들은 꽤 있었지만, 태현처럼 독보적인 위치에 선 플레이어는 많지 않았다. 에반젤린도 캐나다 대표로 초대를 받을 정도였지만 태현과 비교한다면 민망할 수준!

"김태현! 김태현! 김태현!"

친구들이 옆에서 태현의 이름을 부르며 환호하고 있었다.

'그래! 지금 이럴 때가 아니지.'

에반젤린도 대회의 열기에 몸을 맡겼다. 그리고 양손을 들어 올리며 외쳤다.

"이세연! 이세연! 이세연!"

친구들은 당황한 눈으로 에반젤린을 쳐다보았다.

진짜 안 친한가 봐!

"흠. 지금 잠깐 캡슐 들어가서 흡혈성 어떻게 굴러가나 확인만 하고 오면 안 되나?"

"안 됩니다. 미스터 김."

대회 주최 측은 단호하게 말했다. 행사의 간판이 어딜 가려고!

"무슨 이야기를 하고 있었어?"

"앗. 적이다."

"우우! 물러가라! 물러가라!"

생각보다 더 유치한 반응에 이세연은 아연실색해졌다. 지금 이게 몇천만 명이 볼 대회의 결승전을 앞둔 선수가 할 반응이야?

"카메라…… 돌아가고 있는데……."

"걱정 마. 작게 말해서 남들이 보면 화기애애하게 대화하고 있는 줄 알 거야."

실제로 그랬다.

-아, 두 팀의 주장이 만나서 대화를 나누고 있습니다!

-의외로 화기애애한 모습인데요?

-저렇게 보이지만 사실 두 선수의 관계는 아주 역사가 깊습니다. 무려 판온 1까지 올라가지요.

-아, 그런가요? 둘이 친한 줄 알았는데! 실제로 판온에서도 같이 플레이하는 모습이 종종 보였고 말입니다.

-친할 땐 친하지만 싸울 땐 또 칼같이 싸우는 게 프로 아니겠습니까!

해설자와 캐스터들은 태현과 이세연이 눈만 마주쳐도 호들갑을 떨었다. 한 명만 있어도 흥행이 보장되는 선수인데 그 둘이 이렇게 모여 있다니!

-그런데 오늘 경기가 어떻게 진행될 거라고 생각하십니까?

-아. 정말 예상이 많았죠. 제가 본 예상만 해도 수백 개가 넘

은 거 같습니다.

해설자 마누엘은 진중하게 입을 열었다. E-스포츠에서 명해설자로 이름 높은 마누엘은 온갖 경기를 깊이 있게 분석하고 예측하는 능력으로 이름이 높은 사람이었다.
팬들은 마누엘을 '예언자'라고 부를 정도!

-네! 팬들은 양 팀이 숨겨놓은 기상천외한 비책을 꺼내기를 기대하고 있었죠.
-하지만 전 그렇게 보지 않습니다.
-아…… 그런가요?

어떻게 보면 기대를 깨는 마누엘의 말이었지만 캐스터들은 당황하지 않고 받았다.

-네. 그렇습니다. 기책이나 숨겨왔던 비장의 한 수 같은 건 모든 팬들이 좋아하지만, 사실 어디에서든 그런 걸 보기 힘듭니다. 왜냐하면 프로들은 언제나 전력으로 플레이하기 때문입니다.

마누엘의 목소리에는 설득력이 있었다.

-게다가 판온 같은 경우는 기본적으로 선수들이 모두 판온 안에서 엄청나게 오랫동안 활동합니다. 노출이 안 될 수가 없

어요. 어떤 퀘스트를 하든 영상에 한 번쯤은 잡히기 마련입니다. 자, 그러면 봅시다. 대회에서 비장의 수를 쓰려면 일단 여기까지 올라오는 경기에서도 쓰지 않고 참아야 합니다. 참고로 이 대회는 상대와 맞붙는 게 아니라 던전에 들어가서 혼자 싸우는 경기입니다. 만약 아껴뒀다가 지면 정말 아무한테도 말을 할 수가 없는 겁니다. 거기서 끝이 아닙니다. 게임 내에서도 쓰지 않고 참아야 합니다. 한번 썼다가 영상이 올라오면 그대로 분석될 테니까요.

판온은 정보 공유나 분석이 엄청나게 빨랐다. 실제로 판온 대회에 나오는 선수들은 집요할 정도로 분석당했다.

게임에서 딱 한 번 쓴 스킬 영상이 남아서 분석된 적이 있을 정도로!

각 프로게임단 전력분석팀들이 가만히 놀고먹는 게 아니었다. 그 사람들은 밥 먹고 이런 것만 했다.

-그러니까 마누엘 해설자님은 그런 기상천외한, 아무도 모르는 스킬들이 튀어나오는 일은 없을 것이다?

-네. 그렇죠. 약간 실망스러운 말일 수도 있지만, 이제까지 알려진 전략들 사이에서 조합한 견실한 싸움이 될 거라 봅니다.

마누엘은 자신만만했다. 아무리 생각해도 그럴 수밖에 없었다. 서로 상대방한테 한 대 먹여주기 위해서 결승전까지 스킬을 숨긴다니. 그게 말이나 되나?

초청 가수들의 화려한 무대, 홀로그램 쇼(거기에는 태현 일행이 같이 드래곤을 레이드하는 모습도 있었다), 사전 인터뷰, 사전 인터뷰 (2), 사전 인터뷰(3), 사진 촬영……. 이런 걸 좋아하는 최상윤도 진이 빠질 정도였지만, 태현은 표정 하나 변하지 않고 끝냈다.

최상윤은 놀라웠다.

'아니, 불평 한마디도 안 하네?'

보면 볼수록 신기한 변화!

"야…… 괜찮냐?"

"응? 아. 물론이지."

최상윤은 움찔했다. 태현의 눈빛에서 진지한 불꽃이 튀고 있었던 것이다. 벌써부터 속으로 싸우고 있었다!

'이세연을 얼마나 이기고 싶어하는 거야?'

"애들아. 이제 곧 경기 시작이다."

-아! 김태현 선수가 다른 선수들을 불러 모으네요. 마지막으로 다짐을 하나 봅니다.

-저런 것도 주장의 역할이죠! 훈훈합니다!

"여기까지만 온 것도 잘한 거다."

케인은 태현의 말에 순간 감동했다.

"……라고 하는 놈들은 헛소리하는 거니까 무시해라. 그건 다 의미가 없어!"

"……."

"의미는 이세연을 이기는 것에 있다. 이겨야 해! 쟤를 이겨야 의미가 생겨!"

"아, 아니. 준우승도 잘한……."

"개소리 하지 마! 준우승은 아무도 기억해 주지 않아!"

케인은 시무룩해져서 조용해졌다.

"패배할 수도 있지. 하지만 그게 이세연이면 안 돼!"

"……."

"후. 내가 기본적으로 친절하긴 하지만……."

"????"

"……지면 좀 사람 성질이 더러워질 수도 있을 거 같다."

케인은 기겁했다. 그럼 이제까지는 친절하고 부드러운 태현이었다는 건가?

"이기자!"

'이겨야 한다!'

케인은 절박하게 생각했다.

야 이거 지면 진짜……!

그리고 그 비슷한 대화가 반대쪽에서도 일어나고 있었다.

"김태현한테 지면 죽어."

이세연의 말에 팀원들은 화들짝 놀랐다.

평상시에는 언제나 예의 바르게 그들을 이끌던 든든한 주장, 이세연! 수많은 프로게임단들이 나오고 있었지만 팀원들은 이세연을 완벽한 주장으로 생각하고 있었다.

"……라고 말하지는 않겠지만……."

'휴. 농담이었구나.'

'아니. 농담 아닌 것 같은데.'

입으로는 농담이라고 하고 있었지만 눈빛으로는 진짜라고 말하는 기분!

"죽을 정도로 기분이 좋지 않겠죠. 그렇죠?"

"네…… 네! 그럴 것 같습니다!"

"그럴 거 같아요! 언니!"

이세연의 눈빛은 살기가 번뜩였다. 여기서 '준우승도 만족합니다'라고 말할 수 있을 만큼 팀원들은 배짱이 좋지 못했다. 심지어 태현의 광팬인 류태수도 입을 벙긋하지 못했다.

'무서워!'

—두 팀, 주장을 중심으로 모여서 마지막으로 이야기를 마치고 있습니다.

—지금 케인 선수 눈가에 눈물이 맺힌 것 같은데, 제가 제대로 본 건가요?

-아니. 맞습니다! 이거 감동적이군요. 케인 선수는 여기까지 팀원들과 같이 온 여정에 감정이 북받쳤나 봅니다!

-두 주장이 서로 악수합니다!

쫘아악!

태현과 이세연이 악수하자 안 그래도 컸던 함성이 몇 배로 커지는 기분이었다.

두 탑 플레이어들의 악수! 둘은 아무 말도 하지 않았다. 눈빛만 봐도 서로가 무슨 생각을 하는지 느껴졌던 것이다.

'던전 안에서 서로 공격 가능했어야 했는데. 그렇지?'

'내 말이 그 말이야.'

-두 팀. 조심스럽게 움직입니다.

-던전을 제대로 파악하기 전에는 조심스럽게 움직일 수밖에 없겠죠.

결승전 던전은 그 이전보다 정보가 적고, 난이도기 올라간다고 공지가 되어 있었다. 아무리 태현이나 이세연이라도 무작정 밀고 들어갈 순 없었다.

그리고 두 팀은 어차피 준비 단계가 필요했다. 지금은 파악하고 준비하는 시간!

땅땅땅땅!

태현은 빠르게 망치질하며 최상윤에게 물었다.

"던전 특성 확인했어?"

"몬스터 HP가 늘어난 것 같은데. 2배에서 3배 정도."

던전의 특성은 랜덤으로 정해졌다.

이번 던전은 몬스터들의 HP가 늘어나는 특성!

심플하지만 어려운 특성이었다.

'하지만 차라리 낫다.'

태현 팀의 전략은 빠르게 몬스터들을 몰아 한곳에 넣고 화력으로 쓸어버리는 것.

HP가 많아져도 커버가 될 것이다.

-어? 김태현 선수. 지금 뭘 만들고 있나요?

-창 발사대가 아니네요?

이제까지 태현 팀이 들고 다녔던 공성 병기들은 〈창 발사대〉 계열이었다. 태현의 스킬이라면 더 강력한 공성 병기들도 만들 수 있었지만, 제작 시간과 들고 다니는 걸 생각했을 때 가장 적당한 것이 〈창 발사대〉 계열!

-저건…… 대포인가요? 대포를 여기서?

-대포가 좋긴 한데 저걸 들고 다니는 건 너무 무모한 거 아닌가요? 게다가 재료 수급도 힘들 것 같은데…….

-마누엘 해설자님. 어떻게 보시나요?

-지금 김태현 선수는 몬스터 HP가 많아진 던전의 특성을 파악하고 대포를 고른 것 같습니다. 대포가 무겁지만 케인 선수와 이다비 선수가 같이 옮기면 못 옮길 것도 없지요.

-아…… 그런!

-두 명이나 빠지는데도요?

-김태현 선수나 정수혁 선수의 화력 정도면 충분하다, 저는 그렇게 봅니다. 대포 포탄이 부족한 건 화려한 컨트롤로 커버가 가능한…….

'다 됐군.'

태현은 제작을 마친 후 스킬을 사용했다. 기계공학 스킬 최고급을 찍고 얻은 스킬, 〈기계장치로부터 온 신〉!

마누엘을 포함한 아무도 알지 못했다. 태현이 이 상황까지 저런 강력한 스킬을 숨기며 왔다는 것을.

심지어 도중에 드래곤 사냥까지 있었는데!

-기계장치로부터 온 신!

[기계공학 아이템에 막대한 신성력을 불어넣어 일시적으로 생명을 부여합니다!]

CHAPTER 3

한편 유성 게임단도 빠르게 준비를 마치고 있었다.

"HP 특성? 알겠어요."

이세연은 보고를 듣고 고개를 끄덕였다. 어려운 속성이지만 다른 까다로운 속성보다는 나았다.

변수는 줄어들 테니까.

-이세연 선수가 주로 쓰는 골렘은 총 21가지입니다. 그리고 본선에서 주로 썼던 골렘은 〈붉은 슬라임 골렘〉이었죠?

-네. 그렇습니다. 이번 대회에서 본선에 진출한 거의 모든 팀들이 폭탄 아이템을 사용했었죠? 이 폭탄 아이템을 어떻게 안정되게 사용하냐에 따라 승패가 갈렸다고 과언이 아닙니다.

작고, 무게도 별로 안 나가지만 쿨타임 없이 강력한 화력을 만들 수 있는 아이템, 폭탄! 문제는 불안정해서 언제 오작동이나 부작용이 나올지 모른다는 점이었다.

이세연은 골렘들의 특수 효과로 이 문제를 해결했었다.

-이세연 선수의 〈붉은 슬라임 골렘〉은 골렘 안에 들어간 아이템을 안정화시키는 효과가 있었죠.

-아마 시간 정지나 동결 같은 효과가 아닌가 추측하고 있는데요. 또 〈붉은 슬라임 골렘〉을 사용할까요?

-당연하죠. 제가 말씀드렸지만 이 결승전에서 새로운 전략이 나오는 건…….

그 순간 이세연은 준비를 마치고 골렘을 소환했다.

-폭발하는 가스 거인 골렘 소환!

-어? 방금 뭔가요?

-지금 뭘 소환한 거죠 이세연 선수? 저건 처음 보는 골렘인데요??

-마누엘 해설자님. 저건 뭐죠? 처음 보는 골렘 아닌가요?

-아, 아니…… 저건 그러니까…….

마누엘은 진땀을 흘렸다.

정말 처음 보는 골렘! 이세연이 깬 전설 퀘스트가 몇 개고, 심지어 길드 동맹과 평원에서 맞부딪혔는데…….

그때에도 저런 골렘을 쓰지 않고 있었다고?

'그게 말이 돼?! 아니, 대체 무슨 생각으로……!'

초일류 선수들은 말도 안 되는 짓을 태연하게 저지르는 사람들이었다. 물론 이 둘은 치밀한 전략적인 계획보다는 '상대방한테 엿을 먹이고 싶어!'란 일념으로 저지른 일이었지만!

마누엘은 당황했지만 다른 캐스터들은 신이 나서 소리쳤다.

-아, 이세연 선수! 역시 결승전을 그냥 평범하게 끝내지 않습니다! 비장의 한 수를 준비하고 있었어요!

-이겁니다! 저는 이세연 선수를 믿고 있었습니다! 이런 수가 바로 판온 아니겠습니까?

-결승전을 대비한 이 인내심! 이게 바로 이세연입니다!

〈폭발하는 가스 거인 골렘〉은 이세연이 준비한 비장의 카드였다. 전설 퀘스트를 깨고 얻은 소환 스킬!

안에 폭탄들을 잔뜩 쟁여놓는 것부터 시작해서 자기 자신도 폭발할 수 있는 이 골렘은 어마어마한 화력을 가지고 있었다. 이세연은 거기에서 멈추지 않았다. 리치 변신부터 각종 강화 스킬까지 전부 걸고 들어갔다.

전설 직업의 밑천을 모두 한 번에 보여준다!

'언니…… 그렇게 한 번에 다 할 필요는…….'

김현아는 착잡해졌다. 평소에는 여유가 있었는데 오늘은 아니었다. 김태현을 얼마나 이기고 싶으면 저럴까!

"이세연! 이세연! 이세연!"

"이세연! 이세연! 이세연!"

생각지도 못했던 스킬 깜짝 등장에, 전설 직업의 스킬들까지 총출동하자 경기장은 이세연의 이름을 부르는 외침으로 가득해졌다. 그러나 사람들은 채 1분도 지나지 않아 태현의 이름을 외치기 시작했다.

태현도 시작한 것이다.

-소환됨. 주인. 명령.

"가자!"

망설일 시간은 없었다. 태현 일행은 앞으로 달리기 시작했다. 〈신성력이 부여된 거대 대포〉는 마치 골렘처럼 자기가 알아서 움직였다.

'진작에 좀 하지!'

짐을 들지 않아도 되자 케인의 어깨는 한결 가벼워졌다.

-저거 대체 무슨 스킬인가요! 공성 병기가 살아서 움직입니다!

-아무리 봐도 평범한 스킬은 아닌데요!

-마누엘 해설자님! 저 스킬을 어떻게 보시는지…… 마누엘 해설자님!

캐스터들이 마누엘의 옆구리를 찔렀다.

정신 차려!

정신이 혼미해진 마누엘은 고개를 흔들었다. 명해설자인 그가 여기서 이렇게 흔들릴 수는 없었다.

-두…… 두 선수 모두 결승전을 대비해 비장의 한 수를 숨겨놓은 것 같군요. 허허허.

-아니, 해설자님께서는 그런 거 없다고 하지 않으셨나요?

-살다 보면 예측이 틀릴 수도 있는 거 아니겠습니까? 안 그래요? 저기 김태현 선수가 소환한 대포 보십시오! 아주 화력이 대단합니다!

노골적인 말 돌리기!

캐스터들은 당황했지만 마누엘의 말을 맞춰줬다.

[<신성력이 부여된 거대 대포>가 포탄을 발사합니다!]

장전 과정 필요 없음! 포탄 만들어서 넣을 필요 없음! 들고 다니다가 자리 잡고 준비할 필요 없음!

공성 병기의 단점이 모두 사라진 거대 대포는 사기에 가까웠다. 게다가 태현의 기계공학 스킬은 거의 정점에 도달한 상황. <기계장치로부터 온 신> 스킬의 힘은 더더욱 강해졌다.

'다 좋은데⋯⋯.'

'우리 할 일⋯⋯.'

'너무 없는 거 아닌가?!'

덕분에 태현을 제외한 나머지 일행들은 민망함을 느낄 정도였다. 지금 경기장에는 수만 명이 넘게 모여 있고 온라인으로는 수천만이 넘게 보고 있을 텐데⋯⋯.

-발사. 처치. 발사. 처치.

몬스터들의 HP가 올라간 덕분인지 대포의 포격 난사에서도 버틴 놈들이 좀 있었다. 그걸 본 케인과 최상윤이 외쳤다.

"앗. 살아남았다!"

"내가⋯⋯ 내가 잡을 거야!"

"⋯⋯기뻐 보이십니다?"

"아, 아니. 무슨."

그러나 태현은 그런 기회도 주지 않았다.

-아키서스의 돌격!

[아키서스의 사악한 힘으로 공간을 무시하고 빠르게 돌진해 상대를 공격합니다! 상대를 쓰러뜨렸습니다! 스킬의 쿨디임이 초기화됩니다!]

-아키서스의 돌격!

슉슉슉!

사방에서 빛이 번쩍이며 몇 마리 남지 않은 몬스터들이 순식간에 쓰러져나갔다. 케인과 최상윤은 원망스러운 목소리로 동시에 말했다.

"야!!!"

태현은 왜 저러냐는 듯이 쳐다보았다.

"우…… 우리도 좀……!"

"새삼스럽게 왜 이래? 빨리 움직여! 이세연이 뭘 하고 있을지 어떻게 알아!"

기계공학 대장장이, 다니엘은 결승전 영상을 보고 커다란 충격을 받았다. 태현이 폭탄으로 랭커들을 쓸어버린 걸 봤을 때와 비슷한 감동!

'저…… 저거다! 바로 저거야!'

살아 움직이는 기계공학 장치!

'나는 이제까지 너무 머리가 굳어 있었어!'

폭탄만 만드는 가브리엘 쪽 기계공학 대장장이들과 작별하고 나서, 다니엘은 정말 빠르게 성장했다. 파워 워리어 길드원들의 랜덤박스에 들어갈 아이템을 다니엘 혼자서 전부 만든 것이다.

뼈를 깎는 중노동이었지만 다니엘은 즐거웠다. 그렇지만 요즘 무언가 답답함을 느끼고 있었다.

더 위로 올라가지 못하는 답답함!

그렇지만 오늘 태현의 영상을 보니 무언가 번개를 맞은 것 같은 깨달음이 찾아왔다.

'바로…… 저거다!'

예전에는 기계공학 스킬이 낮았지만 이제는 수많은 랜덤박스 노가다로 단련된 상태.

그도 태현의 발자취를 따라갈 수 있었다. 다니엘은 무엇에 홀린 것처럼 설계도를 제작하기 시작했다.

'기계공학 말! 기계공학 새! 기계공학 전투견! 기계공학 칼날바퀴외발자전거!'

기계공학 말은 단순한 말이 아니었다. 입에서는 불을 내뿜고 말발굽에서는 벼락을 내뿜으며 옆구리에서는 화살이 쏘아져 나가야 했다. 다른 것들도 마찬가지였다.

공방일체! 공격과 방어가 모두 한 번에 이뤄지는 궁극의 병기들!

[현재 기계공학 스킬 수준으로 다음과 같은 설계도를 만들 수 없습니다.]

[페널티가……]

어지간히도 고난이도였는지 안 된다는 메시지창만 계속 떴다. 그러나 다니엘은 상관하지 않았다. 그냥 쉽게 되면 무슨 재미가 있겠는가!

"크크크…… 크하하하하하하하!"

다니엘은 미친 듯이 웃기 시작했다.

이런 걸 도전할 수 있다니! 난 정말 행운아야!

밖에서 파워 워리어 길드원들이 수군거렸다.

"다니엘 님 또 왜 저래?"

"내버려 둬."

다니엘이 좀 이상한 것 같아도 그래도 일은 열심히 하는 그런 친구였으니까! 그렇지만 가끔 무서울 때가 있었다.

"어렸을 때 본 만화영화에서 나오는 악당 박사 같은……."

"쉿. 조용히 해."

훗날 판온에서 〈다니엘 시리즈〉라고 불리는 각종 기계공학 병기들의 탄생이었다.

다니엘이 자기의 모습을 보고 악당 박사가 되어가고 있다는 건 꿈에도 생각지 못한 채, 태현은 던전을 돌며 몬스터들을 쓸어나갔다.

-좌측 상단 대각선 방향 적 발견. 적 발견. 공격.

거대 대포는 엄청나게 유능했다. 태현이 발견하지 못하고 숨어 있는 적을 잡아내고, 적을 유인해내고, 섬멸까지!

케인과 최상윤이 위기를 느낄 정도였다.

'김태현만 아니라 저 대포도 우리 할 일을 대신하고 있어……!'

'진짜 팝콘이나 가져왔어야 했나?'

빠르게 움직이고는 있었지만 마음속으로는 초조함이 가득!

콰콰쾅!

-처리. 처리.

네 번째 구역까지 깔끔하게 쓸어버리는 대포를 본 태현은 무언가 위화감을 느꼈다. 이 위화감의 정체는 대체 무엇인가?

'……너무 멀쩡해서 위화감이 드는 거였군!'

태현은 왜 위화감이 드는지 깨달았다. 원래 태현이 쓰는 스킬들은 어딘가 나사 하나 빠진 것 같은 부분들이 있었다.

아키서스의 신수나 사디크의 신수도 그러지 않았던가. 그런데 이 〈신성력이 부여된 거대 대포〉는 유능해도 너무 유능했다. 쓸데없는 소리를 하지 않고, 자기가 할 일을 알아서 척척척 하는 대포! 이런 대포가 10개 정도만 있으면 판온 정복을 할 수 있을 것 같은 기분이 들었다.

'아…… 아니. 흔들리지 말자. 저 대포도 분명 무슨 단점이 있을 거야.'

그러나 그렇게 생각해도 아쉬움은 사라지지 않았다.

스킬 시간이 끝나면 그냥 대포로 돌아오게 된다니.

'다른 아이템한테 신성 부여를 해도 똑같이 이렇게 유능하겠지? ……제발 그랬으면 좋겠는데.'

왠지 모르게 그런 슬픈 예감이 들었다. 앞으로 이렇게 유능한 기계공학 아이템은 만나지 못할 것 같다는 예감!

"김태현! 위험해!"

신나게 다음 위치로 이동하던 도중 케인이 갑자기 고함을 지르며 달려들었다. 그리고 방패를 들어 몬스터의 공격을 막았다.

"위험했어!"

"……너 지금 카메라 신경 쓰는 거 아니지?"

"아, 아니야."

김태현! 김태현! 김태현!

태현이 생각지도 못한 스킬을 꺼내자 경기장은 아까와 다른 흥분에 휩싸였다. 언제나 기계공학 메타에 새로운 답을 제시하는 태현!

벌써부터 사람들은 저 스킬을 어떻게 얻을 수 있는지, 아무리 그래도 저 스킬 하나 얻자고 기계공학 하는 건 미친 짓이라든지로 떠들고 있었다. 태현이 꺼낸 대포가 화려하게 화면을 장식하며 몬스터들을 쓸어버릴 때만 해도 사람들은 태현 팀의 승리를 예상했다.

-아! 그렇지만 유성 게임단도 밀리지 않습니다! 이제 막 네 번째 구역을 돌파했어요!

그런데 놀랍게도 이세연 팀은 따라붙었다. 태현 팀처럼 회러하지는 않지만, 이세연 팀은 건실하게 균형 잡힌 강함이 있었다.

이세연 팀의 카드는 단순히 <폭발하는 가스 거인 골렘> 같은 것뿐만이 아니었다. 본인이 서버에서 제일가는 네크로맨서라는 것 자체가 장점!

이세연이 아껴뒀던 직업 버프 스킬들을 전부 꺼내 팀원들한테 걸고, 이세연 팀 사제까지 버프를 걸자 팀원들의 전력은 무시무시하게 증가했다. 너무 정석적이고, 이미 다 알려진 스킬들이라 화려하진 않았다.

그러나 이세연 정도 되는 플레이어가 쿨타임 때문에 아껴놨던 버프들까지 다 꺼내면 그 위력은 정말 어마어마했다.

균형 잡힌 강함! 태현 팀처럼 괴상한 조합의 팀은 보여줄 수 없는 강함이었다.

이세연 팀은 골렘으로 부족한 화력은 팀원들의 힘으로 극복하고 따라붙고 있었다. 그러다 보니 어느새 요상한 구도가 완성되었다.

미처 날뛰는 태현 팀의 뒤를 따라붙는, 서로 손에 손을 잡고 협력해서 따라가는 이세연 팀! 마치 태현 팀이 악당 같고 이세연 팀이 주인공 같은 느낌이었다.

-김태현! 날 널 응원한다! 사악하면 어떠냐! 이기면 그만이지!
-김태현! 그냥 케인을 대포에 넣고 쏴라!

몇몇 태현의 광팬들이 외치는 대사가 더욱더 태현을 악당처럼 보이게 만들었다.

밖에서 악당처럼 보이든 말든 태현의 머리는 계산으로 복잡했다. 밖에 있는 사람들은 단순히 플레이어들의 스킬이나 화려한 전투 컨트롤을 보고 환호했지만, 안에서 뛰는 선수들에게는 다른 능력도 필요했다.

밖으로 보이진 않지만 필요한 능력들!

지형 파악, 전략 짜기, 집중력 유지하기 등…….

-아. 케인 선수. 김태현 선수와 이야기를 나누고 있습니다.

-갈림길을 앞두고 뭐부터 돌지 계획을 짜고 있는 거겠죠. 놓치기 쉽지만, 던전 안에서 뛰는 선수 입장에서는 정말 초조하고 혼란스러울 겁니다. 한끝 차이로 시간을 잡아먹힐 수 있거든요.

-사실 이런 건 혼자 판단하기는 어려운 일입니다. 일류 팀일수록 팀원들이 같이 판단을 내리죠. 얼마나 합이 맞고 의사소통이 잘 되는지도 팀의 능력 아니겠습니까.

-아! 팀 KL 움직입니다! 바로 결정을 내렸나 봅니다. 역시 빠릅니다!

하지만 사실은 조금 달랐다. 지형 파악부터 전략 짜는 것까지, 태현 팀은 태현이 전부 맡아서 했다.

태현은 처음 들어오는 던전의 지도를 머릿속에서 그리며 빠르게 다음 지역을 예측했다.

'북서쪽에 방 2개 있었고 오른쪽으로 길 있었으니…….'

-야, 어디로 가지? 헉. 이세연 팀이 역전했으면 어떡하지? 나 한 거 없는데……! 사람들이 나 때문이라고 욕할 거야!

결승전의 압박! 빠르게 뛸 때는 몰랐지만 잠시 멈추자 바로 공포가 올라왔다. 이런 혼란을 잡아주고 사기를 올리는 것도 주장의 역할이었다.

-케인.

-응?

-입 안 다물면 너부터 죽이고 간다.

-…….

-계산 다 했다. 가자!

-김태현! 먼저 보스 던전에 들어갑니다!

-이세연 팀도 30초 안에 들어갑니다. 역시 결승전답습니다! 두 팀! 조금도 양보하지 않습니다! 팽팽합니다!

-두 팀 다 일반 몬스터들은 전부 해치운 상태. 보스 몬스터를 누가 먼저 잡느냐에 따라 승패가 갈립니다!

-하지만 절대 만만하지 않을 겁니다. 특히 결승전의 보스 몬스터는 몇 배나 더 높은 지능에 까다로운 패턴을 갖고 있을 거라고 이미 사전에 예고가 되어 있었거든요! 두 팀 모두 그걸 잘 알고 있을 겁니다.

-그 패턴을 파악하고 어떻게 들어갈지가 승부겠지요?

-그렇습니다. 대포나 가스 골렘의 화력으로 밀어붙이고 싶겠지만 아쉽게도 보스 몬스터는 그 정도로는 힘들 겁니다.

캐스터의 말은 틀리지 않았다.

콰콰쾅!

-목표 방어력 높음. 대미지 잘 안 들어감.

[<피에 미친 외눈 거인 전사>가 울부짖……]

-아키서스의 축복!

상대방이 뭔가 하려는 순간 태현은 버프부터 걸고 봤다. 빠른 판단이었다.

[회피에 성공……]

거인 전사가 쏘아 보낸 음파가 일행들을 미친듯이 공격했지만 전부 다 회피가 떴다.

-두 팀 다 공격이 느려졌습니다. 보스 몬스터 방어가 단단하다는 걸 깨달은 거겠죠.

-어떻게 공략할지 고민하고 있을…… 이, 지금 뭐하는 거죠? 팀 KL? 설, 설마…….

-지금 설마…….

해설자들과 캐스터들은 경악했다. 팬들도 경악했다.

지금 태현 팀은……. 케인을 대포에 넣고 있었다!

-목표 조준. 목표 조준.

"준비됐냐? 간다!"

태현은 케인에게 살라비안 권능과 살아 움직이는 폭탄까지 사용했다.

-살라비안의 폭주, 살아 움직이는 폭탄!

어차피 이 특별 던전 내에서는 사망해도 페널티가 없었다. 플레이어의 목숨도 쓸 수 있는 자원 중 하나!

'최대한 폭딜 넣은 다음 케인까지 폭발시킨다.'

지금 가능한 최선의 폭딜 시나리오! 물론 이론상 그런 것이고, 실제로 팀원까지 동원해서 자폭 공세를 가할 거라고는 아무도 예상하지 못했다.

아까 팬들 중에서 '케인을 넣고 쏴라!'라고 했던 팬들도 입이 떡 벌어져서 다물지 못했다.

진짜 쏘란다고 쏠 줄이야!

"가자!"

준비는 끝났다. 태현은 아키서스 직업 스킬들과 각종 신성 권능 스킬들을 보스 몬스터에게 걸고 덤벼들었다.

-살라비안의 생명력 봉인, 아키서스의 저주! 아키서스의 신성 영역! 아키서스의 첫 번째 공격, 치명타 폭발! 파이토스의 일격!

하나하나만 해도 무시무시한 스킬들이 풀려나왔다. <피에 미친 외눈 거인 전사>가 맞받아치기 위해 무기를 휘둘렀지만 태현은 오히려 무기 위를 타고 올라가 보스 몬스터의 약점을 집중 공략했다. MP나 스킬 쿨타임 생각은 안 하고 한 번에 전부 쏟아붓는 폭딜!

[적이 일시적으로 너무 많은 대미지를 입었습니다! 한동안 눈을 뜨지 못합니다!]
[적이 살라비안의 생명력 봉인으로 인해……]
[적이 아키서스의 신성 영역 안에 있습니다!]
[적이 사디크의 화염에……]

-크아아악!
그걸 본 해설자와 캐스터들은 대포에 케인이 들어가 있는 것도 잊고 열광했다.

-김, 김태현 선수! 폭발적입니다! 정말 폭발적이에요! 보스 몬스터를 그대로 밀어붙입니다!
-……그런데 케인 선수는 대체 왜 대포 안에 들어가 있는 거죠?
-지금 그게 중요합니까!

[MP가 전부 소모되었습니다! MP가 0이 된 것으로 인해 일시적으로 멀미 상태에 빠집니다!]

가상현실게임에서 시야가 흔들리는 멀미 상태는 사람을 아주 짜증 나게 만들었다. 특히 이런 보스 몬스터 레이드일 경우에는 더더욱!

태현은 이를 악물고 균형을 잡았다. 그리고 외쳤다.

"케인! 쏴라!"

"……그래! 이렇게라도 눈에 들 수 있다면!"

콰아앙!

케인이 뭔가 이상한 소리와 함께 발사되었다. 두들겨 맞던 거인은 태현을 붙잡고 반격하려다가 무언가 날아오는 걸 보고 움찔했다.

꽝!

[거대한 충격에 스턴 상태에……]
[<살라비안의 폭주> 상태입니다! 스턴 상태에 걸리지 않습니다!]

"컥!"

케인이 들이박자 거인도, 케인도 신음을 내뱉었다. 그러나 케인은 태현처럼 빠르게 반응하고 균형을 잡는 능력이 없었다.

탁!

거인이 한 발 더 빨리 케인을 붙잡았다.

-쿠오오!

케인을 물어뜯으려고 하는 거인! 그걸 본 태현은 웃었다.

아주 알아서 목을 내미는구나!

"잘 가라!"

콰콰콰콰콰콰콰콰쾅!

경기를 중계하는 화면이 화염과 폭발, 빛에 휩싸였다. 어떻게 굴러가고 있는지 볼 수 없을 정도로!

그와는 다르게 유성 게임단은 모범적으로 공략했다. 전설 직업 네크로맨서다운 각종 직업 저주 스킬을 중첩시켜 보스 몬스터를 약하게 만든다. 느려지고 판단력이 흐려진 보스 몬스터를 각종 방어력 관통 있는 스킬들과 대미지 높은 스킬들로 때린다. 두들겨 맞은 보스 몬스터에게 빈틈이 보이면 가스 골렘을 접근시켜 폭발시킨다.

이 과정을 반복!

그 강하던 보스 몬스터가 고작 5명 앞에서 농락당하듯이 두들겨만 맞고 있었다. 안정적인 레이드 그 자체였다.

'으…… 불안해…….'

손끝은 한 치의 떨림도 없이 각종 스킬들을 최적의 순서대로 연사하고 있었지만, 머릿속은 초조할 수밖에 없었다.

사람인 이상 어쩔 수 없다! 마지막을 앞두자 밖의 상황이 정말 궁금했다. 과연 김태현은 얼마까지 갔을까? 설마 먼저 깨고 나왔을까?

'그 자식도 분명히 숨기고 있는 게 있을 텐데…….'

"됐다!"

[<피에 미친 외눈 거인 전사>가 쓰러졌습니다!]

[던전 공략이 완료되었습니다!]

[축하합니다!]

팀원들의 환호성과, 던전 공략 메시지창이 떴다.

이세연은 두근거리는 기분으로 밖으로 나왔다.

"이세연! 이세연! 이세연!"

가장 먼저 들린 건 그녀의 이름을 환호하는 사람들의 목소리였다. 그 순간 이세연은 직감했다.

'……졌구나!'

이긴 걸 축하하는 환호성이 아닌, 졌지만 잘 싸웠다는 환호성. 이세연은 결과를 보고 싶지 않았지만 꾹 참고 고개를 들었다. 이것도 프로의 역할!

'김태현 쪽은 보지 말아야지.'

얼굴 보면 화병 난다! 경기장의 스크린에서는 태현 팀의 승리를 축하하는 메시지와 함께 하이라이트 영상들이 올라오고 있었다. 케인이 대포로 쏘아지고 있었다.

이세연은 눈을 깜박였다. 내가 제대로 본 거 맞지?

이세연은 좌절했다. 솔직히 진 이상 어떤 이유든 간에 화가 나고 분할 것 같았지만…… 저거에 지다니!

아니, 좀 멀쩡한 거에 질 순 없나?

"흑흑. 나 잘했지?"

"그래그래. 잘했다."

"내가 대포로 쏘아진 덕분에……"

"쏜 내가 할 말은 아니긴 한데, 그렇게 말하고 나면 좀 슬프지 않냐?"

태현은 케인을 보며 떨떠름한 목소리로 말했다. 대회에서 자기가 한 일을 이야기할 때 대포에서 쏘아진 걸 이야기하면 좀 슬프지 않나?

터벅터벅-

그러는 사이 캡슐에서 나온 이세연이 태현 일행 쪽으로 걸어왔다. 그걸 본 태현이 말했다.

"조심해라. 우릴 공격할지도 몰라."

다 들린다!

그러나 이세연은 정신줄을 붙잡았다. 전 세계 사람들 앞에서 태현을 패는 걸 방송할 수는 없었다.

"우승…… 까득, 축하, 까득, 해."

말 사이에 들리는 이 가는 소리!

태현은 그 말을 듣고 조용히 이세연을 쳐다보았다. 이세연은 그 모습에 불안해졌다.

이 자식이 대체 무슨 짓으로 사람 속을 뒤집으려고……?

태현은 이세연이 내민 손을 맞잡고 악수했다. 그리고 예의 바르게 대답했다.

"좋은 승부였어."

이세연보다 태현 일행이 더 놀랐다.

'내가 이겼어! 내가 이겼다고! 이 패배자야!' 정도까진 아니라도 도발이나 조롱은 기본으로 나올 줄 알았는데!

최상윤은 놀라 물었다.

"뭐야? 무슨 일이야? 어디 아프냐? 협박 받았나?"

"이세연이 협박했어? 헉. 혹시 총으로 겨누고 있나?"

"아니. 그냥 이렇게 하면 이세연이 제일 화날 것 같아서."

어설픈 조롱이나 도발은 오히려 이세연을 침착하게 만들어 줄 뿐. 역의 역으로 간다!

일행은 뜨뜻미지근한 시선으로 태현을 쳐다보았다.

아니, 사람이 뭐 저렇게까지 하나?

"……침착하게 대응하면 이세연이 더 화 낸다고? 그게 말이 돼?"

케인은 납득이 안 간다는 듯이 되물었다. 아무리 생각해도 이해 안 되는 둘의 세계!

"언니! 멋있었어요!"

"주장. 주장은 최선을 다했습니다. 도움이 되지 못해서 죄송합니다."

팀원들이 우르르 와서 격려를 해줬다. 방금 이세연과 태현이 악수를 하는 장면은 스포츠맨십 그 자체였다.

승자와 패자가 서로를 격려하는 훈훈한…….

부들부들!

"왜 그러십니까?"

"저…… 저게 날 더 도발하려고…… 일부러…… 착한 척을……! 가증스러워!"

이세연은 주먹을 쥐었다. 태현이 갑자기 미쳐서 저렇게 예의 바르게 굴 리 없었다. 분명히 더 엿 먹이려고 저런 게 분명해!

"아, 아니. 아무리 그래도 그건 좀…….."

"맞아요. 언니. 그건 아닐 거예요."

"너희들이 뭘 알아!"

"아이고…… 아이고……."

유 회장은 탄식했다. 결국 유성 게임단이 진 것이다.

아까워 죽겠다! 우승을 못 한 것보다 김태현 놈한테 졌다는 게 더 아쉬웠다.

"어르신. 유성 게임단 팬이셨습니까?"

유 회장 옆에서 낚싯대를 기울이고 있던 이중섭이 의아해했다.

명예퇴직 당한 아저씨들끼리 모인 생계형 플레이어 길드, 〈가늘고 길게〉 길마 이중섭! 눈송이 물고기만 찾아댄 인연으로 유 회장과 꽤나 친해진 그였다. 그리고 이중섭은 유 회장을 유성 그룹에서 잘린 사람으로 알고 있었다.

"그…… 그렇지."

"허. 어르신도 참 대단하십니다. 저 같으면 유성의 '유'자만 봐도 치가 떨릴 것 같은데."

직장에서 잘린 원한은 깊다! 물론 지금은 플레이어로 제2의 인생을 찾아 잘살고 있긴 하지만, 잘렸을 때 충격은 어디 가지 않았다.

"하긴 오래 일하셨을 테니 바로 미워하긴 쉽지 않겠죠."

이중섭은 알아서 납득하고 고개를 끄덕였다.

세상일이란 건 원래 딱 잘라지지 않는 법.

"어르신. 기운 내시고 눈송이 물고기나 잡으러 갑시다."

"……좀 다른 거 잡으면 안 되나?"

유 회장은 떨떠름한 목소리로 말했다.

물론 낚시를 좋아해 주는 건 고마웠다. 〈가늘고 길게〉의 길드원들은 대체로 아저씨들이다 보니 낚시를 다 좋아했던 것이다.

고렙 이상의 플레이어들이 유 회장을 도와주다 보니 유 회장의 퀘스트도 몇 배는 쉬워졌다. 우연히 만난 인연치고는 정말 괜찮은 인연이었다. 게다가 길마 이중섭도 사람이 서글서글하니 괜찮았고…….

'눈송이 물고기만 찾는 것만 빼고!'

눈송이 물고기만 잡다 보면 다른 물고기도 좀 욕심을 낼 줄 알았는데 사람이 정말 한결같다!

"사람이 한 우물만 파야죠. 하하."

"......."

"허. 김태현 선수가 인터뷰하네요. 이야. 참 잘생겼네. 사람 참 훤칠하니 보기 좋지 않습니까? 예의도 바르고요."

"예의가…… 발라?!"

"제가 딸이 있었다면 딱 사위 삼고 싶은 놈인데 말이죠."

"그, 그래."

취향은 존중한다!

이중섭은 우승 시상식 영상을 켜놓고 감탄하며 쳐다봤다.

태현 팀이 인터뷰를 마치고 우승컵을 들어 올린 뒤 다음 투기장 리그를 대비하겠다는 포부를 밝히고 있었다.

"참 대단한 친구 아닙니까?"

"……그러고 보니 자네 자식 있나?"

속이 쓰릴 대로 쓰려진 유 회장은 은근슬쩍 주제를 돌렸다.

"아. 아들 놈 하나 있습니다."

"오…… 아들도 같이 하나?"

"하하. 걔는 바빠서 가끔 들어옵니다. 가끔 들어오면 제가 도와주고 그러죠."

"바쁘다니 잘됐군. 무슨 일이길래?"

"취업 준비합니다. 아. 그러고 보니 아들놈도 이번에 유성 그룹에 도전하네요."

유 회장은 움찔했다.

"어, 어느 분야에?"

"유성전자일 겁니다."

"그, 그렇군."

"어르신, 혹시 뭐 해주실 조언이라도 있습니까?"

"그…… 글쎄."

유 회장은 다짐했다. 절대 그의 정체를 밝히지 말아야겠다고! 다른 사람이었다면 아는 사람이니 한 번쯤 기회를 줬을지도 모르지만, 유 회장은 이런 면에서는 칼 같았다.

'그래도 들어오면 신경은 써줘야겠군.'

그렇게 다짐하는 유 회장이었다.

"휴가다!"

"와아아!"

호텔로 돌아온 태현 일행은 신나서 우승을 자축했다. 우승했다고 바로 돌아가는 게 아니었다. 아직 일주일 넘게 호텔이 잡혀 있었고, 이제 남은 시간 동안 근처를 느긋하게 관광할 수 있었다.

결승전 전에는 긴장되고 초조해서 제대로 관광도 못 했지만 (사실 관온하느라 못 한 것도 있었지만), 이제는 정말 마음 놓고 즐길 수 있는 것! 우승한 뒤의 휴식만큼 즐거운 것도 없었다.

케인은 벌써 어떤 옷을 입고 나가야 팬들한테 어필할 수 있을지 고민하고 있었다.

케인은 옆에 있는 이다비를 보고 웃었다. 이다비도 끙끙대며 고민하고 있었던 것이다.

'녀석! 나와 같은 고민을 하고 있군!'

케인은 이다비를 쿡 찌르며 물었다.

"너도 그 고민을 하고 있구나?"

"앗? 어떻게 아셨어요?"

"척 보면 척이지."

"태, 태현 님한테는 말하지 말아주세요."

"당연하지. 김태현이 알아서 좋을 게 없잖아!"

"그렇죠? 태현 님한테 깜짝 선물 하려고 하는데…… 미리 알면 좋을 게 하나도 없잖아요."

"……어, 어. 그렇지. 나, 나도 고민하고 있었어!"

케인은 황급히 말을 틀었다.

'배신자!'

사실 배신이고 뭐고 없긴 했지만!

케인은 다른 일행들을 훑어보았다. 일행들은 어마어마한 결승 상금으로 뭘 할지 고민하고 있었다.

"흠. 부모님한테 뭘 사다 드려야……."

"부모님께서 기뻐하실 겁니다!"

"……."

케인은 갑자기 매우 부끄러워졌다. 옆에서 최상윤이 희한하다는 듯이 물었다.

"넌 가족 선물 다 골랐냐? 김태현 선물 고를 여유까지 있는 거 보니……."

"……물론이지!"

케인은 방금 있었던 일은 말하지 않기로 다짐했다.

"다들 고생 많았다. 이제 즐기면 돼."

"와아아아! 주장! 주장! 주장!"

평소에는 볼 수 없는 태현의 풀어진 태도에 모두 감동했다. 이세연을 이기니까 마음도 관대해지는구나!

"그렇지만 일단 접속부터 하고!"

"와아아……."

'와아아아!'에서 '와아아…….'로 바로 바뀌는 마술!

케인은 믿기지가 않아 물었다.

"아…… 아니. 야. 그래도…… 우리…… 우승…… 휴가……."

"나도 알아. 놀고 싶은 거. 하지만 그렇게 현실을 열심히 살면 게임은 언제 하겠니?"

뭔가 반대 같은데?

"지금 흡혈성이 위험할 수 있다고. 빨리 가서 흡혈성만 마무리 짓자! 그러면 휴가 준다!"

"크으윽……."

"으윽……."

일행은 울상이 되어 캡슐에 들어갔다. 확실히 흡혈성 퀘스트가 긴박한 상황이라 따질 수도 없었던 것이다.

"음. 망했군."

블라디는 그렇게 중얼거리며 성벽 위를 걸어 다녔다.

"음…… 역시 망했어."

아무리 생각해도 승산 없는 상황! 물론 성벽 내에는 기세등등한 뱀파이어 모험가들과 기사단, 아키서스 포병대 등등이 있었지만……. 핏빛 군도의 뱀파이어 귀족들은 그렇게 만만한 상대가 아니었다.

모욕적으로 공격당하고 쫓겨났으니 이제 전력을 다해서 송곳니를 들이대리라. 그리고 그들의 최우선 목표는 바로 블라디가 될 것이다.

아! 너무 무섭다!

'으…… 도망치고 싶은데…….'

악귀 같은 아키서스 놈이 없을 때가 바로 기회였다. 그런데 도망칠 기회가 별로 보이지 않았다. 기사단부터 아키서스 포병대까지 철저하게 블라디를 쫓아다니고 있었던 것이다.

태현의 명령! 누가 아키서스 아니랄까 봐 사람 붙잡고 괴롭히는 데에는 아주 철저했다.

'그냥 몇 대 맞을 각오하고 도망칠까?'

뒤에서 느껴지는 기사단원과 포병대원의 시선을 느끼며, 블라디는 고민했다.

몇 대 맞으면서 도망치면…….

'뼈와 살이 분리될 거 같다…….'

참고 버티기에는 너무 높은 대미지!

슈우우우-

블라디는 움찔했다. 멀리서 마력이 담긴 안개가 날아오고 있었다. 이런 걸 할 수 있는 이들은 많지 않았다.

안개 변신은 뱀파이어의 종특!

"습…… 습…… 습격이다!"

"뭐라고?!"

블라디를 쫓아다니던 기사단원들이 재빨리 무기를 뽑았다. 블라디는 안개를 가리키며 호들갑을 떨었다.

"저기! 저기를 봐라. 날 죽이려고 암살자가 오고 있다!"

뱀파이어들끼리의 공성전은 화려하고 격렬하지 않았다.

마법부터 변신까지 하도 쓸 수 있는 방법이 많다 보니 이런 식으로 뒤를 치는 걸 선호했다. 블라디가 기겁하는 것도 당연했다.

"날…… 날 지켜라! 날 지켜야 한다! 날 지켜주지 않으면……."

"알겠으니 좀 조용히 해라. 뱀파이어."

기사단원들이 짜증을 냈다. 태현이야 대륙을 울리는 영웅이었지만 블라디는 그냥 한낱 뱀파이어일 뿐이었다.

"암살이 맞나?"

"맞다니까! 저 안개를 봐라!"

"위협이 느껴지지 않는데……."

기사단원들은 안개를 보며 눈을 가늘게 떴다. 마력이 담기긴 했지만, 사악한 땅에서는 마력이 담긴 안개 정도는 흔히 보였다. 중요한 건 살기가 없다는 것!

기사단원들은 블라디를 의심쩍은 눈으로 쳐다보았다.

이놈 수작 부리는 거 아냐?

"이 뱀파이어 놈 혹시 도망치려고……."

파앗!

그 순간 안개가 뱀파이어로 변하더니 성벽 위에 착지했다.

"봐라! 보라고! 암살자잖아!"

착지한 뱀파이어는 무슨 소리를 하냐는 듯이 당황한 표정으로 블라디를 쳐다보았다.

"스카비오 백작님께서 저를 보내셨습니다. 블라디 님. 스카비오 백작님께서는 협상을 원하십니다."

뱀파이어가 여기 온 이유는 암살이 아닌 협상! 그걸 깨달은 블라디는 헛기침을 했다.

"크흠. 크흐음……! 스카비오 백작이 그래도 머리가 있군!"

기사단원들은 한심하다는 듯이 블라디를 쳐다보았다.

이제 와서 그런다고 바닥에 떨어진 체면이 주워지냐?

"이 나를 존중해서 사신을 보내다니."

"참고로 절 공격하면 앞으로 어떤 협상도 없을 겁니다. 블라디 님."

"내가 왜 사신을 공격하겠나?"

사신은 '네가 감히 그런 소리를 해?'라는 눈빛으로 블라디를 노려보았다.

'아…….'

블라디는 그제야 기억이 났다.

사신들에게 신나게 쏴댔었지!

"아니 그건 내가 한 게 아니라……."

블라디는 변명하려고 했다. 사신부터 시작해서 회의하고 있는 뱀파이어들을 공격한 건 태현이지 자기가 아니다!

물론 그런 변명이 먹힐 리 없었다.

"와. 진짜 뻔뻔한 놈이군."

"하긴 뱀파이어 놈 인성이 어디 가겠어."

기사단원들이 뒤에서 블라디를 욕했다. 블라디는 억울했다.

'다른 놈들이 그래도 너희들이 그러면 안 되지!'

아키서스 놈 같이 따라다니던 놈들이면 상황 알 거 아냐!

그렇지만 기사단원들은 태현을 영웅이라고 생각하고 있었다. 태현이 한 못된 짓들은 모두 블라디가 꼬셔서 한 게 분명해! 블라디 입장에서는 억울했지만 어떻게 해명할 방법이 없었다.

"쓰레기 같은 놈……."

심지어 사신으로 온 뱀파이어마저 나지막이 욕했다.

"이, 이놈. 사신으로 온 주제에 날 욕해?"

"제가 언제 그랬습니까?"

"맞아. 안 그랬어."

기사단원이 적의 사신을 편들어주는 기묘한 상황!

블라디는 울고 싶어졌다.

"그래서 쓰레기 님. 제 주인님의 제안은 다음과 같습니다."

"방금 쓰레기라고…… 아니다. 됐다……."

블라디는 따지려다가 포기했다. 따져봤자 기사단원들이랑 같이 '얘가 언제 그랬어?' 하고 욕하겠지!

'서럽다!'

블라디는 갑자기 서러워졌다. 세상에 아키서스 놈을 그리워하게 될 줄이야!

"무슨 제안이지?"

"우정의 증거로 몇 가지 선물만 주시면, 이 크네마 섬에서 물러나고 블라디…… 아니, 쓰레기 님의 정당한 지배권을 인정하겠습니다."

도중에 굳이 쓰레기로 바꿔 부른 게 신경이 쓰였지만, 블라디는 그건 넘어갔다. 제안이 정말 파격적이었던 것이다.

지배권 인정! 핏빛 군도의 귀족 중 하나가 '크네마 섬의 새 백작은 블라디다!'라고 공언하는 건 어마어마한 의미였다.

폐쇄적이고 배타적인 핏빛 군도의 귀족 사회. 거기에 끼워 준다는 것 아닌가.

'물론 거기 모임에 참가할 일은 없겠지만……'

원래라면 '와! 내가 뱀파이어 귀족이 됐다니! 세상 오래 살고 볼 일이군!' 하고 쫄래쫄래 갔겠지만, 지금은 그럴 수 없었다. 블라디도 머리가 있고 눈치가 있었다.

가면 죽는다! 죽진 않더라도 죽는 게 나을 정도로 망신당한다!

'사신공격자 블라디, 타락자 블라디, 쓰레기 블라디 같은 이름으로 불리겠지……'

모임은 참가 안 하더라도 지배권 인정만 해도 어마어마한 대가였다. 블라디는 슬며시 물었다.

"뭘 선물로 줘야 하지……?"

"아니! 쓰레기 님! 적과 협상을 하시다니!"

챙챙챙!

기사단원들은 칼부터 뽑았다. 적과 싸우려고 하지 않고 협상을 하려고 하다니, 김태현 폐하는 널 그렇게 키우지 않았다!

"아…… 아니! 제안은 들어봐야 할 거 아닌가!"

기사단원들이 목에 칼을 겨누자 기겁한 블라디는 고개를 흔들었다.

그냥 좀 들어보기만 하려는 거야!

사신은 그걸 보고 의심스러운 눈빛을 보냈다.

'왜 저러는 거지? 쇼하는 건가?'

절대적인 권한을 가진 블라디가 부하들한테 저런 위협을 당하다니.

설마?

'……! 제안을 받지 않으려고 위장을 하는 건가!'

부하들이 들고일어나서 어쩔 수 없었다는 핑계를 대려고!

정말 사악하다, 블라디!

"저희는 많은 걸 원하지 않습니다. 영지에서 나온 토끼와 그 토끼 관련된 시설만 건네주시면 됩니다."

"그런 거라면 당장에라도!"

스르릉-

목에 겨눠진 칼날이 더 파고들었다.

"……할 수 있지만 좀 고민해 보지. 아, 잠깐! 잠깐! 진짜 찔렀어! 진짜 찔렀다고! 아! 빼!"

그냥 겨눈 게 아니라 칼날이 파고드는 수준!

"그러면 전 제안을 전해 렸으니 이만 돌아가 보도록 하겠습니다."

사신은 어이없다는 듯이 쳐다보다가 성벽 위로 훌쩍 뛰어내렸다. 그걸 본 기사단원 중 하나가 아쉽다는 듯이 말했다.

"지금이라도 공격할까요?"

"사신으로 온 놈이다."

"뭐 어떻습니까. 쓰레기 님은 좋아하실 겁니다."

[전설 던전을 공략했습니다!]

[칭호: 전설 던전의 공략자를 얻었습니다!]

[검술 스킬이……]

[기계공학 스킬이……]

[스킬 시간이 지나 <신성력이 부여된 거대 대포>가 사라집니다.]

[아이템을 얻었……]

현실에서 주는 상금뿐만이 아니라 게임 내에서도 보상이 기다리고 있었다. 결승에서 두 팀이 들어간 던전은 전설급 던전. 이런 보상은 당연했다.

'던전 깨느라 들인 시간에 비하면 손해긴 하지만……'

태현의 생각은 틀린 게 아니었다. 실제로 몇몇 판온 랭커들 중에서는 대회를 포기하고 캐릭터만 키우는 랭커들도 있었으니까.

'확실한 대회 안 나가고 캐릭 레벨 올려서 개인 방송하는 게 훨씬 이득이야!'

던전 대회든, 투기장 대회든 시간과 노력을 꽤나 많이 필요로 했던 것이다. 그러는 과정에서 직업 퀘스트는 비교적 미뤄 둘 수밖에 없는 것!

퀘스트란 퀘스트는 다 받으면서 대회도 같이 뛰는 태현 팀이 이상한 거였지, 보통 대회를 앞둔 플레이어들은 퀘스트를 미루고 대회에 집중했다.

'그나마 보상이 되긴 하겠군.'

이렇게라도 보상이 들어와서 다행!

'경험치는 좋긴 한데 크게 의미 없고, 스킬 경험치가 오른 건 무난하게 좋군. 〈파이토스의 일격〉 스킬 레벨도 올랐나? 어차피 〈알렉세오스의 권능〉 끝나면 못 쓸 스킬인데…….'

〈파이토스의 일격〉은 남의 교단 훈련장에 멋대로 들어가서 훔쳐 배워 온 스킬이었다. 훔친다고 훔쳐진 것도 웃겼지만, 제대로 쓰려면 〈파이토스 교단의 훈련장 5단계〉를 마저 클리어해야 했다.

태현이 대회에서 쓸 수 있었던 건 아낌없이 퍼주는 알렉세오스의 권능 덕분!

축복으로 스킬 쿨타임도 대폭 줄여줘, 권능으로 각종 전사 스킬 버프도 줘……. 언젠가 〈알렉세오스의 축복〉과 〈알렉세오스의 권능〉 스킬들이 시간이 다 되어 사라지게 되면, 정말 마음이 아플 것 같았다.

'음. 알렉세오스한테서 어떻게 더 연장받을 방법 없나……'

사실 아스비안 제국은 한 번 더 가긴 해야 했다. 황제 우이포아틀한테 가서 '제가 블랙 드래곤 목을 땄습니다!'라고 말한다면, 아무리 거만하고 재수 없는 황제라도 기뻐서 태현한테 보상을 내려줄 것이다.

드래곤 싫어하는 걸로 따지면 제국에서 제일가는 게 바로황제 우이포아틀!

'그래. 한 번 더 뜯어내야지.'

[카르바노그가 아키서스의 권능 때문에 가야 하는 거 아니냐고 의아해합니다.]

'아. 그것도 있었지?'

다만 한 가지 걱정이 있었다.

'흠. 우이포아틀이 자기 부서진 왕관 안 찾아왔냐고 화내진 않겠지……'

태현은 우이포아틀을 완전히 부활시킬 수 있는 〈잊혀진 망자의 왕관〉을 망치로 부순 다음 '오스턴 왕국 놈들이 훔쳐갔네요!'라고 거짓말을 한 상태였다. 거기에다가 '제가 찾아오겠습니다!'까지 한 상황.

우이포아틀이 슬슬 '너 내 물건 안 찾아오냐??'라고 물어볼 때가 되긴 했다.

'뭐 적당히 둘러대면 되니까.'

이제 황제도 만만해 보였다. 태현은 머릿속에서 계획을 정리했다.

'할 게 많군. 핏빛 군도 퀘스트 마무리 짓고, 에랑스 왕국으로 가서 은행에 있는 아탈리 왕궁 보물 돌려달라고 하고, 세계수에 연결된 마계도 좀 털고 싶긴 한데…… 그건 나중에 하고 그 다음은 아스비안 제국부터 가야겠지…….'

그러면서 태현은 아이템을 확인했다.

대회 보상으로 뭐가 나왔으려나?

잘 손질된 전설의 램프:

내구력 1/1

<램프의 요정 소환> 사용 가능. 한 번 사용할 경우 파괴됨. 던전에 살고 있는 강력한 정령을 소환할 수 있는 램프다. 던전을 공략하는데 많은 도움을 줄 수 있을 것이다.

태현은 특이한 아이템에 의아해했다.

'던전 공략 아이템인가?'

설명을 보아하니 던전 공략할 때 쓰라는 것 같은데…….

'던전은 어지간하면 내 힘으로도 깰 수 있는데.'

좀 미묘한 아이템이다! 태현은 다른 아이템으로 넘어갔다.

대포 소환의 반지:

내구력 100/100

<신성력이 부여된 거대 대포>를 소환할 수 있습니다. 거대 대포가 파괴될 경우 일정 시간이 지나야 다시 소환할 수 있습니다.

아니……! 이건……!

태현은 믿지 못하겠다는 표정으로 눈을 깜박였다. 지금 그가 제대로 본 것인가? 대회에서 태현이 <기계장치로부터 온 신>을 사용해 불러냈던 <신성력이 부여된 거대 대포>!

스킬 시간이 지나 이제 다시는 만날 수 없을 거라고 생각했던 그 대포! 태현은 바로 소환했다.

철커덩! 철커덩!

[<신성력이 부여된 거대 대포>가 소환됩니다. 부여된 신성력이 약합니다. <신성력이 부여된 거대 대포>의 힘이 약해집니다.]

[스킬의 힘이 없습니다. <신성력이 부여된 거대 대포>의 힘이……]

아무래도 태현이 불러냈던 때보다는 많이 약해졌지만, 그래도 상관없었다.

-소환 완료.

"대포야!"

태현은 대포를 왈칵 껴안았다.

녀석! 보고 싶었잖아!

용용이, 흑흑이, 골골이는 모두 차가운 눈빛으로 대포를 쳐다보았다.

저 굴러온 돌은 뭐야?

-명령 부탁. 명령 부탁.

"녀석. 아키서스 포병대 쪽으로 가 있으렴."

〈악마가 빙의된 대포〉, 〈아스비안 제국 거대 대포〉, 〈신성력이 부여된 거대 대포〉까지. 아키서스 포병대는 점점 괴물이 되어가고 있었다.

-주인이여. 왜 저 대포만…….

"하하. 기분 탓이겠지."

태현은 매우 기분이 좋아진 얼굴로 일어섰다. 마침 다른 일행들도 줄줄이 접속하고 있었다.

"성벽 위로 가보자. 블라디가 많이 망치지 않았으면 좋겠군."

흡혈성 안을 보니 아직 점령을 뺏기지는 않은 것 같았다.

뺏겼으면 성벽 위에 매달아 놓으려고 했는데 다행이야!

카르바노그의 시선을 받으며, 태현은 성벽 위를 향했다.

-카르릉!

[이 쓰레기 놈!이라고 카르바노그가 전해줍니다.]

토왕이는 블라디를 향해 이를 드러내며 카르릉거렸다.

블라디가 전해 준 제안 때문이었다.

"폐, 폐하. 이건 정말 좋은 제안……."

날이면 날마다 오는 제안이 아니다! 블라디는 필사적으로 태현을 설득하려고 했다.

"사람이 좀 타협할 수도 있어야지, 너무 꼿꼿하게만 굴면 부러질 수도 있습니다. 폐하."

이건 정말 백작이 많이 양보한 거였다. 여기서 더 체면을 망치면 백작들은 전력을 다해 덤벼오리라!

자기 섬에 있는 전사들까지 부를 수 있었다.

다행히 태현은 고개를 끄덕였다.

"네가 무슨 소리를 하는지 이해했다. 블라디."

"폐하……!"

블라디는 처음으로 진한 감동을 느꼈다. 아키서스는 머리가 없는 신이 아니었다. 오히려 머리가 잘 돌아가는 신이었지!

"저기 뱀파이어 백작들한테 그렇게 협박하란 뜻이겠지?"

"네?"

"가서 저기 밑에 있는 백작들한테 전해주고 와라. 타협하지 않고 꼿꼿하게 버티면 허리를 부러뜨려 버린다고."

뭔가 좀 이상하게 알아들은 태현!

블라디는 기겁해서 손을 내저었다.

"아, 아니! 그게 아니라!"

"뭐? 더 강하게 협박하라고? 하긴. 그것도 맞는 말이다. 플레이어들을 불러 모아라! 공격하러 가자!"

"와아아아아!"

"역시 폐하셔! 가차 없지!"

기사단원들은 신이 나서 날뛰었다. 언데드 토벌 전문인 에랑스 왕국 제4 기사단, 〈은빛 검 기사단〉에서 태현의 인기는 거의 아이돌 수준!

[〈은빛 검 기사단〉 내 당신의 평판이 최고치에 도달합니다!]

[언데드와 타협하지 않고 토벌을 고집하는 그 자세에서 기사단원들은 당신에게 충성을 맹세합니다!]

[기사단원들의 불만도가 0으로 떨어집니다.]

[기사단원들은 어지간해서는 불만을 이야기하지 않습니다. 당신을 믿고 따라올 것입니다.]

태현은 검을 뽑고 외쳤다가 메시지창을 보고 당황해서 고개를 돌렸다.

아니……

'이런 찰거머리 같은 놈들……!'

이쯤이면 숨만 쉬어도 올라가는 인기! 태현은 뭘 해야 인기가 내려갈지 알 수가 없었다.

'에랑스 왕궁 가서 국왕 뺨이라도 때려야 하나?'

그랬다가는 인기 내려가기 전에 다른 기사들한테 찔려 죽겠지만……

태현은 입맛을 다셨다. 이미 올라간 걸 어쩌겠는가. 지금 할 일부터 해야지.

"플레이어들을 불러라!"

-카르릉!

[많이 고마워한다고 카르바노그가 전해줍니다.]

뱀파이어들한테 넘기지 않은 걸 고마워하는 토왕이!

물론 태현이 토왕이를 걱정하고 아껴서 그런 건 아니었다.

'뱀파이어 백작 정도면 이길 수 있을 것 같아서 그런 거지.'

솔직히 토왕이는 어떻게 써야 할지 아직 감이 잘 안 오는 상태였다. 토끼 괴수들을 만들어낼 수 있다지만, 그걸 만들어내기 위한 조건이 너무 까다로웠다.

그 사료들을 어디서 구해!

만약 태현이 불리한 입장이었다면 토왕이를 바로 넘겼을 것이다. 그러나 태현은 지금 아쉬울 게 없었다.

언데드 전문 기사단! 점점 더 미친 괴물이 되어가는 아키서스 포병대! 거기에 태현의 이름만 들으면 신나서 달려오는 뱀파이어 플레이어들까지!

여기 온 백작 정도는 충분히 상대할 자신이 있었다.

'기껏해야 레벨 400~500이겠지. 600은 안 갈 거고.'

레벨 200도 안 되는 플레이어의 패기! 하도 고렙 보스들을 상대하다 보니 이제 400~500대 보스 정도는 만만해 보이는 착시 현상이 일어나고 있었다.

"김태현! 김태현! 김태현!"

"우승 축하드립니다!"

태현이 돌아왔다는 소식을 듣자, 성에서 웅성거리던 플레이어들이 우르르 달려왔다. 성 밖으로 도망쳤던 플레이어들까지 다시 돌아올 정도! 그들은 태현의 이름을 외치며 우승을 축하했다.

"하하. 고맙군."

"이세연은 가라! 김태현이 최고다!"

"무슨 말씀을. 이세연도 좋은 상대였어. 내가 운이 더 좋았을 뿐."

"아……!"

"너무 멋지다!"

뱀파이어들은 홀린 눈으로 태현을 쳐다보았다. 방금 말을 꺼낸 플레이어는 반성하는 얼굴로 자신의 머리를 쳤다.

"죄송합니다! 태현 님은 저렇게 넓은 마음을 가지고 계신데 제가 멋모르고 이세연 욕을…… 앞으로는 조심하겠습니다!"

"아냐. 계속해."

플레이어는 귀를 의심했다. 잘못 들었나?

그러나 태현은 이미 멀어져 가고 있었다.

태현은 용용이 위에 위풍당당하게 타고서 말했다.

"애들아! 길게 말 안 한다. 가서 털고 뺏자!"

아쉬울 거 없을 때는 매우 짧아지고 간단해지는 말!

아쉬운 게 많으면 온갖 미사여구를 붙이면서 '여러분! 저와 같이 싸워주십시오!'라고 했을 테지만, 지금은 그럴 필요가 없었다. 판온 1 때 같은 모습!

"와아아아아아!"

"와아아아아아아아아아!"

물론 이런 간단한 말에도 콩깍지가 씐 플레이어들은 열광했다. 저런 간단한 명령이라니! 너무 멋져!

"가자!"

홉혈성의 성문이 열리고, 거대한 무리가 우르르 튀어나오기 시작했다. 한밤중의 기습이었다.

"그렇게까지 제안을 했는데 받아들이겠지."

"맞는 말씀이십니다, 주인님! 블라디 놈을 보아하니 아주 혹한 표정이었습니다."

"그런 제안을 누가 거절하겠습니까?"

"크하하! 놈은 그 토끼의 가치를 정확히 모르고 있는 게 분명하다. 어쩌다가 챙긴 거겠지."

스카비오 백작 진영은 모처럼 훈훈한 분위기였다.

사신으로 갔다 온 뱀파이어의 보고가 괜찮았던 것이다.

잘 먹힐 것 같다!

"놈이 싸구려 연극을 펼치긴 했지만 저는 알 수 있었습니다.

놈이 그 제안을 간절히 원한다는 걸······."

쾅!

"······말입니다."

쾅! 쾅!

"그래······ 그런데 이거 뭔 소리냐?"

"어디서 들어본 소리인데······."

정답은 그들이 쫓겨날 때 들었던 대포 소리!

그 소리에 뱀파이어들은 화들짝 깨어났다.

"폐하. 스카비오 백작과 그 휘하의 흡혈귀들은 본인들도 뛰어난 전사지만, 강력한 마법사기도 합니다. 흑마법으로 자신들을 강화시키고 버틸 수 있을 겁니다."

기사단원들은 태현에게 재빨리 보고했다. 핏빛 군도의 스카비오 백작은 기사단도 알고 있는 거물 뱀파이어! 게다가 지금은 밤이었다. 뱀파이어들의 재생력이 더 올라가고, 각종 스킬들을 쓰기 더 좋은 상황!

그러나 태현은 자신만만했다. 그걸 다 묶을 방법이 있었던 것이다.

"불 지르자."

화르륵!

아키서스 포병대는 뱀파이어 진영을 향해 직격으로 쏘고 있지 않았다. 그 주변을 향해 쏘고 있었다.

태현이 노린 건 주변에 불을 일으키는 것이었다. 그것도 그냥 불이 아니었다.

사디크의 화염! 포탄에 친절하게 사디크의 화염 룬을 새긴 덕분에, 포탄이 닿을 때마다 주변에 화염이 확확 피어올랐다.

살라비안 교단과 싸우면서 태현은 사디크의 권능이 뱀파이어 상대로 아주 잘 먹힌다는 걸 깨달았다.

화염+신성. 뱀파이어들이 싫어하는 것만 모아놨다!

[카르바노그가 사디크의 화신도 이렇게 사디크의 힘을 알뜰하게 잘 쓰지는 못했을 거라고 말합니다.]

'내가 좀 잘 쓰지.'

"우측으로 30도 돌려서 쏴라. 저기 화염이 좀 부족해 보인다."

"예!"

쾅! 쾅!

얼마 지나지 않아 포위망이 완성되었다. 화염으로 된 포위망!

[스카비오 백작 진영이 화염으로 둘러싸였습니다!]

[스카비오 백작 진영의 사기가 크게 하락합니다!]

[블라디의 악명이 오릅니다!]

"완전히 포위했으니 이제 알아서 튀어나올 때까지 기다렸다가 잡으면 되겠지."

태현은 느긋하게 언덕 위에서 밑을 내려다보았다.

타죽기 싫으면 알아서 나오겠지!

"어…… 태현 님."

플레이어 중 한 명이 손을 들고 물었다.

"그런데 불이 계속 커지는 거 아닙니까?"

"조금 커지긴 하겠지."

"조금이…… 아닌 것 같은데……."

화르르륵!

[마력이 담긴 핏빛 군도의 공기가 사디크의 화염을 더욱더 키웁니다!]

[불꽃이 거세게 타오릅니다!]

[비슷한 일이 저번에도 있었다고 카르바노그가 말해줍니다.]

살라비안 교단 대주교 털 때도 있었던, 화력 조절 실패! 사실 이렇게 대규모로 불을 지르면서 화력 조절을 완벽하게 해낸다는 게 욕심일지도 몰랐다. 다행히 위치는 잘 잡아서 그런지 플레이어들과 대기하고 있는 쪽까지 화염이 오지는 않았지만…….

[사디크의 화염이 더욱 거세게 타오릅니다! 열기가 당신을 침범합니다!]

[뱀파이어의 차가운 피부가 열기를 견디지 못합……]

화염이 오지 않았어도 열기만으로 충분했다. 후끈후끈한 열기가 밀려오자 뱀파이어 플레이어들은 비명을 지르며 뒤로 후퇴했다.

"뭔 놈의 불이 이렇게 세?!"

"열기가……!"

보통의 화염과는 다른 사디크의 화염! 덕분에 뱀파이어 플레이어들은 접근도 하지 못하고 물러서야 했다.

태현도 이건 예상하지 못했다.

"불을 좀 줄일까?"

"……어떻게?"

키운 이상 줄이기는 힘든 게 화염! 물러선 플레이어들도 플레이어들이지만, 태현은 다른 게 더 걱정됐다.

'설마 백작이 저 안에서 죽진 않겠지?'

살라비안 교단 대주교도 그래서 아이템 하나 제대로 못 건졌는데……. 대주교야 그나마 철두철미한 사람이라 은행에 보물을 맡겼다지만, 백작까지 그러리란 법은 없었다.

백작이 저 안에서 죽으면 아무것도 못 건진다!

[흡혈성의 지배권을 얻을 수 있지 않냐고 카르바노그가 말합니다.]

'그게 지금 중요해?'

태현은 초조하게 기다렸다.

힘내라 스카비오 백작! 난 널 믿는다! 이 화염을 극복하고 뚫고 나와라!

파이앗!

"크아아악! 블라디 이 비열하고 더러운 개자식 같으니!"

태현의 기도가 먹혔는지, 스카비오 백작과 부하들은 화염을 뚫고 달려 나오는 데에 성공했다. 온몸에 불이 붙었지만 각종 마법과 뱀파이어의 힘으로 버티고 있었던 것이다.

"스카비오 백작! 믿고 있었다고!"

태현 일행은 환호했다. 그래도 백작이라고 뚫고 나오는구나!

스카비오 백작과 부하들은 당황했다. 저게 무슨 반응?

"애들아! 목표 나왔다! 가서 잡자!"

"저희는 못 가는데요."

"너무 뜨거워서……."

뱀파이어 플레이어들은 난색을 표했다. 태현은 어깨를 으쓱거리며 말했다.

"그러면 우리끼리만 가지 뭐."

태현은 기사단원들을 이끌고 재빨리 앞으로 달려 나갔다. 그 모습에 플레이어들은 순간 '여우와 두루미' 옛날 이야기를 떠올렸다. 뭔가 속은 기분!

"활활 타는 놈이 스카비오 백작이다! 저놈을 잡아라!"

"이런 미친……."

중무장한 기사단이 달려들자, 스카비오 백작도 기겁할 수밖에 없었다. 게다가 지금 호위나 부하들도 화염 속에 갇혀 몇 명밖에 없는 상황!

스카비오 백작은 재빨리 변신해서 도망치려고 했다. 그걸 두고 볼 태현이 아니었다.

-아키서스의 저주!

상대방 발 묶는 데에는 이만한 스킬이 없다! 태현의 저주가 들어가자 스카비오 백작은 변신에 실패했다.

"크윽! 잠…… 잠깐. 아키서스의 저주?"

스카비오 백작은 당황스러운 와중에도 자신이 무슨 저주에 당했는지 깨닫고 경악했다.

"블, 블라디 이런 미친놈 같으니! 붙어먹을 게 없어서 아키서스와 붙어먹어?"

멀리서 조용히 있던 블라디는 스카비오 백작의 말에 공감했다. 물론 그가 하고 싶어서 한 게 아니라는 것만 빼고!

그러는 사이 태현은 스카비오 백작 앞에 도착했다.

"고맙다! 스카비오 백작! 화염을 뚫고 나와줘서!"

진심이 듬뿍 담긴 말! 태현은 벌써 스카비오 백작의 위아래를 훑으며 견적을 뽑고 있었다.

"항복!"

"그래! 행복하군!"

"항복한다! 나 스카비오 백작은 정식으로 항복…… 이 미친놈 좀 누가 말려줘!"

태현은 못 들은 척 검을 휘두르려고 했다. 스카비오 백작은 비명을 지르며 뒤로 물러섰다.

"그냥 여기서 잡으면 안 되나?"

[기사단 내에서 당신의 평가가 올라갑……]

"……후."

"역시 폐하! 언데드는 즉시 처형해야 하지 않겠습니까!"

기사단원들은 눈빛을 초롱초롱 빛내며 말했다.

"아냐. 포로로 잡자."

태현은 말을 바꿨다. 기사단 내 평가를 떨어뜨리고 싶……기
도 했지만, 꼭 그것 때문만은 아니었다.

'살려서 몸값을 뜯어내는 게 더 비싸게 나올지도 모르겠어.'

귀족들은 기본적으로 몸값이 비쌌다. 지금 스카비오 백작
을 잡고 갖고 있는 걸 뜯어내는 것보다는, 포로로 잡은 다음
몸값을 뜯어내는 게 더 비쌀 것이다.

[기사단 내에서 당신의 평가가 올라갑……]

"역시 폐하! 언데드를 상대하면서도 명예를 지키는 그……."

태현은 어이가 없었다.

"너희 혹시 아키서스 교단 믿니?"

"예? 저는 데메르……."

"저는 파이토스……."

"타이란……."

딱히 믿는 신과는 상관이 없었다. 기사단원들은 다 제각각 다

른 신을 믿었다. 그냥 태현의 어마어마한 명성과 업적 때문! 너무 열심히 살아온 것이다.

"나는 귀족이다! 귀족다운 정식 대우를 원한다!"

아마 공작 아들도 우리에 넣어서 다니는 태현인데, 뱀파이어 귀족이라고 딱히 대우를 더 해주진 않았다. 게다가 태현은 아탈리 왕국 국왕이었다. 기사단원들은 화를 내며 백작을 욕했다.

"이분이 누구신지 아시고!"

"너 같은 섬의 백작은 감히 못 쳐다볼 아탈리 왕국의 국왕이시다!"

스카비오 백작은 기사단원들의 말을 듣고 당황했다.

"아탈리 왕국의 국왕이라고? 아니, 아탈리 왕국에서 왜 핏빛 군도를……! 이건 침략이다!"

외부의 침략에는 핏빛 군도의 모두가 손을 잡고 맞서는 게 규칙! 그걸 알기에 스카비오 백작은 분노해서 외쳤다.

"……사실 내가 주도한 일은 아니고 블라디가 주도한 일이지."

태현은 은근슬쩍 책임을 돌렸다.

바지사장을 왜 뒀겠는가! 이럴 때 쓰려고 두는 거지!

그 말을 들은 스카비오 백작은 이를 갈며 블라디를 욕했다.

"비겁한 뱀파이어 같으니!"

그래도 스카비오 백작은 방금처럼 분노하진 않았다. 아탈리 왕국의 국왕이 직접 쳐들어온 게 아니라, 블라디가 힘이 필요해서 아탈리 왕국에 도움을 요청한 것이라고 생각한 것이다.

"폐하! 제 말을 들어주십시오!"

스카비오 백작은 한결 공손해진 태도로 태현을 보며 외쳤다.

"블라디란 놈을 믿으시면 안 됩니다! 블라디란 놈은 기본적인 예의도 지키지 않는 사악한 뱀 같은 놈입니다!"

"그런!"

태현은 놀란 척을 해줬다. 스카비오 백작은 그 반응에 용기를 얻어 계속 말했다.

"그놈은 사신을 공격하고 회의장을 습격하고…… 절대 믿으시면 안 될 놈입니다. 그런 놈을 믿으실 바에는 차라리 저를 믿으십시오."

스카비오 백작은 괜히 노회한 뱀파이어가 아니었다. 어떻게든 블라디와 태현의 동맹을 끊고 태현의 손을 잡으려고 했다.

'블라디 놈을 보아하니 하는 짓이 교활하고 비열한 놈이다! 아탈리 국왕이라면 그런 놈을 완전히 믿지는 않겠지!'

스카비오 백작은 그렇게 생각하며 교섭을 시도했다.

물론 아무 의미 없는 짓이었다.

"블라디가 교활하고 비열한 놈이긴 하지만 동맹을 했는데 내가 어떻게 어기겠나? 난 명예를 소중히 여기는 사람인데."

[최고급 화술 스킬을……]

[스카비오 백작령 내에서 당신에 대한 평판이 오릅니다!]

[스카비오 백작의 친밀도가……]

명예로운 국왕 같아 보이는 태현의 모습은 스카비오 백작에게 대번에 호감을 샀다. 방금 야밤에 화공을 가한 게 태현이었지만, 원래 진실은 모르는 게 좋을 때가 있는 법!

[기사단 내 당신의 평가가 오름……]

아니 너희는 왜 올라?

"역시 폐하……!"

"너무 명예로워!"

"크흑! 영원히 함께하고 싶습니다!"

스카비오 백작은 태현이 명예롭고 약속을 지키는 왕이란 걸 알았지만, 그래도 포기하지 않았다.

"폐하! 폐하께서 명예로운 분인 건 잘 알지만, 사람이 꼿꼿하기만 하면 부러지는 법입니다. 가끔은 원칙을 굽히고 부드럽게 넘어갈 수 있어야 합니다!"

'저 말은 무슨 뱀파이어들 가훈인가?'

블라디도 저 비슷한 소리를 했던 것 같은데…….

태현은 그렇게 생각하며 말을 돌렸다.

"그래. 알겠네. 백작. 생각해 보도록 하지."

"폐하!"

"아. 알겠다니까?"

"아니, 그게 아니라…… 저 화염을 꺼서야 합니다."

"왜? 부하들 데리고 나와서 습격하게?"

의심으로 똘똘 뭉친 태현! 방금까지 보여줬던 명예로운 모습과는 전혀 어울리지 않는 모습이었다.

"저 진영 안에 있는 보물들을 제 몸값으로 쓰고 싶습니다."

"……보물?"

태현은 당황했다. 아니, 보통 보물을 진영 안에 보관하나? 원정하러 와서?

태현이 가차 없이 불을 지른 데에는 '보물이 있어 봤자 백작이 갖고 있겠지!'라고 판단한 게 컸다. 어떤 놈이 영지전 하러 와서 자기 진영에 보물을 쌓아놓는단 말인가.

그러나 귀족들은 달랐다. 어디를 가더라도 품격 있게 노는 그들! 뱀파이어 귀족이라면 당연한 일이었다.

설명을 들은 태현은 분노했다.

"이런 사치스러운 놈들!"

졸지에 사치스럽다고 구박을 받은 스카비오 백작은 당황했다. 귀족들은 원래 다 이러지 않나?

태현은 호다닥 진영 쪽으로 달려갔다.

"폐…… 폐하?"

스카비오 백작은 얼떨떨한 표정으로 태현의 뒷모습을 쳐다보았다.

"아! 뜨거! 뜨거!"

[화염 속으로 뛰어들었습니다!]
[칭호: 화염 속으로……를 얻었습니다.]
[체력이 1 오릅니다.]

[장비의 내구도가 빠르게 하락합······]

케인은 비명을 질렀다. 그걸 본 태현은 황당하다는 듯이 물었다.

"넌 왜 따라왔냐??"

"네가 가서······?"

케인은 억울했다. 태현을 안 쫓아가면 구박받을까 봐 따라온 건데!

물론 태현은 더 어이가 없었다. 태현이야 사디크의 권능과 화염 저항이 있어서 화염 속에서도 놀 수 있다지만, 케인은 무슨 배짱으로 들어온 것이란 말인가.

"난 또 스탯 올리려고 온 줄 알았네."

"??"

"됐고, 장비나 벗어라. 빨리."

태현은 장비 내구도를 걱정해서 말했다. 케인은 또 시킨다고 그걸 했다.

[장비를 입지 않고 맨몸으로 화염 속으로 뛰어들었습니다!]
[칭호: 믿을 수 없이 멍청한······을 얻었습니다.]

"······잠깐만. 장비 벗을 필요 없이 그냥 나가면 되는 거 아냐?"

케인은 그제야 깨달았다. 그 말에 카르바노그는 놀랐다.

[카르바노그가 아키서스의 노예도 학습을 한다고 놀랍니다!]

"아니. 기왕 들어온 김에 스킬 쓰면서 버텨라. 원래 불구덩이가 스탯 올리기 좋은 곳이지."

케인은 처음 듣는 말이었다.

불구덩이가 스탯 올리기 좋은 곳이라니, 그러면 지옥은 레벨업하기 좋은 곳이냐?

그러나 태현은 진지했다.

"부러운 녀석. 나도 화염 권능만 없었어도 했을 텐데…… 판온 1 때는 자주 했었지."

케인은 진지하게 오싹해졌다.

애 진짜 미친놈 아냐? 스탯과 스킬 올려준다면 독이라도 먹을 놈!

그러나 케인은 곧바로 정신을 차렸다. 계속 HP가 감소하고 있다고 메시지창이 뜬 것이다.

"아뜨! 아뜨!"

"집중해, 인마. HP 5% 선에서 유지해. 더 회복하지 말고. 계속 버티다 보면 어느 순간 화염 저항이나 스탯이 안 오를 텐데, 그때는 나가도 돼."

"5, 5%? 너무 아슬아슬하잖아?"

"뭔 소리야? 난 1%로 했는데. 난이도 낮춰준 거라고. 배부른 소리 하지 말고."

"10…… 10%!"

5%는 무리였다. 불 속에서 수련하다가 죽으면 〈판온에서

가장 웃기게 죽은 랭커>로 기네스에 오를 것이다.

"HP 넉넉하게 잡으면 효율이 안 좋을 텐데…… 뭐, 됐다. 네가 알아서 해라."

태현은 케인을 내버려 뒀다. 지금 찾아야 할 건 보물들!

화염으로 주변이 활활 타오르고 있었지만 태현은 용케 아이템들을 챙겼다.

[아이템을 얻었습……]

보통 아이템을 확인하는 건 여유가 있을 때였다. 던전을 빠르게 돌거나 급할 때에는 일단 아이템만 넣고 확인은 나중에 하는 법! 그런데도 태현의 눈을 끄는 아이템이 있었다.

[반쯤 탄 <귀중하게 보관된 장식 상자>에서 와이번의 심장을 얻었습니다!]

와이번의 심장? 최근에 어디서 봤더라?

[카르바노그가 <흡혈성의 토끼 사육장>의 사료였다고 말해줍니다.]

그랬다. 토왕이가 먹는 사료 중 하나!

[고대 뱀파이어의 혈액×5를 얻었……]

수많은 희귀 재료들 중에서 토왕이가 먹는 사료가 이렇게 딱딱 나올 리 없었다. 스카비오 백작은 토왕이가 먹을 사료를 따로 갖고 있었던 것이다.

'뭐야?'

태현은 생각을 정리했다.

스카비오 백작은 토왕이가 먹을 사료를 갖고 왔다. 스카비오 백작은 태현이 없는 사이에 블라디한테 토왕이를 포함한 사육장을 넘기면 지배권을 인정한다고 했다.

이런 사실들에서 낼 수 있는 결론은?

[정답! 스카비오 백작은 토끼를 좋아한다!]

"아니지……."

[그냥 좋아하는 게 아니라 엄청 좋아한다?]

카르바노그의 천진난만한 대답은 무시하고, 태현은 결론을 냈다.

애초에 이 토왕이를 노리고 온 거구나!

'아니, 그럴 만한 가치가 있나? 그렇게까지 가치가 있을 것 같지는 않은데…….'

고대 뱀파이어 토끼가 쓸 만해 보이긴 했지만 저 사료들을 들여서 부릴 정도 같지는 않았다.

가성비가 너무 안 좋은 것!

'그러면 설마 안달토 백작도 이 토끼를 노리고 온 건가?'

그런 거라면……. 안달토 백작도 사료를 갖고 왔을 가능성이 크다!

[이번에는 불 지르지 말자고 카르바노그가 말합니다.]

"그래. 그래야겠다."

태현은 대충 돌면서 챙길 걸 챙긴 다음 빠져나갔다. 벌써 불도 잦아들고 있었다.

"케인. 가자!"

"어!"

태현은 케인을 물끄러미 쳐다보았다. 그 시선에 케인은 의아해했다.

"왜?"

"아냐. 아무것도."

케인은 장비를 벗은 채로 속옷만 입고 있었다. 화염 속에서 훈련하다가 다시 입는 걸 잊은 게 분명했다.

태현은 말해주려다가 말았다.

취향은 존중해 주자!

CHAPTER 4

"스카비오 백작. 진영에 들어가서 대충 좀 챙겨 나왔네. 블라디가 비열하게 불을 지르긴 했지만 그래도 귀족의 보물을 불에 타게 둘 수는 없으니."

태현은 사람 좋게 말했다. 그 모습에 스카비오 백작은 감동했다. 늙고 교활한 스카비오 백작마저 감동시키는 정성!

"폐하…… 이 늙은 뱀파이어, 폐하의 은혜에 감사드립니다."

[스카비오 백작의 친밀도가……]
[기사단원들의 충성도가……]

'아. 저것들 진짜 떼놓고 오든가 해야지.'

뭐만 하면 꼭 같이 오르는 놈들!

"그런데 이 사료들은 더 없나?"

태현은 슬쩍 스카비오 백작을 떠봤다. 그러자 스카비오 백작이 당황해서 표정을 굳혔다.

"무슨 말씀이신지……."

"모르는 척하지 말게. 블라디도 이 토끼를 원하고, 자네들도 이 토끼를 원해서 온 거잖나."

[최고급 화술 스킬을 갖고 있습니다! 스카비오 백작이 당신을 모든 걸 알고 있다고 오해합니다!]

"폐하를 속일 순 없군요. 예. 크네마 백작이 남긴 강력한 병기……."

이게?

"……를 원해서 왔습니다. 안달토 백작도 마찬가지일 겁니다."

"이게 그럴 만한 가치가 있나?"

"크네마 백작이 그 토끼들로 얼마나 많은 적들을 공포에 빠뜨렸는지 모르셔서 하는 말씀이십니다."

[카르바노그가 우쭐해합니다.]

"그래. 그렇군. 그…… 공포의 토끼……."

말하면서도 뭔가 웃긴 상황! 태현은 진지하게 말하기 위해 애썼다.

"……사료는 더 있나?"

"진영에 있었으니 다 탔을⋯⋯."

'젠장.'

"⋯⋯테지만 안달토 백작도 갖고 있을 겁니다. 재료를 모으고 있었으니까요. 안달토 백작과 협상하신다면 이 늙은 몸이 도와드리겠습니다."

스카비오 백작은 포로로 잡힌 것치고는 매우 협조적이었다. 태현에 대한 호감 덕분!

물론 블라디가 이 자리에 있었다면 '꺼져라 블라디! 이 쓰레기 뱀파이어 새끼야!'하고 욕부터 나왔을 것이다.

"응? 아니. 안달토 백작도 공격할 생각인데. 포로로 잡으면 그만이지 뭐하러 협상을 하나?"

"폐하⋯⋯!"

'이런. 괜히 말했나?'

스카비오 백작의 반응이 이상하자 태현은 살짝 후회했다.

뭐, 화술 스킬 높고 친밀도 높으니까 괜찮겠⋯⋯.

"⋯⋯더더욱 도와드리겠습니다!"

뱀파이어들 사이에서도 통하는 법칙. 나 혼자 죽을 수는 없다!

"이번에는 불 안 지르고 들어갑니다."

"그런⋯⋯!"

"저희를 위해서⋯⋯!"

뱀파이어 플레이어들은 감동의 눈물을 흘렸다. 그들을 위해 몇 배로 힘든 싸움을 하려고 하다니!

아까 있었던 불만은 싹 사라지고 감동만이 남았다. 기사단 원들도 정정당당한 싸움을 하려는 태현에게 감동을…….

'아. 진짜.'

메시지창을 꺼버린 후 태현은 앞을 내려다보았다. 스카비오 백작은 태현 옆에서 손가락으로 안달토 백작의 진영을 가리키며 하나하나 설명하기 시작했다.

"저놈이 안달토 백작의 호위기사인 세르조입니다. 아주 뛰어난 전사로 알려져 있죠. 그리고 저놈은 발렌티노란 놈인데 약점이……."

[안달토 백작 진영에 대한 정보를 얻었습니다.]
[전투 시 보너스를 받습니다.]
[사기가……]

태현은 스카비오 백작의 어깨를 두드리며 웃었다.

"백작 같은 뱀파이어를 만나니 참 다행이군. 블라디 같은 놈을 상대하다 백작을 상대하니 아주 상쾌해."

"저도 그렇습니다. 폐하."

스카비오 백작은 속으로 웃었다.

블라디 이놈! 이것이 너와 나의 차이다! 진짜 귀족과 가짜 귀족은 이런 부분에서 격의 차이가 나는 것!

"저놈은 포로로 잡혔는데 왜 저렇게 속이 좋아 보이지?"

"미친놈인가 봐."

아키서스 포병대원들은 포탄을 장전하며 수군거렸다.

그들이 보기에 스카비오 백작은 좀 많이 이상한 놈이었다.

포로로 잡혔는데 저렇게 태현에게 아첨을 떨다니! 머리가 좀 이상한 놈인가?

"아키서스를 믿고 싶은 게 아닐까?"

"아키서스라면 가능성 있다."

아키서스의 이름이 나오자 포병대원들은 고개를 끄덕였다.

저 뱀파이어 백작, 아키서스를 믿고 싶은가 봐?

블라디는 도망가고 싶다는 표정을 지었다.

'내가 왜 여기 있지……'

스카비오 백작이나 부하들 옆에 있다가는 '이 개자식!' 하고 찔릴 것 같았다. 그렇다고 앞에 있기는 좀 무서웠고…….

"근데 넌 저기 안 가나?"

포병대원의 말에 블라디는 고개를 돌렸다.

"무슨 소리냐?"

"저기 놈이 네 욕하는 거 같던데."

스카비오 백작은 말 한마디할 때마다 블라디 욕 한 번 했다. 태현과 블라디의 여합을 끊으려고 하는 것도 있었지만, 블라디가 그만큼 싫기도 했기도 했다.

핏빛 군도의 수치, 블라디! 핏빛 군도의 악몽, 블라디!

"……아니, 언제 저런 이름이?"

블라디는 당황했다. 대체 저 안 어울리는…….

"저렇게 널 욕하는데 가서 가만히 있어도 돼?"

"흥. 아키서스의 화신이 저런 같잖은 말에 속아 넘어갈……."

-블라디 같은 놈보다는 제가 훨씬 낫지 않겠습니까, 폐하?

-허허. 사람 참. 난 약속을 어길 수가 없는 사람이야. 난 살면서 약속을 어겨본 적이 없어!

-사람이 너무 꼿꼿하게 살면 안 되는 법입니다! 가끔은 휘어질 줄도 알아야…….

-허허. 안 된다니까! 그런데 손을 잡으면 뭘 지원해 줄 생각이지?

-제 영지에 있는 뱀파이어 전사들을…….

-그것뿐인가?

-……기사단도…….

-그것뿐인가?

-……수입의 일부도…… '그것뿐인가'는 제발 그만 좀…….

-흠. 알겠네.

블라디는 당황했다. 아니, 스카비오 백작 저놈 미쳤나?

스카비오 백작은 나름 긍지 있고 노회한 뱀파이어 귀족이었다. 그런 놈이 자기를 공격하고 사로잡은 태현에게 저렇게 아첨을 떨다니!

'퉷! 너 같은 놈하고는 상종 안 한다!'도 아니라 간도 쓸개도 못 빼줘서 안달이었다.

'이거 위험한 거 아니야?'

블라디는 머리를 풀가동했다.

스카비오 백작이 태현과 친해진다→스카비오 백작과 태현이 손을 잡는다→블라디는 쓸모가 없어진다→버려진다→죽음!

'말…… 말려야 해!'

그러나 어떻게? 태현한테 가서 '스카비오 백작이랑 놀지 마십시오!'라고 해봤자 씨알도 안 먹힐 거 같고…….

그렇다면 스카비오 백작을 노린다! 스카비오 백작에게 가서 뱀파이어 귀족의 자긍심과 긍지를 일깨워 주는 것이다.

블라디는 힐끗힐끗 스카비오 백작을 쳐다보았다. 태현이 없을 때 은근슬쩍 다가가 말을 걸어볼 생각이었다.

그걸 본 스카비오 백작의 근위기사들이 말했다.

"저놈 뭐지?"

"설마 백작님을 암살하려고……."

"블라디, 이 개자식!"

포로로 잡은 귀족을 몰래 죽이려고 하다니!

더욱 더 악명만 높아지는 블라디였다.

[스카비오 백작의 친밀도가 높아집니다.]

[이제부터 스카비오 백작을 봉신으로 들일 수 있습니다.]

[스카비오 백작을 봉신으로 들일 경우 아탈리 왕국의 다른 귀족들이 반발할……]

'음?'

생각지도 못한 메시지창에 태현은 눈을 깜박였다. 스카비오 백작을 태현의 신하로 들일 수 있다는 메시지창!

태현이 아탈리 왕국 국왕 칭호를 갖고 있다고 해서, 꼭 왕국 내에 있는 신하만 갖고 있을 필요는 없었다. 힘들어서 그렇지 왕국 밖에 있는 영주들도 얼마든지 밑으로 받을 수 있었다.

핏빛 군도처럼 모시는 왕이 없는 곳의 귀족들이라면 별다른 문제도 없었던 것이다.

'근데 뱀파이어까지 받으면……'

뱀파이어는 기본적으로 중앙 대륙 왕국쪽에서 환영 받는 종족이 아니었다. 뱀파이어 귀족을 들이면 아탈리 왕국 귀족부터 다른 왕국까지 싫어할 게 분명!

'뭐. 상관없나?'

생각해 보니 남이 싫어하든 별 상관이 없었다. 오스틴 왕국이야 이미 태현이 뭘 해도 싫어할 놈들이었고, 에랑스 왕국과는 그거 하나 때문에 사이가 달라질 일도 없었고……. 그리고 아탈리 왕국 귀족들은 대부분 태현에게 도움이 안 되는 놈들이었다.

새로 국왕 자리에 오른 태현을 무시하고 이런저런 명령에도 협조하지 않고 버티는 영주 놈들! 마음 같아서는 다 때려잡고 싶었지만 현실적으로는 불가능했기에 수도와 골짜기만 갖고 내버려 두는 중이었다.

그런 놈들이 싫어하면 뭐 어쩌란 말인가. 뱀파이어 귀족은 저렇게 간도 쓸개도 바치려고 하는데!

'가만 보자…… 안달토 백작도 사로잡아서 똑같이 할 수는 없나?'

스카비오 백작이 저런 메시지창이 뜨자, 안달토 백작도 같은 방법으로 설득할 수는 없나 생각이 들었다. 스카비오를 블라디와 충성경쟁 붙여서 거들나게 만들었으니, 안달토도 스카비오와 블라디랑 붙이면…….

"태현 님! 저희는 준비 다 됐습니다!"

"명령만 내려주십시오!"

준비가 끝난 플레이어들이 크게 함성을 질렀다.

그러나 그들 중 몇 명은 당황한 표정이었다.

"근데 왜 케인 님은 장비를 다 벗고 있지?"

"글…… 글쎄? 물어봐야 하나?"

"쉿. 상대방의 취향은 존중해 줘야 하는 거야. 그런 거 물으면 안 돼."

"생각해 보니 예전 게임에서 진짜 고수들은 자기가 고수란 걸 증명해 보이고 싶어서 장비 다 벗고 다녔다고 하던데, 그런 거 아닐까?"

"오…… 그럴듯해……!"

플레이어들은 알아서 그럴듯한 이유를 생각해 냈다. 솔직히 '장비 벗었다가 다시 입는 걸 까먹어서'라는 이유는 너무 멍청하니까!

"나도 장비 다 벗어볼까?"

"그…… 그러면 나도……!"

웅성웅성!

유행이란 건 원래 한순간 퍼져 나가는 것이었다. 공격 준비하던 태현은 갑자기 플레이어들이 단체로 장비를 벗기 시작하자 당황했다.

미쳤나?

'무슨 저주 받은 건가?'

"쟤네 왜 저래?"

"패션이라는데요?"

화염이 봉인되었기 때문에 안달토 백작과의 싸움은 매우 힘겹…… 지 않았다. 사디크의 화염 없어도 태현 쪽 전력은 너무 무시무시했던 것!

-발사. 발사.

신성력을 부여받은 대포가 알아서 발사할 때마다 아키서스 포병대원들은 감탄한 눈빛으로 쳐다보았다.

세상에 이런 기특한 놈이 있나!

"녀석! 뭐 먹고 싶은 거 없니?"

"여기 검댕이 묻었네! 내가 닦아주마!"

"다른 대포들도 이렇게 만들 수는 없나?"

"악마가 빙의된 대포를 자동 발사되게 만들려면…… 악마를 좀 더 괴롭히면 되지 않나? 우리에 가둬둔 악마를 괴롭혀 볼까?"

악마가 들으면 기겁할 소리를 하는 포병대원들!

그러거나 말거나 대포는 알아서 계속 포탄을 발사했다.

꽝! 꽝!

신성력이 잔뜩 부여된 포탄은 한 방 맞으면 고위 뱀파이어고 뭐고 훅 가게 만들었다.

-습격이다!

-감히 어느 누가 안달토 백작의 진영을 습격하느냐!

안달토 백작은 마법사보다 전사에 가까운 뱀파이어였다. 그 밑에 있는 기사들과 부하들도 뛰어난 전사들!

안개화나 각종 마법보다는, 몸을 거대하게 부풀리고 강화시키는 방식으로 덤벼들었다.

콰콰쾅!

진영 문과 벽이 부서지고 덩치 큰 뱀파이어들이 튀어나왔다.

-덤벼들어라! 저놈들을 쓰러뜨려서 포위망을 뚫어라! 뒤에 대포를 공격해!

뱀파이어 전사들과 기사들은 송곳니를 드러내며 으르렁거렸다. 밤의 어둠 속에서 뱀파이어들의 모습은 더 위압적이었다. 그러나 여기 모인 플레이어들도 뱀파이어. 그런 것에 겁먹진 않았다.

"나온다! 진열 흐트러뜨리지 마라!"

케인은 가장 앞에 서서 방패…… 아니, 검인 〈사디크의 정당한 분노〉을 들었다. 방패처럼 생겼지만 일단은 검!거대하고 넓적한 방패검은 날아오는 공격을 대부분 막아냈다.

-저 방패 든 놈부터 밟아라!

-크아아악!

-이런 미친놈! 왜 옷을 벗고 다니는 거냐!

"……?"

케인은 의아해했다. 저게 뭔 소리래?

"어딜!"

그러나 고민할 여유가 없었다. 안달토 백작의 뱀파이어들은 딴생각하면서 상대할 정도로 만만한 이들이 아니었다.

쾅!

케인은 방패검으로 다가오는 전사들을 밀쳐냈다. 사디크의 화염이 화르륵 타오르며 뱀파이어들을 태웠다.

-크아악! 크아아악!

"역시 케인 님!"

"역시 케인 님!!"

기세 좋게 덤벼들던 뱀파이어 전사들이 물러나자 모두 감탄했다.

-크윽…… 놈의 빈틈을 노려라!

-공격!

뱀파이어 전사들은 케인이 만만치 않았다는 걸 깨달았는지 방법을 바꿨다. 단검을 꺼내더니 던지기 시작한 것이다.

후두두둑!

[<뱀파이어의 투척>에 당했습니다!]

[<중급 흡혈 독>이 묻은 단검에……]

수십 개가 넘게 쏟아지자 한두 개는 맞을 수밖에 없었다.

케인은 당황했다.

'어? 독 저항이 되어야 하는데?'

케인은 갑옷이 고장났나 싶어 내려다보았다. 그런데 갑옷이 없었다.

"???"

-놈이 당황했다! 공격! 쓰러뜨려라!

뱀파이어 전사들은 기회라고 느꼈는지 신나서 케인에게 덤벼들었다. 그걸 본 태현은 어이가 없었다. 태현은 바로 아키서스 포병대한테 명령했다.

"쟤 뭐하냐? 저쪽으로 쏴라."

"예!"

쾅!

케인 앞에 포탄 한 방이 묵직하게 떨어졌다. 덤벼들던 전사들이 확 날아갔다.

-야!!!

-……?

-장비를 벗고 있었으면 말해줘야지!!

-난 네가 스탯 더 올리려고 그러는 줄 알았지.

케인은 기가 막혀서 말도 나오지 않았다.

뭐 이런 놈이⋯⋯!

[안달토 백작의 기사단이 도망치기 시작합니다!]

[안달토 백작의 전사들이⋯⋯]

30분쯤 두들겨 맞고 두들겨 맞자 슬슬 안달토 백작의 부하들이 도망치기 시작했다.

플레이어들도 전부 느끼고 있었다. 이겼다!

"크윽! 블라디! 이놈! 네가 진짜 귀족이라면 나와서 내 칼을 받아봐라! 내 칼을 받아내면 인정해 주마!"

홀로 남은 안달토 백작은 거대한 검을 휘두르며 외쳤다. 나름 전사형 뱀파이어 귀족답게 플레이어 수십 명이 덤벼드는데 밀리지 않고 버티고 있었다.

[안달토 백작이 블라디에게 1:1 결투를 신청합니다!]

[1:1 결투를 받을 경우⋯⋯]

블라디는 기겁했다. 아니, 저 근육으로 머리가 가득 찬 놈은 왜 날 끌어들여?

"폐⋯⋯ 폐하. 저 제안을 받아주실 생각은 아니시죠?"

블라디는 조마조마해져서 물었다. 태현은 어깨를 으쓱거리며 대답했다.

"뭐, 받는 것도 나쁘진 않겠지."

블라디는 충격받은 얼굴로 태현을 쳐다보았다.

정말 자기를 버리려고……!

"정…… 정말 저를 버리려고 하시는…… 안 됩니다! 에잇!"

블라디는 재빨리 태현의 발목을 붙잡고 땅바닥에 늘어졌다. 겉모습은 그럴듯하게 늙은 블라디가 저런 모습을 보이자 다들 수군거렸다.

"블라디?"

"안 됩니다! 안 놓을 겁니다!"

"내가 지금 네 목을 한 번에 날릴 수 있는 위치라는 건 그렇다 치고…… 네가 아니라 내가 나간다는 소리였는데."

툭툭-

블라디는 발목을 슬며시 놓고 조용히 일어섰다.

"죄송합니다."

"알면 됐다."

태현은 블라디를 발로 차고 앞으로 나섰다.

굳이 받을 필요가 없긴 했다. 대포로 그냥 때려잡거나, 아니면 플레이어들이 다 같이 두들겨 패도 됐으니까.

그렇지만 여러모로 받는 게 이득인 결투였다. 일단 400~500대 보스 몬스터와 일대일로 붙는 것부터 어마어마한 보너스였다.

날로 먹는 성장 기회!

여기 다른 랭커가 없어서 다행이었다. 그랬다면 '내가! 내가 나가겠어!'라고 나섰을 테니…….

이렇게 손쉽게 나설 수 있는 기회가 또 얼마나 있겠는가. 게다가 이길 경우 안달토 백작이 순순히 고개를 숙일 테니…….

[안달토 백작과 1:1 결투를 하려고 합니다.]
[명예롭지 않은 방법으로 1:1 결투에서 승리할 경우 안달토 백작이 결코 패배를 인정하지 않을 것입니다!]

명예롭지 않은 방법이 어디까지 해당되는 거지?
설마 아키서스 관련 스킬도 들어가나?

[괜찮을 거라고 카르바노그가 위로해 줍니다!]

카르바노그가 옆에서 아키서스 스킬은 결투에서 써도 괜찮을 거라고 말해줬지만 별로 위안은 되지 않았다.
'에이. 뭐 어쩔 수 없지.'
태현은 고민하다가 포기했다. 아키서스 관련 스킬은 태현이 쓰고 싶지 않다고 해서 안 쓸 수 있는 게 아니었다.
몇 개는 기본적으로 강제 발동인 패시브 스킬인 것!
태현이 어쩔 수 없는 걸 가지고서 고민하는 건 의미가 없었다.
쉭쉭-
태현은 검을 몇 번 흔들었다.
납득 안 되면 그냥 죽이고 뺏지 뭐!

[카르바노그가 역시 아키서스답다고 감탄합니다!]

"내가 간다! 안달토 백작!"

"와아아아아아아!"

태현이 나서자 플레이어들은 함성을 질렀다. 보통 '아니 왜 막타 뺏어가세요?'란 반응이 한두 개 정도 나와도 이상할 게 없었는데……. 그만큼 태현의 인기가 절대적이었던 것이다.

보스 경험치고 뭐고 다 필요 없다! 태현이 싸우는 걸 보고 싶다!

"와아아! 김태현! 김태현! 김태현!"

쾅!

"?!"

대포 소리가 들리자 태현은 고개를 돌렸다. 아키서스 포병 대원이 민망한 표정으로 고개를 숙였다.

"죄송합니다, 폐하. 실수로 발사했습니다."

"잘했다."

"앞으로 이런 일이 없도록…… 예?"

뭔가 예상했던 것과 다른 대답!

태현은 작게 말했다.

"한 방 더 쏴라. 실수인 척."

"……예!"

포병대원은 눈빛을 반짝이며 신나게 대답했다.

역시 폐하는 뭘 좀 아신다니까!

쾅!

"크악! 뭐 하는 거냐!"

안달토 백작은 대포알이 날아오자 성질을 냈다. 1:1 결투 하기로 해놓고 이게 뭐하는 짓이야!

"아. 미안. 실수였다."

쾅!

그러면서 마지막으로 한 번 더 쏘는 태현! 그 비겁한 태도에 안달토 백작은 분노했다.

"블라디 이 비겁한 놈!"

[블라디의 악명이……]

"아니 왜 날?!"

블라디는 억울해서 자기도 모르게 외쳤다. 포병대원이 친절하게 대답해 줬다.

"네가 지금 우리 옆에 서 있잖아."

누가 봐도 오해하기 좋은 상황!

태현은 안달토 백작 앞에 섰다.

"미안하군. 블라디가 좀 비겁한 짓을 좋아하긴 하지."

"흥! 저런 더러운 놈과 같이 다니다니!"

"말조심해라, 뱀파이어! 위대하신 폐하 앞에서 네깟 놈은 하찮은 언데드에 불과하다!"

"맞다! 지금 당장에라도 달려들어서 네 목에 은검을 쑤셔

박을 수 있다!"

"……너희 왜 거기 있냐?"

태현은 당황했다. 에랑스 왕국 기사단원들이 플레이어들 사이에 섞여 있었는데 눈치채지 못했던 것이다.

너무 자연스러워서!

태현의 광팬인 플레이어들과 하는 짓이 똑같았다.

"폐하라니? 그게 무슨 소리지?"

안달토 백작은 이해가 안 간다는 듯이 쳐다보았다. 기사단원들은 신나서 태현이 누군지 설명을 늘어놓았다.

"……블랙 드래곤마저 때려잡으신……."

"그, 그걸 믿으라고……?"

안달토 백작은 반신반의하는 눈으로 쳐다보았다.

솔직히 믿기에는 너무…….

"맞거든?"

"우우! 네가 허접하다고 태현 님까지 네 기준으로 보지 마라!"

"맞아! 더럽게 비싼 척하더니 별것도 아닌 귀족 놈아!"

뱀파이어 플레이어들이 우르르 야유했다. 평소에는 얼굴도 제대로 못 볼 플레이어들이 저러자 안달토 백작도 당황했다.

"아…… 아니 이런 건방진…… 그보다 아탈리 왕국의 국왕이라고?! 그렇다면 이건 아탈리 왕국의 공격이다!"

"아니다. 안달토 백작."

태현이 해명하기도 전에 뒤에서 스카비오 백작이 나왔다.

"스, 스카비오 백작?!"

"아탈리 왕국 국왕이 여기에 그냥 왔겠는가?"

그냥 왔다.

"아탈리 왕국의 국왕이 아무 이유 없이 왔겠는가?"

아무 이유 없이 왔다. 그러나 안달토 백작은 이미 감을 잡은 얼굴이었다.

"설마……!"

"그렇다."

"블라디! 이 비겁한 놈!"

"그래! 바로 블라디가 부른 것이다."

태현은 둘의 대화를 기묘한 표정으로 지켜보았다.

'아직 세상에는 배울 게 많다!'

진작에 이렇게 살았으면 적의 숫자가 한 1/10로 줄었겠다!

"크크크……."

"……?"

블라디가 고개를 숙이고 웃기 시작하자 태현은 의아해했다.

왜 저래?

"……그래! 내가 했다. 이 멍청한 귀족 놈들아!"

[블라디가 자포자기합니다!]

"역시!"

"이 사악한 뱀 같은 놈!"

"어디서 그런 것만 배워서!"

"뱀파이어의 수치!"

두 뱀파이어의 공격에 블라디가 분노해서 크게 외쳤다.

"닥쳐라! 아무것도 모르는 놈들이!"

진심 가득히 담긴 블라디의 외침!

"너희 같은 놈들은 내가 아주…… 아주 아키서스해 버릴 거다!"

[벌써 아키서스를 잘 쓴다고 카르바노그가 감탄합니다.]

"아키서스해 버린다니 이놈! 못하는 말이 없구나!"

"폐하께서 널 좋게 봐주신다고 건방 떨지 마라!"

두 뱀파이어 귀족들은 매우 분노했다. 다른 모욕은 그렇다 쳐도 아키서스해 버린다는 거는 정말 너무 심한 모욕!

불구대천의 원수한테도 저런 말은 할 수 없었다.

"흠. 우리 근데 1:1 결투 언제 하나?"

태현은 안달토 백작을 보며 물었다. 지금 태현에게 안달토 백작은 걸어 다니는 경험치 덩어리로 보였다.

어떻게 먹어야 잘 먹었다고 소문이 날까?

"아닙니다. 폐하."

"……뭐가 아니니?"

무언가 이상함을 느낀 태현은 평소와는 달리 상냥하게 말했다. 그걸 들은 케인은 오싹해했다.

"항복하겠습니다. 폐하처럼 고귀한 신분을 가진 분에게 결투를 신청할 수는 없는 법입니다."

찬물도 위아래가 있는 법인데, 백작인 그가 아탈리 왕국 국왕인 태현에게 결투를 신청할 수는 없는 법! 안달토 백작은 고개를 숙이며 무례를 사과했다.

[안달토 백작이 항복합니다!]
[명예가 크게……]

"아, 아니. 난 결투를 하고 싶은데. 전사라면 결투를 해야지!"
물론 태현 입장에서는 어이없는 소리였다.
아니, 이 자식이 경험치 안 주려고 이러나? 살살 팰게!
"아닙니다. 폐하. 제가 어떻게……."
태현은 인상을 찌푸렸다. 안달토 백작을 보니 이미 틀렸다는 걸 깨달은 것이다.
'에이…… 좋게 생각하자.'
안달토 백작의 부하들을 포로로 잡고, 진영에 있던 아이템들을 챙기며 태현은 그렇게 생각했다. 결투를 못 해서 아쉽긴 했지만 그렇다고 얻은 게 없지는 않았다.
진영에 있는 아이템들을 이번에는 태우지 않고 챙겼고, 흡혈성의 권리를 확실히 얻은 것이다.
"흠. 이제 사료들을 모으긴 했는데……."
-카르릉!
토왕이는 신이 나서 폴짝 뛰었다. 카르바노그가 해석해 주지 않아도 뭔 소리를 하고 있는지 알 것 같았다.

빨리 사료 줘!

'이거 진짜 의미가 있는 거 맞나?'

태현은 떨떠름했다. 그냥 먹튀가 되는 건 아니겠지?

다른 재료면 모를까, 토왕이의 사료들은 워낙 고급 재료들이라 다른 곳에 쓸 일이 많았던 것이다.

"자. 여기 있다."

찹찹찹!

토왕이는 신이 나서 먹기 시작했다. 재료가 와이번의 심장부터 시작해서 고대 뱀파이어의 혈액까지 있다는 걸 생각해보면 그리 보기 좋은 장면은 아니었다.

유혈 낭자한 식사 장면!

태현 일행은 '어떻게 되나 보자' 하는 눈빛으로 토왕이를 지켜보았다.

"쟤 살이 엄청 찌는 거 같은데……?"

"덩치가 커지고 있어요!"

마치 슬라임처럼 덩치가 불어나는 토왕이!

툭-

"반, 반으로 나뉘었다!?"

정말 슬라임처럼 늘어나는 토끼들! 토왕이는 있는 걸 다 먹더니 계속 숫자를 불렸다.

무려…… 네 마리!

"……?"

"???"

꺼억-

토왕이는 상자째로 쌓여 있던 사료들을 다 먹더니 기분 좋게 드러누웠다.

"……이, 이게 끝이니?"

-카룽!

[숫자를 늘리는 게 얼마나 힘든 일인지 아냐며 당연하다고 카르바노그가 전해줍……]

사기당했다! 순간 태현의 뇌리에 그런 생각이 들었다.

[사, 사기가 아닐 수도 있다고 카르바노그가 변명해 줍니다.]

'퍽이나 그러겠다!'

아무리 토끼가 좋다고 해도 저만한 재료를 먹고서 4마리 불렸으면 가성비가 안 맞았다. 스카비오 백작도, 안달토 백작도 이렇게 가성비가 안 좋았을지는 몰랐을 것이다.

'젠장……'

태현은 입맛을 다셨다. 아쉬워도 여기서 포기할 수는 없었다.

'다들 토끼에 환장한 거 보면 쓸 만한 건 분명한데……'

이미 들어간 게 있어서 포기할 수는 없다! 사실 이건 〈절망과 슬픔의 골짜기〉에서 재산을 탕진하고 있는 수많은 플레이어들이 하는 생각이었지만……

"애들아! 모여봐라! 재료 모으자!"

태현은 일행을 불러 모았다. 이런 재료는 원래 같이 모아야 빨랐다.

"여기 있는 시약류는 길드원들 시켜서 채집시키게 할게요."

"고마워. 와이번은 내가 직접 찾아가서 잡으면 될 거 같고…… 또 어려운 거 뭐 있지?"

"여기 고대 뱀파이어의 혈액은 어떻게 구하죠?"

"……글쎄?"

다른 재료들은 희귀하지 않든, 희귀하든 어떻게 구할 수는 있는 재료긴 했다.

와이번의 심장? 잘 안 나오는 아이템이지만 일단 와이번을 잡다 보면 나왔다!

그렇지만 〈고대 뱀파이어의 혈액〉은 말 그대로 고대 뱀파이어를 찾아야…….

태현 일행은 무언가를 깨닫고 흑흑이를 쳐다보았다.

-왜 그렇게 쳐다보십…… 헉.

현재 흑흑이는 고대 뱀파이어 블랙 드래곤!

"흑흑아. 덩치 좀 최대로 키워보자."

-싫…… 싫습니다!

"어허! 피는 잘 먹으면 또 생기게 될 거야!"

태현은 흑흑이를 붙잡았다.

"맞다. 이다비. 혹시 에반젤린 좀 불러줄래?"

"네? 왜요?"

"걔도 고대 뱀파이어잖아. 피 기부 좀 받자."

"으흑흑! 진짜 휴가야! 진짜 휴가라고!"

케인은 기뻐 외치며 호텔 밖으로 뛰쳐나왔다. 흡혈성 퀘스트가 일단락된 덕분에(지금도 태현은 피를 뽑고 있었다) 받은 천금 같은 자유 시간!

'수학여행 때도 이렇게 빡빡하진 않았던 거 같다!'

케인은 그렇게 생각하며 호텔 밖으로 달려나갔다. 오늘부터 비행기 타고 돌아가는 날까지 방탕하고 자유롭게 살 거야!

"으악! 김태현이다!"

밖으로 뛰쳐나온 케인은 비명을 질렀다. 눈앞에 태현이 있었던 것이다. 그것도 한 명이 아니라 수십 명이!

'악…… 악몽인가? 내가 꿈을 꾸고 있는 건가?!'

케인은 스스로가 갈 데까지 갔다고 생각했다. 게임에서 시달리다 못해 이제 꿈에서까지 시달리는구나!

그러나 꿈이 아니었다. 자세히 보니 진짜 태현이 아니라, 태현처럼 생긴 가면이나 태현처럼 분장하고 나온 사람들이었다.

"아니 이런 씨……."

케인은 울컥했다.

사람을 이렇게 놀려?! 어떤 악의적인…….

'헉. 몰래카메라인가?!'

케인은 주변을 둘러보았다. 역시나 카메라가 많이 보였다.

미국까지 따라와서 몰래카메라를 하다니 이런 할 일 없는 방송국이…….

'아닌가! 내가 인기가 많아진 건가!'

그렇게 생각하던 케인은 익숙한 모습이 눈에 들어오는 걸 보았다. 케인의 게임 캐릭터로 분장한 사람들이었다.

'나도 있네?!'

자세히 보니 태현이 많았을 뿐, 케인, 이세연, 정수혁, 이다비, 최상윤 등 이번 대회에서 활약한 플레이어들 모습이 곳곳에서 보였다. 성공적으로 대회가 마무리되고 나자, 몰려든 팬들에 의해 주변에서 축제가 벌어진 것이다.

카메라도 한국에서 따라온 카메라가 아닌, 이 축제를 찍기 위해 나온 방송사 카메라들!

'그러고 보니 영어네.'

어디 카메라인지는 잘 모르겠고 일단 영어 방송국인 건 알겠다! 케인은 허겁지겁 통역기를 켰다.

-여기 케인 선수로 분장한 시민분과 인터뷰를 해보겠습니다. 정말 똑같이 하셨는데요.

-네. 제가 케인 선수 팬이어서…….

"……!"

케인은 눈이 번쩍 뜨였다.

아니! 내 팬이 저기 있다고!?

케인은 슬며시 다가섰다.

다가서면 사람들이 알아보겠지?

"저기, 죄송한데 비켜주시겠어요?"

"어…… 아니…… 그게…… 저…… 모르세요……?"

"누구세요?"

"죄송합니다! 이분 인터뷰 중이니 잠깐만 나와 주시겠어요?"

진짜 선수가 눈앞에 있는데 팬을 먼저 인터뷰하려는 방송사들!

스태프들의 친절한 태도가 더 마음이 아팠다. 케인은 속으로 생각했다.

'김태현 놈 데리고 나올걸……!'

케인은 쓸쓸히 돌아서서 빠져나가려고 했다. 그러나 세상에는 케인을 모르는 팬만 있지 않았다. 상식적으로 대회 직전 방송에 그렇게 나왔는데 알아보는 팬들이 없을 리가 있나!

"앗! 케인이잖아?!"

"그래. 케인 많네."

"아니, 케인으로 분장한 사람들 말고! 저기 진짜 케인!"

"응?"

케인을 알아본 팬 하나가 케인을 가리키며 놀라자, 다른 사람들도 시선을 돌렸다.

어? 진짜 케인인가?

"분장한 거 아냐?"

"분장치고는 너무 리얼한데……."

"그보다 저걸 어떻게 분장해?"

"하긴, 굳이 게임 캐릭터 말고 실제로 분장할 이유가 없긴 하지."

'어떤 놈이야!?'

케인은 울컥했다. 뭐가 어째고 저째?

"혹…… 혹시 케인 선수 맞습니까?"

"……맞는데요."

"케인 선수래!"

"와아아아악! 크아아아악!"

"꺄아아악!"

"힉."

열광하다 못해 잡아먹을 것처럼 비명을 지르는 팬들!

케인은 자기가 이렇게 인기 있을 거라고는 생각하지 못했기에 더더욱 당황했다.

"케인 선수! 사인 좀!"

"비켜, 이 자식아! 내가 먼저야!"

"아냐! 내가 먼저라고!"

"난 김태현 선수로 분장했어! 같이 사진 찍을 거야!"

'……저 사람은 피해야지.'

케인은 슬슬 뒷걸음질했다. 하필 왜 김태현으로 분장한 놈과 사진을!

"케인 선수! 인터뷰를……."

"드디어 생각났어!"

"뭐가요?"

"헉! 혹시 새로운 돈벌이 수단?"

"길마님께서 골드를 긁어낼 수단을 떠올리신 모양이다! 이 것들아! 모두 와서 무릎 꿇고 경청해라!"

파워 워리어 길드원들은 호들갑을 떨었다. 그러나 이다비는 고개를 저었다.

"그거 말고 태현 님한테 줄 선물."

"아…… 폭탄인가요?"

"폭탄인가 봐."

"폭탄인가?"

빠르게 납득하는 길드원들!

"폭탄 아니거든?"

"그러면 더 큰 폭탄?"

"게임 아이템 안 줄 거야……."

이다비는 한심하다는 듯이 길드원들을 쳐다보았다. 그러자 길드원들은 매우 억울해했다.

"아니! 게임 아이템에 목숨 걸던 길마님께서 이러시면……!"

"맞아! 쉬려고 하면 현실은 게임 밖에 있다고 하셨으면서!"

"우우! 게임 아이템도 좋은 선물이다! 게임 아이템도 좋은 선물이다!"

길드원들은 무시하고 이다비는 자신의 생각을 다시 돌이켜 봤다.

'정장. 역시 정장이 좋은 것 같아.'

사실 팀원들 중 태현이 공식 활동을 가장 많이 하는 편이었다. 게임단 운영하면서 광고 따오고, 후원해 주는 기업 담당자나가서 만나고, 방송도 가고, 스카우트 같은 제안 오면 따로 만나고……. 그런데 태현은 정말 어지간한 상황이 아니면 편하게, 손에 잡히는 걸 입고 다녔다.

오죽하면 팀 KL을 후원하는 패션 브랜드 프로스다스에서 태현 액자를 이사실에 걸어놨다는 소문이 돌까.

매번 자사 제품을 보내주면 알아서 그것만 입고 다니는데 이렇게 예쁜 모델이 어디 있겠는가!

덕분에 프로스다스와 팀 KL의 사례는 패션계에서 손에 꼽히는 성공 사례로 뽑히고 있었다.

어마어마한 광고 효과!

다른 사람들이 망설이거나 '프로게이머? 다른 분야 많은데 하필 왜 그런 알지도 못하는 걸 해?'라고 트집을 잡을 때 자기 이름을 걸고 팀 KL과의 계약을 강력하게 주장했던 김 팀장은 이사로 승진했다.

태현이 팀 KL을 막 차렸을 때 '에이…… 명문 게임단 많은데 아무리 김태현이 스타여도 중소 게임단을 후원할 필요가 있나? 얼마 못 가고 금세 망할 것 같은데. 다른 게임단이나 알아봐'라고 했던 수많은 기업들도 땅을 치고 후회했다.

지금 국제 대회에서 우승한 팀 KL의 위상은 막 창단되었을 때와는 비교할 수도 없었다. 이제는 후원하려고 해도 줄을 서서 면접을 봐야 할 수준!

하지만 그건 그거였고, 이다비는 태현에게 정장을 맞춰주고 싶었다.

"너희들 중에 미국에서 유명한 패션 디자이너 아는 사람 있니?"

파워 워리어 길드원들 중 미국인들도 꽤 있었다. 물론 그게 저런 인맥으로 이어지는 건 아니었다.

"길마님. 차라리 저희들이 대기업 회장을 아냐고 물어보세요."

"맞아. 그게 그거지."

그런 것과는 거리가 먼 길드원들! 이다비는 한숨을 쉬었다.

'아는 사람이⋯⋯.'

최명성 팀장은 팀 KL 선수의 호출에 윤주환을 데리고 나왔다. 사실 이건 그 말고 다른 직원들이 해도 될 일이었지만 최명성은 '저리 꺼져 내가 한다!'라고 일을 뺏었다.

나는 말단 직원의 일도 대신 해주는 착한 상사!

"근데 팀장님."

"⋯⋯?"

"어⋯⋯ 지금 부른 게 꼭 김태현이리란 법은 없지 않습니까?"

"멍청한 녀석 같으니. 팀 KL 선수들이 따로 불렀겠냐. 분명 뭔가 같이 하려는 게 있어서 부른 거겠지."

윤주환은 스마트폰으로 인터넷 방송들을 확인했다. '진짜 케인 선수 출현', '케인 인터뷰 중', '케인 즉석 사인회' 같은 이름들이 많이 보였다.

케인만 따로 놀고 있는 것 같은데?

"……케인은 따로 있는데요?"

"……걔만 그런 거겠지."

나머지 넷은 같이 있을 거야! 김태현도 있겠지!

……라는 기대는 5분 후에 사라졌다. 최명성은 시무룩해졌다. 윤주환은 감탄했다. 최명성은 정말 프로였다. 실망스러운 와중에 표정 관리가 정말 대단했던 것이다.

"하하. 이다비 선수. 무엇을 도와드릴까요?"

"어……"

이다비는 의아해했다. 이 주변 설명 들으려고 직원을 불렀는데 왜 팀장이 오지?

의아했지만 일단 이다비는 부른 이유를 설명했다. 그걸 들은 최명성은 '음, 음' 하며 진지하게 고개를 끄덕였다. 윤주환은 그걸 보며 물었다.

"오…… 잘 아시는 분이라도 있습니까?"

"없는데."

"……그럼 방금 그 진지한 태도는 뭡니까?"

"다 방법이 있지. 원래 이런 건 전문가가 해야 하는 거야."

게임 개발은 게임 개발 전문가가. 경기는 프로게이머가. 그리고 선수들의 자질구레한 수발은? 에이전트가 한다!

최명성은 엄청나게 빠른 손놀림으로 탁자 밑 스마트폰을 조작해 에이전트 빈센트에게 메시지를 보냈다.

[선수 케어 좀 도와줘라.]

"아! 하늘에서 뛰어난 선수가 계약하러 굴러떨어졌으면 좋겠다!"

"일 좀 하세요."

"일하고 있잖아!"

소파에 누워서 기도하던 빈센트는 비서한테 툴툴댔다.

빈센트는 스스로를 초일류 에이전트라고 자부했다.

언제나 진심으로 최선을 다한다!

게임단에게도, 선수에게도 최선의 계약을 따내는…….

실제로 빈센트의 명성은 업계 내에 자자했다.

그런데 그래봤자 무슨 의미가 있겠는가. 결국 김태현과 계약도 못했는데!

'난 초일류가 아니야. 흑흑.'

다른 게임단 스카우트들이 '김태현? 좋지. 근데 포기하게'라고 말한 이유들을 직접 몸으로 겪은 빈센트였다.

'정말…… 대단한 계약이었는데…….'

뉴욕 라이온즈 등의 게임단에서 제안한, 1억 달러 규모의 게임단 인수 제안. 성공하면 빈센트는 태현 같은 초일류 선수의 에이전트를 맡아 행복하고, 태현도 돈방석에 앉아 행복하고……. 그런데 태현은 아무런 반응을 보이지 않았다. 결국 대회까지 끝나 버렸다.

빈센트는 던전 공략 대회 영상을 다시 켰다. 몇 번이고 본 영상이지만 봐도 봐도 감탄만 나왔다.

"소리가 들린다. 소리가 들려."

"무슨 소리요?"

"김태현 선수 몸값이 두 배로 뛰는 소리."

"……."

"으으으…… 김태현 선수는 왜 게임단을 차려서 에이전트 계약도 하기 애매하게 하고……."

"최명성 팀장님께 연락 왔습니다."

"응? 미스터 최? 어휴. 이 친구는 돈도 안 내면서 일은 참."

빈센트는 불평하며 일어섰다.

최명성과는 꽤 오래 알고 지낸 사이였다. 에이전트는 정말 뭐든지 할 수 있어야 해서, 미국에 가 있는 한국 선수가 한국에 있는 ×라면을 먹고 싶다면 알아서 구해 와야 했고, 이미 표가 다 팔린 콘서트를 보고 싶다고 하면 표를 구해 와야 했다. 그걸 할 수 있나 없나에 따라 인류와 초일류가 나뉜다!

초일류 에이전트는 이렇게 계약 외적인 부분에서도 뛰어난 능력을 보여줘야 하는 것이다. 그걸 잘 알고 있었기에 최명성은 자기가 해결 못하는 일이 생기면 일단 빈센트한테 도와달라고 연락을 했다.

그래도 오래 알고 지낸 사이고, 빈센트도 최명성 도움을 받은 적이 있었으니, 이번에도 도와주려 일어섰다.

"이분 일은 왜 도와주시는 건지 잘 모르겠습니다."

"미스터 최는 내 친구라고. 그런데 이번 일은 무슨 일이래? 좀 의미가 있는 일이면 좋겠는데."

"선수 케어라는데요."

"그래? 뭐 도와주고 싶은 선수라도 만났나? 누구냐고 물어봐줘."

"어…… 팀 KL 소속……."

쾅!

비서는 놀란 눈으로 고개를 들었다. 그러나 이미 빈센트는 자리에 없었다. 문을 박차고 달려 나간 것이다.

"맞춤 정장! 그 정도는 식은 죽 먹기입니다! 맡겨만 주시죠."

빈센트는 너무 쉬운 일에 웃음을 꾹 참았다.

이 정도 일은 식은 죽 먹기!

"여기 디자이너 마틴 킴은 어떻습니까? 저와도 오랜 친분이 있고, 한국계니 한국 쪽에도 유명할 겁니다."

"아. 이름 들어본 적 있어요."

이다비도 뉴스에서 한두 번 본 적 있는 유명한 디자이너였다.

"그분에게 맡기겠습니다. 김태현 선수가 아주 좋아할 겁니다."

"아, 아니. 태현 님이라고 말 안 했는데요."

"앗. 아닙니까?"

"······맞긴 해요."

"그런데 주문 제작을 하려면 본인이 직접 와서 하는 게 좋을 것 같습니다만."

"아······ 깜짝 선물로 하고 싶어서요. 치수는 다 알고 있으니 괜찮지 않을까요?"

"흠. 괜찮을지 물어보죠. 마틴 킴이라면 할 수 있을 겁니다."

고개를 끄덕이던 빈센트는 순간 의아해했다.

치수는 어떻게 알고 있는 거지?

"애들아. 많이 먹으렴."

"네!"

태현은 이다비의 두 동생들을 레스토랑에 데리고 왔다. 정말 한 명도 같이 노는 사람들이 없는 팀 KL!

"뭐가 그렇게 재밌어?"

이다샘이 스마트폰을 보면서 깐깐거리자, 태현은 의아해졌다.

"여기 케인 선수 영상이요."

"케인이 대포로 발사된 게 좀 웃겨 보일 수는 있지만 그건 걔 잘못이 아니라 내가 쏜······."

"네? 아뇨. 인터뷰요."

태현은 스마트폰 영상을 확인했다. 케인이 수많은 사람들한테 붙잡혀서 헹가래를 강제로 당하고 있었다.

-케인 선수, 행복해 보입니다!
-웃고 있어요!

'……겁먹은 것 같은데?'
보내달라고 하고 싶은데 차마 못 말하는 것 같은 얼굴!
그만큼 수많은 팬들이 거리에 쫙 깔려 있었던 것이다.
"흠. 다 먹고도 아직 저러고 있으면 가서 구해줘야겠다."
"구해…… 준다고요?"
"그래."
"어, 케인 선수도 어른 아닌가요?"
"하하. 너도 크면 알게 될 거야."
레스토랑에 들어온 손님들이 태현의 얼굴을 보고 수군거렸다. 그러자 태현은 가볍게 묵례했다. 그걸 본 팬들의 얼굴이 환해졌다.
"말 걸어볼까?"
"아냐. 식사하시잖아. 다음에 물어보자."
품격 있는 선수와 팬의 만남!
저 밑에서 '놓아줘! 으아아! 내려줘!' 하고 있는 케인과는 너무 비교되는 모습이었다.
"그래서 애들아."

"?"

"이다비한테 뭘 선물해야 좋을까?"

"켁켁."

"콜록, 콜록."

맛있게 먹고 있던 두 동생들은 사레가 들려 기침을 했다.

"내가 뭐 어려운 질문이라도 했나?"

"아…… 아뇨. 그런 거 물어볼 줄 몰라서……."

"그냥 존재 자체가 선물 같은…… 아! 왜 찔러!"

"넌 눈치가 없냐? 조용히 해! 나중에 언니한테 다 말하기 전에."

"그, 그건 제발……."

태현은 둘의 대화를 보고 의아해했다. 뭔 소리래?

"보니까 이다비가 대회 끝난 기념으로 내 선물 주려고 고민하는 거 같더라고. 괜찮은데 말이지."

태현은 케인과 달랐다. 케인은 쓸데없는 부분에서도 예리하지 않았지만, 태현은 이런 쓸데없는 부분에서는 예리하다!

"어, 괜찮다고 말하시지 그랬어요?"

"서운해할까 봐 말 안 했어. 선물도 마음인데 그걸 말리는 것도 좀 그렇지."

두 동생들은 감동받은 표정을 지었다. 저런 마음 씀씀이라니.

"흠. 근데 생각해 보니 게임단 단장 입장으로 선수한테 선물 받아도 되나? 좀 공사 혼동 같기도 한데."

두 동생들은 방금 받은 감동을 취소했다.

"무조건 돼요!"

"받아도 되는 게 학계의 정설이에요! 제가 학교에서 배웠어요!"

"그, 그래? 처음 들어보는데."

처음 들어보지만 학계의 정설이 그렇다면 그런 건가?

태현은 이런 면에서 은근히 약했다. 동생들이 그런 거라고 하자 '그런 건가?' 하고 넘어갔다.

"어쨌든 받는다 치고…… 그냥 받기만 할 수는 없으니까 뭐라도 선물해 주고 싶어서."

"그냥 본인을 선물로 주면 된…… 으아악……!"

말하던 이다샘은 눈물을 찔끔 흘리며 엎드렸다. 이다솔이 진짜로 밟았던 것이다.

'진짜 아파!'

"쟤는 아까부터 뭔 소리를 하는 거냐?"

"아무것도 아니에요. 그보다 같이 선물해 주시는 건 정말 좋은 생각 같아요. 언니가 정말 정말 정말 기뻐할 거예요!"

"아니. 뭘 선물할지 정하지도 않았는데?"

얘네는 뭘 믿고 이렇게 자신만만하지? 케인한테 옮았나?

태현은 그런 실례되는 생각을 하며 의아해했다.

"뭘 선물하고 싶으신데요?"

"원래는 게임 아이템을 생각했는데……."

두 동생들의 표정이 순간 미묘해졌다. 원래라면 '아니 그건 좀'이라고 말했겠지만, 이다비의 경우에는 그렇게 말할 수가 없었다. 좋아할 것 같았으니까!

솔직히 현실에서 어중간한 선물 주는 것보다는 판온에서

장비를 받는 걸 더 기뻐할 사람이 이다비였다. 그래도 이다솔은 뭔가 다른 거라도 주게 하고 싶어서 고민했다.

게임 아이템 말고 뭔가 다른 거! 뭐라도!

그러나 이다솔은 고민할 필요가 없었다. 태현은 이어서 말했다.

"……게임 아이템은 지금 마땅히 줄 게 없더라고."

그랬다. 이다비는 사실 지금 장비가 거의 완성된 상태였다. 아키서스의 갑옷도 상인이 입고 다니기에는 아까운 아이템! 게다가 그렇다고 다른 장비가 약한 것도 아니었다. 여기서 더 좋은 장비를 만들려면 태현도 그만큼 투자를 해야 했다. 마땅한 재료도 없는 상황에서 그럴 순 없었던 것이다.

"그렇죠! 게임 아이템을 줄 게 없다면 억지로 줄 수는 없죠!"

"너 기뻐 보인다?"

"착각 아닐까요?!"

"어쨌든 그래서 고민이야. 흠…… 주변에 물어볼 사람이 없는데. 이세연한테 물어보려고 했는데……."

"!!!!"

"……얘가 날 차단한 거 같더라."

이다솔은 안도의 한숨을 내쉬었다. 이다샘은 안도의 한숨을 내쉬기 전에 일이 어떻게 된 건지 너무 궁금해서 무심코 물었다.

"대, 대체 어떻게 된 건가요?"

"내가 이겨서 삐진 거지 뭐."

태현은 잘 알 수 있었다. 만약 결승에서 태현이 졌다면 태현은 바로 스마트폰부터 꺼내서 이세연의 연락처를 차단했을 것이다.

도발 방지!

"한 한 달쯤 지나면 풀리겠지."

"왜 한 달……?"

"내가 한 달쯤 지나면 풀 테니까?"

이세연과 태현의 이야기에 혼란에 빠졌던 두 동생이었지만 금방 정신을 차렸다. 지금 중요한 건 이다비!

"작고 반짝이는 건…… 아니, 너무 과하네요."

말하던 동생들은 멈칫했다. 이런 거 하라고 추천했다가 언니한테 들켰다가는 멱살 잡힌다!

"작고 반짝이는 거라면 혹시……."

"LED 아닙니다!"

이다샘은 선수를 쳤다. 왠지 모르게 태현이 눈치를 못 챘을 것 같았던 것이다. 작고 반짝이는 걸 선물하지는 않더라도, 우리가 그걸 추천하는 의미를 이해해 주세요!

"나도 그 정도는 알거든? 집 열쇠겠지."

누가 부동산 재벌 집안 아니랄까 봐!

"이다비가 집은 괜찮대."

'심지어 말했었어!'

"걔야 뭐 나갈 준비까지 하고 있으니……."

태현 팀의 숙소 위층에서 지내고 있었지만, 이다비는 차곡 차곡 돈을 모아가며 다른 집을 구할 준비를 하고 있었다.

계속 민폐를 끼칠 수는 없었으니까!

태현의 태도에 이다솔이 슬며시 물었다.

"혹…… 혹시 섭섭하세요?"

"응? 섭섭하지. 가까이 있어서 이런저런 이야기하기 편했는데 거리가 멀어지면…… 그보다 왜 자꾸 다른 이야기를 하나? 선물 추천해 달라니까."

"음……."

"어……."

"……혹시 너희도 모르니?"

순간 태현의 눈빛에 불신이 번뜩였다.

케인을 볼 때 많이 보여주던 눈빛! 그걸 깨달은 두 동생들은 당황했다. 태현 앞에서 케인과 같은 취급을 받을 순 없어!

"옷…… 옷 어떨까요?!"

"옷?"

이다샘은 별생각 없이 다급하게 외친 것이었지만, 태현은 진지하게 받아들였다.

'생각해 보니 이다비 옷이 별로 없었던 것 같은데……'

이다비는 태현 보고 매번 협찬받은 옷만 입고 다닌다고 했지만, 사실 이다비가 그런 소리를 할 처지는 아니었다. 태현은 있는데 안 입는 거고 이다비는 없어서 안 입는 거였으니까! 프로스다스 쪽에서 옷을 꽉꽉 보내서 망정이었지 아니었다면…….

"언니는 저희 옷만 사거든요……."

"음. 괜찮은 거 같다. 평상시에 입을 만한 것들하고, 앞으로 방송이나 공식 자리에 나갈 일이 많을 테니까 정장하고, 아직

날이 덥긴 하지만 미리 준비할 수 있도록 코트도……."

'옷 가게 차리세요?'

두 동생들은 그렇게 생각했지만 입 밖으로 꺼내진 않았다.

이다비는 솔직히 저 옷 다 받아도 된다!

"그러면 누구한테 맡긴다…… 아, 어머니가 아시는 디자이너
가 계셨는데. 누구였지. 여쭤봐야겠다. 예. 어머니. 네. 선물 샀
어요. 아버지 선물요? 아. 네. 공항 면세점 들를 거니까 괜찮아
요. 아니, 아버지도 저번에 거기서 사 왔는데…… 알겠어요. 따
로 살게요. 왜 전화드렸냐면요, 그 저번에 종종 말하셨던 친한
디자이너 분 있잖아요. 전 세계적으로 유명하신 그분이요. 성함
이…… 마틴 킴이라고요? 네. 그분한테 연락해서 약속 좀 잡아
주실 수 있어요? 지금 미국에 계신다고요? 어. 잘됐네요. 지금
제가 찾아뵙죠. 제 옷 맞추냐고요? 아뇨, 친구…… 그 작고 소심
한 친구 아니에요. 이세연이요? 왜 이세연 이야기를…… 제가 걔
옷을 왜 맞춰줘요? 어쨌든 연락처 좀 주세요. 제가 찾아갈게요."

태현은 어머니와의 전화를 끊었다. 일단 필요한 건 얻어냈
다. 게다가 그 디자이너도 지금 미국, 그것도 결승전이 열린 도
시에 있다니 잘된 셈!

"그러면 가자!"

"네? 어. 저희도요?"

"너희 언니 취향을 너희가 잘 알 거 아냐"

"언니가 딱히 취향이 있는 사람이……"

"싸고 튼튼하고 방어력 높은 거?"

"마지막은 게임 같은데."

동생들이 그러거나 말거나 태현은 무시하고 그들을 붙잡고 일어섰다. 너희들이 관광을 하고 싶어하는 건 알지만 내 일이 우선이다! 두 동생들은 슬픈 얼굴로 태현의 뒤를 따라갈 수밖에 없었다.

"연락드리지요. 조심히 들어가세요."

대화를 끝내고 이다비와 빈센트를 보낸 마틴 킴은 눈을 감았다. 손에는 사인지가 들려 있었다.

'이렇게 사인을 받게 될 줄이야.'

결승전은 그도 경기장에서 봤었다.

이다비 앞에서는 품격 있는 패션 디자이너처럼 진지하게 이야기를 들었지만, 사인까지 안 받을 수는 없었다. 다행히 이다비 선수는 별로 신경 쓰지 않고 선선히 사인을 해주었다.

"제 사인 같은 게 필요하실까요?"

'말도 안 되는 소리를!'

마틴 킴은 안쪽 사무실로 들어가 조심스럽게 액자 인에 사인지를 넣어놓았다.

'다른 팀원들 사인도 부탁하는 건…… 너무 욕심내는 것 같았겠지. 김태현도 탐나는데…… 다음에 윤희를 만나면 슬쩍 말을 해볼까…….'

사실 태현의 어머니와 친한 사이였기에 말 한마디만 하면 받을 수 있긴 했다. 그렇지만 마틴 킴은 어디까지나 고고하며 우아한, 디자인 외길 인생을 걷는 신비주의 디자이너의 이미지를 고집하고 싶었다.

게임? 판온? 그게 뭐지? 난 모르는데?

'입을 사람이 직접 안 오는 게 좀 불편하지만 치수가 워낙 상세하니 문제없을 것 같군. 키 큰 남자 정장인가? 이다비 선수 남자친구?'

마틴 킴이 고민에 잠겨 있는 사이 전화가 왔다. 태현의 어머니, 정윤희에게서 온 전화였다.

"무슨 일인…… 음? 음…… 음…… 음?!?!"

우아하게 말하던 마틴 킴은 자리에서 벌떡 일어섰다.

방금 내게 제대로 들은 게 맞나?

"사장님. 약속을 했다고 찾아오신 분이 있는데, 오늘 약속은 더 없는데요. 돌려보낼까요?"

비서가 귀찮다는 듯이 말했다. 마틴 킴의 명성이 명성이다 보니, 어떻게든 한번 만나 자기 옷을 보여주려는 디자이너들이 많았다.

"무…… 무…… 무…… 무슨 말 같지 않은 소리를 하는 거니!"

"네??"

비서는 당황했다. 자기가 뭐 잘못했나?

"지금 당장 나가서 들여보내! 당장!"

"어…… 예!"

평소 침착 우아 고상하던 마틴 킴이 저렇게 고함을 치자 비서는 놀라 달려갔다.

얼마 지나지 않아 태현이 들어왔다.

"오랜만이에요. 김태현 선수. 어렸을 때 한번 만난 적 있는데, 기억하고 있으려나?"

"네. 그때 옷을 만들어주셨잖습니까."

태현이 기억하는 걸 보고 마틴 킴은 웃었다.

"맞아요. 그리고 대회 우승 축하해요."

"아. 경기 보셨나요?"

"……결, 결과만. 윤희한테…… 들었죠."

"그렇군요."

"이렇게 만난 것도 인연인데 사인이나 해줄래요?"

"선생님 사무실에 제 사인이 있으면 좀 그렇지 않을까요?"

정, 재계의 유명인들이 와서 입고 가는 곳에 태현의 사인이라니.

그러나 마틴 킴은 정색했다.

"그런 소리 하지 마세요. 김태현 선수는 훌륭한 선수니까요. 세계에서 손꼽히는 선수는 아무나 하는 게 아니죠."

"감사합니다."

그러는 사이 비서가 새파랗게 질린 얼굴로 사무실에서 나왔다.

"……?"

"사인지가 없는데요."

아무 종이에다가 해도 됐지만 그건 마틴 킴의 미적 감각이

용서하지 않았다. 마틴 킴은 눈에서 레이저를 뿜을 듯이 비서를 노려보았다.

'뭐하는 거야! 하필 왜 지금!'

'죄…… 죄송합니다!'

"왜 그러십니까?"

"아…… 사인지가 없나 봐요."

"하하. 아쉽게 됐네요. 저도 해드리고 싶었는데. 어쩔 수 없죠."

사인은 그냥 넘어갈 것 같은 분위기!

마틴 킴은 필사적으로 말했다.

"주, 주소 보낼 테니까……!"

"……그, 그렇게까지 받으실 필요가 있습니까?"

"크흠. 크흠. 그, 친구의 아들이 이렇게 활약하는 거 보니 너무 기뻐서…… 크흠. 크흠."

마틴 킴의 말에 태현은 그런가 보다 했다.

"그러면 치수부터 재볼까요?"

"아. 제 옷이 아니라 다른 친구한테 선물하려고 하는데요."

하루에 두 번이나 똑같은 의뢰를 맡게 되다니. 게다가 생각해 보니 이다비는 김태현과 같은 팀 아니었나?

그리고 치수를 계산해 보면……. 눈앞에 있는 태현과 완벽하게 들어맞았다!

'김태현 선수 옷을 주문한 거였어?!'

설마 김태현 선수가 주문하는 건……

"애들아. 이다비 치수 좀 불러볼래?"

"네!"

이걸로 확정!

마틴 킴은 소름이 돋는 걸 느꼈다.

그러니까 지금…… 두 선수가 서로에게 몰래 깜짝 선물을 주려고 이러고 있단 말인가?

'이 둘 무슨…… 드라마 찍니?'

드라마에서도 안 이러겠다!

마틴 킴은 이 사실을 아는 사람이 그 혼자라는 것에 떨었다.

이걸 누군가와 공유하고 싶다! 이 커다란 진실을! 입이 너무 근질거려!

'……윤희한테 아냐고 물어볼까?'

"나는 쓰레기야! 으흑흑! 나는 쓰레기야!"

와장창!

다니엘은 탁자 위에 있던 부품들을 모조리 쓸어버리고, 발로 밟은 다음, 머리를 땅에 박고 휠윈드까지 돌았다.

광기의 도가니!

하도 이런 일들이 많아서 파워 워리어 길드원들은 이제 들어오지도 않았다.

"또 저러시냐?"

"곧 괜찮아지시겠지."

"안 괜찮아! 이것들아!"

"헉. 들리셨습니까?"

"이번에는 진짜로 문제라고!"

"아니…… 다니엘 님. 너무 눈이 높으신 거 아닙니까? 다니엘 님이 만드신 건 정말 최고입니다."

"맞습니다. 태현 님만 빼면 이인자라고 보셔도 좋습니다."

폭탄만 좋아하는 가브리엘과 달리, 온갖 기계공학 아이템에 도전하는 다니엘은 길드원들한테도 인기가 좋았다.

각종 재밌는 아이템들을 친절하게 선물해 주는 다니엘! 물론 가끔 미쳐 날뛸 때는 좀 미친 사람 같았지만…….

"……그 문제가 아니야. 제작하는데 계속 실패가 뜨고 있어. 아무래도 부품 내구도가 부족한 것 같아."

단단한 광석들은 모두 다 썼는데도 계속 실패가 뜬다면 이제 남은 건…….

"아다만티움……! 아다만티움이 필요해!"

다니엘의 광기 어린 목소리에 길드원들은 기겁했다. 아니, 지금 누구 기둥뿌리를 뽑아먹으려고 저런 소리를 하신대?!

아다만티움이 무슨 돌멩이도 아니고!

아다만티움이나 오리하르콘 같은 광석들은 구하고 싶다고 해서 구할 수 있는 재료가 아니었다. 보통 희귀 금속들과는 수준이 다른 것!

단적으로 말해서 경매장에서 비싸더라도 살 수 있느냐? 아니면 경매장에서도 살 수 없냐로 나뉘었다. 다른 희귀 금속들이나 보석들은 어떻게든 뒤져보면 경매장에 올라왔지만, 아다만티움이나 오리하르콘은 경매장에서 찾을 수 없었다.

가끔 〈손톱만 한 아다만티움 조각이 섞인 거대한 광석 덩어리〉 같은 것만 올라와도 1초 만에 팔려나갈 정도! 손꼽히는 대장장이 랭커들은 저런 광석들을 구하는 방법이 있다는 소문이 돌았지만, 그들은 철저하게 숨겼다.

그런 와중에 다니엘이 아다만티움을 구하고 싶다고 말하자, 길드원들이 기겁하는 것도 당연했다. 파워 워리어 길드를 팔라는 소린가??

"……어떻게든 구할 방법 없나?"

"아니, 그걸 어떻게 구해요?"

"너희는 파워 워리어잖아!"

예전이라면 '파워 워리어잖아!'라는 말을 들었다면 욕처럼 들렸을 것이다.

그러나 이제는 아니었다. 나름 자기 길드에 대해 자부심이 생긴 〈파워 워리어〉 길드원들!

어? 우리 길마가 누군지 알아? 다시는 파워 워리어를 무시하지 마라!

그런 상황에서 저런 말을 들으니 자존심이 이프고 마음이 아팠다.

"크흑……"

"하지만 저희도 할 수 있는 게 있고 없는 게 있습니다!"

"그런가……"

다니엘은 시무룩해졌다. 그걸 본 길드원이 손뼉을 쳤다.

"아!"

"……?"

"태현 님이 아다만티움을 꾸준히 얻고 있다는 소문이 있었습니다."

"뭐? 진짜? 난 처음 듣는데?"

"그야 넌 실버 단계고 나는 골드 단계니까."

실버-골드-루비-에메랄드 등으로 이어지는 파워 워리어 길드원 등급! 골드 등급인 길드원이 더 많이 듣고 알 수밖에 없었다.

다니엘은 고개를 갸웃거렸다.

'저거 다단계 등급표 아닌가?'

사실 아키서스 교단원 등급 방식을 그대로 베껴서 갖고 온 것이었지만, 다니엘은 그 출처까지는 몰랐다.

돌고 도는 등급표!

"크윽……! 분하다! 나, 나도 저번에 17골드만 더 바쳤으면 승급인데……."

"좀 더 열심히 구걸을 하란 말이다. 알겠냐?"

"……저기. 아다만티움 이야기 마저 하면 안 되나?"

"아. 죄송합니다. 그게 정확한지 아닌지는 모르겠는데, 태현 님이 어디서 꾸준히 아다만티움 광석을 얻고 있다는 이야기를 지나가면서 들은 적 있습니다."

아다만티움을 꾸준히 얻고 있다니. 그게 말이 되나?

판온은 진짜 사실보다 헛소문이 많이 돌아다니는 게임이었다.

'재벌 회장님도 게임하는데 게임에서 도와주면 취직시켜 준다더라', '판온 1에서 유명 플레이어들이나 사건들이 판온 2 설정에 반영됐다더라' 등등…….

아다만티움을 꾸준히 얻고 있다는 것도 헛소문 같았다.

……태현만 아니라면!

'태현 님이라면 진짜 얻고 있어도 이상할 게 없을 거 같다!'

'김태현이라면 확실히…….'

'김태현이라면 인정한다.'

"……내가 태현 님한테 한번 부탁을 드려봐야겠다!"

다니엘의 말에 길드원들은 당황했다.

"뭐라고 하시게요?"

"아다만티움을 조금만 달라고……."

길드원들은 입을 떡 벌렸다.

"아, 아니. 보증 서달라는 것도 아니고, 아다만티움 달라고 하면 누가 들어줍니까??"

"이게 보증까지는 아니지 않나?"

다니엘은 살짝 상처받은 표정을 지었다.

아무리 그래도 말이 너무 심하잖아?

"보증보다 더하죠!"

"맞아! 난 부모님이 아다만티움 달라고 해도 안 줄 건데!"

"……내가 직접 말할 테니까 옆에서 훼방이나 놓지 마라. 흥."

다니엘은 삐진 얼굴로 고개를 돌렸다. 길드원들은 조마조마한 얼굴로 쳐다보았다. 태현 님이 분노해서 '어디서 그런 건방진 소리를! 저놈을 끌고 가라!'이러시는 건 아니겠지?

"흑흑아. 특식이다. 많이 많이 먹으렴."

–……

"에반젤린. 널 위해 특제 괴식 요리를 만들어왔어."

"개××……."

로맨틱하게 들리지만 전혀 로맨틱하지 않은 상황! 심지어 유지수조차도 부러워하지 않을 정도였다.

흑흑이와 에반젤린은 시무룩한 얼굴로 식사를 해댔다.

피를 뽑으려면 많이 먹어야지!

[<철분이 듬뿍 함유된 정체를 알 수 없는 고기 요리>를 먹었습니다! 빠져나간 피가 전부 회복됩니다!]

"흠. 생각보다 속도가 빠르군!"

태현은 만족스러운 표정으로 고개를 끄덕였다.

이제 와이번 심장만 구하러 가면…….

"케인. 많이 놀았지? 얼굴이 좋아 보이는데?"

"……이게 좋아 보이냐?"

케인의 안색은 매우 피곤해 보였다. 그걸 보자 태현은 깨달았다.

'어? 그러고 보니…….'

케인이 강제 인터뷰와 강제 헹가래를 당하고 있는 걸 보고 '구해주러 갈까?' 하고 생각했던 기억이 났다. 이다비 선물 사러 가느라 까먹었다!

'보아하니 하루 종일 놀았나 보군.'

덕분에 기사에는 '케인, 역대급 팬서비스' 같은 칭찬들만 실렸지만, 그건 그거고 피곤한 건 피곤한 거였다. 물론 태현은 케인이 피곤하다고 해서 내버려 둘 생각이 없었다.

게임 하면서 쉬면 되잖아!

"태현 님. 길드원한테서 연락이 왔는데요……."

이다비는 길드원 쪽에서 온 연락을 설명했다. 저번에 말했던 기계공학 랜덤박스를 맡은 대장장이 플레이어, 다니엘이 한 요청!

'정말 죄송한 부탁이지만 혹시 가능하시다면 쓰다 남은 아다만티움 조금 주실 수 없으실까요?'……로 요약되는 엄청나게 긴 편지였다.

"다니엘이면 걔였지? 그 유일하게 폭탄 안 만드는……."

태현은 다니엘을 기억하고 있었다.

당연한 일이었다. 기계공학 대장장이 중에서 유일하게 폭탄에 관심 없는 플레이어!

'그런 플레이어들이 좀 많아져야 하는데…….'

태현이 보기에도 지금 영지 내 대장장이 비율은 좀 많이 이상했다.

90%가 넘는 놈들이 기계공학을 파고, 기계공학을 파는 놈들의 99%는 폭탄만 판다! 〈악마의 대장간〉이 기계공학 대장

장이를 워낙 밀어주다 보니, 다른 평범한 대장장이들도 영지에 오면 '어? 기계공학 한번 해볼까?' 하다가 '어? 기계공학 재밌네?'로 바뀌고⋯⋯. 마지막에는 '히히히! 폭탄이 최고야! 폭탄 발사!'로 바뀌는 것!

태현 입장에서는 속이 터질 일이었다.

솔직히 영지가 잘 굴러가려면 무기 만들고 갑옷 만드는 대장장이들이 더 많아야지, 폭탄만 만드는 놈들만 있으면 어쩌자는 말인가. 그런 와중에 다니엘은 매우 기특한 플레이어였다.

제발 좀 유행을 바꿔다오!

"아다만티움⋯⋯ 아다만티움이라."

태현이 아다만티움을 정기적으로 얻고 있다는 건 거짓말이 아니었다. 아다만티움 거인의 주거지를 찾아주고서 그 대가로 아다만티움 광석을 받고 있는 것!

물론 그 양은 그렇게 많지 않았다. 태현은 이걸 꾸준히 모아 났다가 나중에 필요할 때 쓸 생각이었다. 아다만티움은 방어구에 쓰면 전설급 방어구가 되고, 장신구에 쓰면 전설급 장신구가 되고, 골렘에 쓰면 전설급 골렘이 되는 사기급 재료! 쓸 곳은 많고 많았다.

그렇지만⋯⋯.

"좋아. 내주자."

옆에 있던 케인이 더 놀라는 상황!

"야, 야! 아다만티움이잖아?! 철이나 구리도 아니고 아다만티움을?!"

"투자는 원래 과감하게 해줘야 하는 거야."

"흠. 확실히……."

최상윤은 케인을 빤히 보며 고개를 끄덕였다.

과감한 투자의 결과물!

케인은 그 미묘한 시선을 눈치채지 못하고 계속 말했다.

"그렇지만 아다만티움인데?!"

"아. 시끄러 인마. 내가 내 거 준다는데 왜 네가 그래? 회복한 거 같으니까 사냥 갈 준비하자. 와이번 잡으러 갈 거야."

와이번 심장까지 모아와야 하는 것!

태현의 말에 흑흑이와 에반젤린은 자리에서 일어서려고 했다. 그러나 태현은 친절하게 그들을 말렸다.

"아니야. 너희들은 여기서 쉬고 있어."

친절한 배려지만 전혀 친절하게 들리지 않는 마법!

"태현 님. 제가 전한 거긴 하지만 아다만티움은 좀…… 너무 아깝지 않을까요?"

이다비가 조심스럽게 말했다. 태현은 고개를 끄덕이며 대답했다.

"나도 아깝긴 해. 그렇지만 원래 대장장이가 재료 엄청 잡아먹는 직업이잖아."

판온 1 때는 서버에서 손꼽히는 대장장이였던 태현이었다.

대장장이란 직업이 얼마나 재료를 많이 잡아먹는 직업인지는 아주 잘 알고 있었다.

재료를 구하기 위해 태현이 얼마나 많은 고생을 했었던가! 광산에 가서 살았다고 해도 과언이 아니었다.

그것도 모자라서 광산을 점령한 길드의 창고를 털고, 길드원들을 공격해서 주머니를 털고, 길드원들의 길드 홀을 털고…….

'어. 생각해 보니 광산보다 길드원들을 더 많이 뺏은 거 같기도.'

어쩐지 잘 모이더라!

"아깝긴 한데 지원을 안 해주면 대장장이는 성장 자체가 힘들어. 다른 길드들은 제작 직업 랭커 있으면 엄청나게 지원해 주잖아. 솔직히 우리는 날로 먹는 거지."

다른 대형 길드들은 보통 능력 있는 사람을 우선적으로 챙겨줬다.

랭커는 길드의 간판. 제작 직업은 길드의 기둥. 제작 직업 랭커라면 더 말할 것도 없었다.

그에 비해 〈파워 워리어〉나 태현의 영지는 그런 특별 대접이 없었다. 그런데도 수많은 플레이어들이 꾸역꾸역 오는 건 태현의 인기와 명성 때문이었다.

가브리엘도 약간, 아니 좀 많이 미쳐서 그렇지 다른 길드 가면 대장장이 랭커 축에 들어가는 플레이어! 그런 플레이어들이 불평 하나 없이 영지에서 활동하고 있었던 것이다.

"태현 님……!"

이다비는 감동한 표정을 지었다. 그러다가 문득 생각이 나서 물었다.

"그런데 혹시 동생들하고 밥 먹으러 가셨나요?"

"아…… 아닌데."

태현은 거짓말을 했다. 동생들이 간절히 부탁했던 것이다.

언니가 알면 또 얻어먹는다고 혼나요!

"그래요?"

이다비는 의심쩍다는 듯이 쳐다보았지만 태현에게 더 캐묻기는 그랬는지 그냥 넘어갔다.

태현은 재빨리 화제를 돌렸다.

"자! 와이번 잡으러 가자!"

CHAPTER 5

에랑스 왕국, 〈파르바트 산맥〉은 플레이어들 사이에서 여러 가지 이유로 악명이 높은 곳이었다.

일단은 그 높이! 어마어마하게 높은 높이 때문에, 대부분의 플레이어들은 접근을 포기했다.

올라가는 순간 [공기가 희박해집니다! 이동 속도가 내려갑니다]부터 시작해서 각종 디버프가 쏟아지는 것이다. 이 디버프들 때문에 비행 탈것을 타도 쉽게 올라가기 힘들었다.

거기에 몬스터들도 만만치 않았다. 하필이면 이 산맥에서 자주 나타나는 몬스터들은 비행 계열 몬스터들의 서식지! 정상 근처에는 와이번까지 있었고, 그 밑도 각종 비행 계열 몬스터들이 있었다.

겁 없이 갔다가 애꿎은 비행 탈것만 잃어버린 플레이어들이 수두룩했다.

그렇지만 언제나 변태들…… 아니, 별종들은 존재했다. 파르바트 산맥에서만 나오는 약초나 재료를 수집하러 온 사람들. 파르바트 산맥의 몬스터를 사냥하러 온 고렙 플레이어들. 그리고 그냥 높은 산 오르는 걸 좋아해서 온 플레이어들까지!

"하하. 좋으시죠?"

이중섭은 유 회장을 보며 물었다. 유 회장은 간신히 고개를 끄덕였다.

아저씨들의 취미 중 하나! 바로 등산이었다.

이중섭과 〈가늘고 길게〉 길드의 아저씨들을 낚시로 끌어들인 유 회장. 그때만 해도 좋았지만 세상에는 공짜가 없었다.

"어르신, 등산 좀 해보시지 않겠습니까?"

"아…… 아니, 나는 저주를 받아서 육지에 못 올라가네."

유 회장은 등산까지 좋아하지 않았다.

낚시, 골프까지는 그렇다 쳐도 뭔 등산!

덕분에 유 회장에게는 핑계가 있었다. 그러나 유 회장은 알지 못했다. 남을 자기 취미로 끌어들이고 싶어 하는 사람이 얼마나 끈질겨질 수 있는지!

"어르신! 여기 〈인어들의 축복을 받은 목걸이〉입니다. 이 목걸이를 차면 산에 오를 수 있습니다!"

"……."

"어르신, 기뻐서 우시는 겁니까?"

"그…… 그래."

유 회장은 왠지 모르게 눈에서 땀이 나왔다.

기쁨의 땀!

"제가 좋아하는 산맥은 파르바트 산맥입니다. 판온이 좋은
게, 현실에서는 위험하고 멀어서 가볼 엄두도 못 냈던 산도 확
확 오를 수 있다는 거죠. 현실보다 더 멋있고 아름다운 산을
말입니다."

어디서 많이 들었던 소리!

유 회장은 수많은 사람들을 낚시에 끌어들였던 자기 자신
을 반성하게 됐다.

"파…… 파르바트 산맥은 찾아보니 초보자한테는 꽤 위험
해 보이던데."

다행히 유 회장은 이제 꽤 노련한 플레이어였다.

"높이가 높아지면 체력이 떨어지고 각종 디버프가 걸리는데
위험하지 않을까?"

온갖 그럴듯한 핑계를 댈 수 있다!

그러나 유 회장은 한 가지 잊고 있었다.

자기 레벨과 장비!

"하하. 어르신. 농담도. 그건 레벨 50도 안 되는 초보자들

이야기고, 어르신 정도면 충분합니다. 엄살도 심하시네요."

이중섭은 유 회장의 장비가 정확히 얼마쯤 되는지는 몰랐다.

각종 아이템을 팔아서 먹고사는 이중섭 같은 생계형 플레이어가 취급하는 장비들은 좀 더 싼 부류들!

그래도 유 회장의 장비가 비싼 건 알 수 있었다. 비싼 장비는 딱 티가 나게 마련이었으니까.

"⋯⋯크흑. 그렇지."

"게다가 등산용 포션들도 있습니다."

"그런 게 있어?!"

아니 뭔 등산에 미친 놈들도 아니고!

"어르신도 낚시용 포션 있잖습니까?"

"그건⋯⋯ 좀 더 물고기들이 빨리 모이고 낚싯대를 더 빨리 휘두를 수 있게 하고⋯⋯."

"등산도 더 빨리 오르고 더 숨을 좋게 쉬게 만드는 포션입니다."

"에휴⋯⋯."

"방금 한숨 쉬셨나요?"

"아니야! 아니야!"

[높은 곳에 올라왔습니다. 공기가 희박해집니다.]

[이동 속도가⋯⋯.]

[HP가⋯⋯.]

[오랫동안 등산을 하며 움직였습니다. 체력 스탯이 오릅니다.]

[지구력 스탯이······]

"어르신. 좋죠? 좋으시죠?"

"아! 좋으니까 그만 좀 하게!"

유 회장은 짜증을 냈다.

그는 다짐했다. 앞으로 유성 그룹에서 등산하겠다고 휴일에 부하들을 불러내는 놈들이 나오면 이 원한을 풀리라!

그런 놈들이 안 혼나고 퇴직하면 저런 등산밖에 모르는 괴물이 되는 것 아닌가!

"잠시 쉬었다 가겠습니다."

"예. 길마님!"

이중섭과 아저씨들은 절도 있게 둘러앉아 도시락을 깠다. 한두 번 까본 솜씨가 아니었다.

"직접 만든 건가?"

"예. 김밥 하나 드셔보시죠."

"맛있구만. 근데 자네들은 게임으로 수입을 만드는 게 목적 아니었나? 이렇게 등산을 해도 되나?"

"사람이 일만 하면 됩니까. 이렇게 쉬기도 해야 하죠."

"하하. 맞는 말이십니다. 길마님."

"저도 회사 다닐 때 워크샵 장소를 매번 산으로 정했는데, 젊은 친구들이 참 좋아하더라고요."

등산밖에 모르는 길드원들! 그냥 길드 이름을 등산 관련으로 바꿨어도 위화감이 전혀 없었다.

유 회장은 욕을 하려다 말았다.

그리고 다짐했다. 앞으로는 기업 워크샵 장소를 산으로 하는 놈도 같이 조지겠다고!

"아. 어르신. 그리고 걱정하지 않으셔도 됩니다."

"뭐가?"

"물론 등산은 취미지만, 돈이 안 되는 건 아니거든요."

"맞습니다. 여기 〈파르바트 산맥〉은 아주 짭짤한 곳입니다."

길드원들도 동의했다.

돈은 어디에서 나오는가? 남들이 잘 안 가는 곳에서 나온다! 〈파르바트 산맥〉 같은 경우는 각종 재료 아이템과 몬스터 소재들이 나왔지만, 정작 여기서 본격적으로 작업하는 플레이어는 적었다.

산을 오르는 데에 시간이 꽤 걸리고 주변 환경도 힘들었던 것이다. 가상현실게임의 단점은 플레이어가 직접 다 체험하고 버텨야 한다는 것!

다른 편한 사냥터가 있는데 굳이 이런 곳을 바득바득 기어오르는 플레이어는 드물었다.

"어르신도 여기서 한 몫 챙겨 가실 수 있을 겁니다."

"맞아요. 전 조카들 용돈을 여기서 만듭니다."

"어르신도 손주 용돈 주셔야죠."

"그, 그래."

유 회장은 떨떠름한 얼굴로 길드원들이 준 종이를 받았다.

종이에는 파르바트 산맥에서 나오는 각종 재료들이 상세하게 기록되어 있었다. 생계형 플레이어들이니만큼 이런 부분에서는 철저했다.

"오…… 와이번도 나오나?"

와이번의 근육이 그렇게 낚싯대 줄로 쓰기 좋다던데!

"네. 더 높이 올라가면 나옵니다. 잡을 수는 있지만 안 보이면 굳이 잡으려고 하실 건 없습니다. 놈이 보통 교활하고 사나운 게 아니거든요. 재수 없이 기습이라도 당하면 골치 아파집니다. 서로 모르는 척 지나가는 게 편하죠."

"맞습니다. 저희는…… 산을 즐기러 온 거니까요!"

"으하하핫! 으하하하핫!"

좋다고 까르륵 웃어대는 아저씨들을 보며 유 회장은 입맛을 다셨다.

그래도 와이번은…….

'그러고 보니 와이번의 심장을 쓴 미끼가 있었던 것 같은데…….'

낚시꾼들에게 미끼란 대장장이들의 망치 같은 거였다. 좋은 미끼 제조법을 알기 위해서라면 목숨도 바칠 수 있다!

'아. 찾았다. 이거군. 〈비밀스러운 탐욕의 미끼〉…… 와이번의 심장이 꽤 많이 필요하군. 그러고 보니 와이번의 심장은 경매장에서 왜 못 본 거 같지?'

"와이번의 심장이 필요한데 잡을 수는 없나?"

"와이번의……."

"……심장?!"

아저씨들이 경악한 표정으로 유 회장을 쳐다보았다. 유 회장은 이제 지친 표정으로 반응했다.

"이번에는 또 뭔가?"

"아뇨. 별건 아니고, 와이번의 심장이 워낙 잘 안 나오는 아이템이라서요."

"와이번도 보기 힘든데 드랍률이 더 극악해서, 경매장에도 매물이 적을 걸요? 올라오면 바로 팔려 나갑니다."

"그런 물량 달리는 아이템은 차라리 전문적으로 취급하는 플레이어하고 계약을 맺는 게 편할 수도 있습니다."

"뭐? 그런 것도 있어?"

산지직송도 아니고 무슨?!

"대형 길드쯤 되면 가만히만 있어도 재료 들어가는 게 많아서 하는 곳 꽤 있습니다. 저희도 몇몇 곳에 재료 납품하는 계약 맺었고요."

이런 계약은 안정적으로 돈을 받을 수 있다는 장점이 있었다. 유 회장은 이런 게 있다는 것에 놀라워했다.

"그러면 와이번의 심장은 누구랑 계약해야 하나?"

"어…… 힘들지 않을까요."

유 회장의 얼굴이 일그러졌다. 그걸 본 아저씨들이 급히 변명했다.

"아니, 그게…… 그런 희귀 재료 취급하는 플레이어들은 이미 다 계약 맺었을 겁니다."

"맞아요. 새로 찾기 힘들걸요. 그것도 다 인맥이라서."

"우리가 잡으면 되잖나!"

"아니, 백 마리 잡아도 나올까 말까인데……."

"그걸 어떻게……."

"조직적으로 철저하게 하면 되지!"

"아니, 어르신. 저희 오늘 쉬러 온 건데……."

태현은 포병대나 기사단은 두고 산맥 앞에 도착했다.

이런 곳에서는 소수정예가 편했다. 괜히 인원만 많아 봤자 챙기기 곤란! 게다가 흡혈성의 방어도 생각을 해야 했다. 대충 정리되었지만 세상 일에 만약이란 없는 법.

"좋아. 올라간다."

"어? 아니. 안 날아가??"

케인은 당황했다. 드래곤을 두 마리나 두고 있는데 산을 걸어 올라간다니. 왜?

"스탯 좀 올려야지."

"……."

-주인이여. 난 태우고 날아갈 수 있는데…….

"아냐. 이럴 때 안 올리면 언제 올리겠어?"

케인은 산을 올라가며 반성했다. 직장인들이 등산 가기 싫다고 했을 때 비웃었던 게 이렇게 돌아오는구나!

[파르바트 거대 박쥐가 나타났습니다!]

한참을 올라가자 슬슬 몬스터들이 나타나기 시작했다. 케인은 한참 산만 오르던 찰나에 몬스터들이 나타나자 신이 났다.

와! 이제 사냥이라도 좀……!

[파르바트 거대 박쥐가 도망칩니다!]

태현 일행을 보고 도망치는 몬스터들! 허접한 몬스터들이 덤비기에는 태현 일행의 전력이 너무 무시무시했던 것이다.

[높은 곳에 올라왔습니다. 공기가 희박해집니다.]

"음. 대비를 해야겠군."

태현은 포션 대신 괴식 요리를 꺼냈다. 몸에 좋고 맛은 안 좋은 괴식 요리!

"자. 먹어라."

"나, 나는 HP랑 상태 이상 높아서 그냥 버틸 수 있을 것 같은데……."

"아냐. 싸우게 될 상황 오면 스탯 조금이 아까울 수 있어. 먹어!"

"구아악!"

케인한테 음식을 쓸어 넣은 태현은 토왕이를 쳐다보았다.

-카르릉!

[먹기 싫다고 카르바노그가 전해줍니다.]

"넌 레벨도 1이잖아. 안 먹으면 죽을 수도 있다고."
-카르릉.

[자기는 선택받은 존재라 이런 상태 이상에 걸리지 않는다고
카르바노그가 전해줍니다.]

레벨 대신 이런 상태 이상 관련으로 버프를 잔뜩 받은 토왕이!
'그냥 레벨을 주지……'
물론 태현 입장에서는 뭐하러 저렇게 비효율적인 방식을 택
했는지 이해가 안 갈 뿐이었다. 각종 패시브 스킬보다는 레벨
이 낫지 않나?

[토왕이가 옆에 있습니다. <고대 뱀파이어 토끼의 가호>를 같
이 받습니다.]
[<고지대의 저주>를 받지 않습니다.]
[<산소 부족의 저주>를……]

"오?"
태현은 신기해했다. 이런 효과가?

태현은 토왕이를 들어 케인한테 건넸다. 케인은 의아해하면서 받았다.

"왜? 헉. 버프잖아?"

-카르릉!

[의기양양해한다고 카르바노그가 전해줍니다.]

'좋긴 한데…… 좀 애매한데……'

특히 범위! 보통 파티 정도는 적용이 되어야 하는데, 토왕이는 한 사람 정도가 전부였다. 게다가 이 정도 저주는 태현 같은 경우에 직업 스킬만으로도 저항이 가능했던 것이다.

'뭐, 좋아하니까 내버려 두자.'

뭐든 간에 기뻐하는데 나쁠 건 없으니까!

그렇게 올라가는데 앞에서 먼저 올라가는 파티가 보였다. 그 파티도 태현 일행을 발견한 것 같았다.

"훗. 애송이들이군."

"등산 장비도 제대로 안 입고 오다니……"

가끔 있었다. 레벨만 믿고 대충 산에 오르는 플레이어들! 그런 플레이어들은 언제나 따끔한 맛을 보게 되어 있었다. 지금은 견딜 만한 디버프지만, 시간이 지날수록 디버프가 점점 심해지게 될 것이다. 그때쯤 되면 돌아가기도 힘들어질 것!

"요리 먹었으니 지금부터는 속도 좀 올려야겠군. 용용아!"

-기다리고 있었다. 주인이여!

용용이는 신이 나서 날개를 폈다. 아까부터 이 산을 걸어 올라간다는 것에 답답해하던 참이었다.

슈우웅!

용용이 위에 탄 태현 일행은 그대로 산 위로 날아가기 시작했다.

나름 전문 등산가 파티는 당황한 표정을 지었다.

"아, 아니. 저렇게 비행 탈것 타고 다니면 위험하지."

"맞아. 비행 몬스터들이 얼마나 사나운데……."

끼에에엑!

말이 끝나기도 전에 거대 육식새와 각종 비행 몬스터들이 나타났다.

파지지지직!

그리고 접근하기도 전에 용용이가 사용한 각종 마법에 쓸려나갔다. 태현 일행은 공격할 필요도 없을 정도의 위력!

"그런데 사람들이 종종 보이는군?"

"좋은 산이니까요."

'그건 아닌 것 같지만…….'

이렇게 높고 힘든 산인데도 종종 파티 하나씩 만나게 되는 게 신기했다.

"엇. 저기 또 있군. 손을 흔드는데?"

"무시하십시오."

"어?"

"무시하십시오."

"??"

"저놈들은 아주 싸가지 없는 놈들입니다. 지들 장비 좀 좋다고 사람 무시하는……."

"아. 낚시터에도 그런 놈들 있지."

어디에서나 저런 사람들은 있었다. 자기 장비를 자랑하며 초보자를 무시하는 이들!

아저씨들은 저 파티를 종종 만났는지 자근자근 씹어댔다.

"흥. 와이번한테나 물려가라."

"탈모나 걸려라."

"40대 되어서 대출 받아서 집 샀는데 직장에서 잘려라."

점점 무시무시해지는 저주!

그렇지만 유 회장은 그들의 마음을 이해했다. 취미는 자기 좋으라고 하는 거지 남 무시하라고 하는 게 아니었으니까.

'이번에도 그러면 내가 따끔하게 훈계를 해줘야겠군.'

유 회장은 그렇게 생각하며 발걸음을 옮겼다.

그렇게 욕을 먹는 것도 모르고 위에서 먼저 올라가던 플레이어, 하브는 아저씨 파티를 보고 씩 웃었다. 이 산맥에서 자주 만나는 저들은 언제나 좋은 먹잇감이었다.

"아저씨들! 또 보네요!"

"……."

"정상까지 시합이라도 하실래요?"

"아오. 저 새끼."

"한 대 치고 싶다."

아저씨들은 투덜거렸다. 그래도 주먹부터 나가지 않는 건 아저씨들이 착해서였다.

짜증 난다고 무기부터 휘두를 수는 없지!

게다가 아저씨들에게는 신념이 있었다.

돈 안 되는 싸움은 하지 않는다!

플레이어 한 명 잡으면 악명 올라가고, 마을에서 NPC 대응 안 좋아지고, 여러모로 손해였다. 대놓고 약탈자로 플레이할 게 아니면 싸워서 좋을 게 없는 것!

하브는 그걸 알았기에 계속 깐족댔다.

유 회장은 하브를 따끔하게 훈계하기 위해 입을 열었다.

"이봐. 왜 자꾸 귀찮게 그러나?"

"예? 제가 뭘요?"

"각자 알아서 산을 오르면 되지 왜 싫다는 사람한테 자꾸 시합을 하자고 해?"

"에이~ 그 정도는 할 수 있죠. 말도 못 합니까?"

"싫다고 했는데 계속 말을 걸고 있지 않나."

"싫다고 했대. 푸하하."

하브는 유 회장의 말을 따라했다. 뒤에 있는 친구들은 따라서 웃었다. 유 회장의 눈썹이 꿈틀거렸다.

'참아야 하느니……'

방금 1초 동안 머릿속에서 저놈들 뒷조사부터 시작해서 온갖 상상이 지나갔지만, 유 회장은 차마 그렇게까지 할 수는 없었다. 어른으로서의 체면과 양심이 있지!

"아저씨들. 그러니까 맨날 그런 것만 입고 다니지 말고 좋은 장비 좀 챙겨 입으세요."

아저씨들의 장비는 대부분 후줄근하거나 겉모습이 이상했다. 가성비를 우선시하기에 어쩔 수 없이 희생된 겉모습!

옵션이 좋기만 하면 치마도 입고 다니는 것이 그들이었다.

슈우웅—

그때 산 밑에서 황금빛의 무언가가 빠르게 날아 올라왔다. 파르바트 산맥에서 저런 속도로 날아다니는 건 목숨 거는 짓이었다. 온갖 자연현상부터 시작해서 몬스터까지 덤벼드는 것이다.

"뭐야 저 미친놈들은?"

"아니 저런 짓을……."

그 속도에 자극받았는지 주변에서 몬스터들의 울음소리가 울려 퍼지기 시작했다.

크롸롸롸!

"와이번이다!"

아저씨들은 울음소리를 듣고 바로 알아챘다.

"소리 보니까 큰 놈 같은데?"

"어르신! 이리 오십쇼! 자세 낮춰야 합니다!"

그들도 와이번을 상대할 때에는 방심할 수 없었다. 하브 파티도 와이번이 온다는 걸 깨달았는지 재빨리 흩어져서 대비했다.

바위 같은 지형물을 끼고 자세를 낮춘다! 와이번은 쏜살같이 날아와 먹잇감을 낚아채 날아오르는 몬스터였다.

이 산에서 잘못 잡히면 훅 갈 수 있었다.

"아, 어떤 미친놈이 이 속도로 날아다니는 거야? 여기 산 처음 와보나?"

하브는 짜증 난다는 듯이 투덜거렸다. 웬 미친놈 하나 때문에 그들까지 위험해지지 않았는가.

"와이번 잡으면 좋지 뭐."

"잡히지나 마라. 멍청하기는."

모인 플레이어들은 걱정과 기대가 반반씩 섞인 얼굴로 기다렸다.

대체 어떤 놈들이…….

"오. 몬스터들의 레벨이 올라갔나? 안 도망치네."

태현은 한 가지 사실을 깨달았다. 용용이를 타고 돌아다니는 건, 그것 자체로 도발이라는 것! 더 빨리 날아다닐수록 비행 몬스터들이 더 많이 덤벼들었다.

그렇다면 와이번을 부르려면 굳이 둥지까지 안 가도, 이렇게 날아다니기만 하면 된다!

'하긴. 영역 표시 같은 거겠지.'

자기 영역 앞에서 저렇게 날아다니는 걸 누가 좋아하겠는가.

[빠르게 날아다니고 있습니다! 비행 몬스터들이 자극을 받습니다!]

[<분노한 회색 소형 와이번>이 나타납니다!]

[비행 몬스터들은 자기들의 영역에서 날아다니는 상대를 좋아하지 않습니다!]

-크오오오!

용용이는 신이 나서 오랜만에 울부짖었다.

[드래곤의 울부짖음에 <회색 소형 와이번>이 도망칩니다!]

"용용아. 그냥 얌전히 날자."

-알겠다…….

용용이는 시무룩해져서 입을 다물고 날았다. 다행히 시간이 좀 지나자 와이번들은 다시 나타났다.

"어. 근데 어떻게 잡냐?"

케인은 문득 깨달았다. 땅에 있으면 덤벼드는 와이번을 공격하면 되지만, 여기 위에서 같이 빠르게 날아디니는 상황에서는 와이번을 어떻게 잡지?

유지수, 이다비, 태현은 각자 원거리 무기를 꺼냈다. 활과 머스킷! 거기에 정수혁은 지팡이를 들고 와이번을 조준했다.

케인은 무심코 최상윤을 쳐다보았다. 너만은……!

그러나 최상윤은 시선을 피하며 소형 석궁을 꺼냈다.

"야!!"

"아니. 이거 원래 솔플할 때 원거리 상대 견제해야 해서 갖고 다니는 거라고!"

검사지만 가끔 멀리 있는 상대를 견제할 때 필요했기에 들고 다니는 장비! 결국 케인은 혼자 남았다.

"쇠사슬이나 맞춰라."

"맞아. 쇠사슬 맞춰서 끌고 와."

"쇠사슬 맞추시면 되잖습니까."

이것들이! 노예의 쇠사슬을 맞추면 한 방에 끌고 올 수 있었지만, 그게 그렇게 쉬운 게 아니었다. 서로 빠르게 날아다니는데 조준을 어떻게 한단 말인가.

그러는 와중에 싸움은 시작되었다.

파지지직!

용용이는 놀라운 활약을 보여주었다. 괜히 드래곤이 아니었던 것이다. 차원이 다른 능숙한 공중전!

허공에 닥치는 대로 마법을 깔아 와이번들이 회피할 수 없이 유도한 다음 정면으로 부딪혀 와이번의 날개를 꺾으려 들었다. 아무리 와이번이 강하다 하더라도 용용이와 일대일 정면승부에서 이길 순 없었다. 게다가 용용이 등 위에는 더 살벌한 사냥꾼들이 타고 있었다.

탕! 타타탕!

와이번들이 멈추는 순간 날아오는 원거리 공격들!

태현과 이다비의 공격은 단순히 대미지만 높았지만, 유지수의 공격은 그걸 넘어 급소를 노리고 각종 디버프를 넣었다.

푹!

-크에에엑!

눈을 공격당한 와이번이 비명을 질렀다. 유지수는 멈추지 않고 계속해서 연사를 넣었다. 이런 원거리 공격에서의 딜링이야말로 궁수가 가장 활약할 수 있는 상황!

"나…… 나도 쇠사슬!"

"아냐. 다 잡았네."

와이번이 멈추자 쇠사슬을 쓰려던 케인은 시무룩해졌다.

"용용아! 아이템 떨어진다! 아래로 기동해서 받아!"

-주, 주인이여. 그게 지금…….

용용이는 기가 막혔다. 지금 싸우는 와중에 그걸 또 챙겨야 하나?

그러나 어쩌겠는가. 주인이 하라면 해야지!

용용이는 아래로 뛰어들듯이 기동했다.

파아아악!

[아이템을 얻었습니다.]

[아이템을……]

이다비는 고개를 갸웃거렸다.

운 좋게 와이번의 심장이 나오긴 나왔는데…….

와이번의 심장×2.

기형 와이번인가? 아니, 한 마리 잡았는데 왜 심장이 2개 나오지?

"왜 그래?"

"어…… 와이번 심장이 원래 두 개였었나요?"

"무슨 소리를…… 아. 그거 드랍률 때문이야. 내가 행운 높아서 그래."

오크 목도 하나가 아니라 여러 개 나오게 만드는 마법 같은 행운 스탯! 사실 일반 플레이어들이 행운 스탯 올리는 건 이런 걸 기대해서였다. 그게 아니라면 이딴 스탯 올리지도 않는다!

그렇지만 플레이어들 중에서 태현만큼 드랍률이 높은 플레이어는 없었다.

-아키서스의 기도!

태현은 〈아키서스의 기도〉까지 사용했다. 행운 스탯을 일시적으로 크게 증가시키는, 평소라면 '이미 행운 스탯 높은데 굳이……' 하고 잘 안 썼을 스킬이었지만, 지금은 이야기가 달랐다.

[아키서스의 화신이 〈아키서스의 기도〉를 사용했습니다!]
[〈노예의 쇠사슬〉에 보너스를 받습니다!]
[〈노예의 근성〉에……]

케인은 메시지창에 의아해했다.

아니, 왜 쟤가 썼는데 내가?

'잘 모르겠지만 일단 기회가 온 거 같다!'

케인은 신이 나서 쇠사슬을 쏠 준비를 했다. 드디어 뭔가 하는구나! 아까부터 팝콘이나 가져와야 하나 하고 계속 고민하고 있었는데!

그 순간 태현이 공중으로 뛰어내렸다.

-행운의 일격!

-쿠에에엑!

태현은 용용이 위에서 뛰어내린 다음 밑에서 날아오는 와이번의 목을 노리고 정확히 검을 찔러넣었다.

두 눈을 뜨고 봐도 믿을 수 없는 곡예!

케인의 입이 떡 벌어졌다.

'미친놈!'

저걸 제정신으로 할 수 있나? 다시 봐도 못하겠다!

와이번은 한 번에 죽지 않았다. 당연히 태현을 매달고 미친 듯이 날뛰었다.

푹! 푹! 푹!

태현은 그러거나 말거나 한 손으로 와이번을 잡고 균형을 유지한 채로 계속해서 검을 찔러댔다.

탁!

"떨어졌다!"

"기다려! 내가 노예의 쇠사슬로!"

"너 왠지 기뻐 보인다?"

"아, 아니야."

그러나 태현은 와이번에게서 떨어지는 즉시 바로 〈아키서스의 돌격〉을 사용했다.

촤아악!

추락과 동시에 위로 빠르게 돌진하며 와이번의 숨통을 끊는 태현!

[아이템을 얻었습니다.]

[아이템을······]

[〈아키서스의 돌격〉의 쿨타임이 초기화되었습니다.]

-아키서스의 돌격!

그리고 태현은 쿨타임이 돌아온 〈아키서스의 돌격〉을 사용해 다시 용용이 위로 돌진했다.

픽!

떨어진 것도 〈아키서스의 돌격〉을 제대로 사용하기 위한 포석이었던 것이다.

"이야. 아슬아슬하네."

"선배님! 대단했습니다!"

"진짜 굉장했어요!"

"뭘 이런 걸 가지고. 그보다 케인. 왜 손을 앞으로 뻗고 있냐?"

"아…… 아무것도 아니야."

그 후로도 태현 일행은 계속해서 와이번을 사냥해 나갔다.

순식간에 쌓여가는 와이번의 심장!

"앗! 한 놈 도망친다!"

"쫓아!"

덤비던 와이번이 공격에 못 이기겠는지 꼬리를 내리고 도망치기 시작했다.

쿵!

날아가던 와이번은 산 위에 그대로 착지했다. ……유 회장과 플레이어들이 대기하고 있던 곳으로!

"으아악!"

"와이번이다!"

굉음과 함께 얼음과 눈이 사방으로 튀어 올랐다. 평소와 너무 다르게 적극적으로 덤벼드는 와이번의 모습에 플레이어들은 당황했다.

"조, 조심…… 어?"

"다 죽어가는데?"

"막타! 막타 쳐야……!"

그 순간 쾅 하는 소리와 함께 용용이도 착지했다. 정확히 와이번의 모가지를 꺾으면서!

"잘했다, 용용아."

태현은 용용이를 칭찬했다. 평소에는 태현이나 태현 밑의 NPC들이 워낙 화력이 좋아 용용이나 흑흑이까지 나설 일이 별로 없었는데, 이렇게 타고 다니니 확실히 활약이 달랐다.

사실 이게 드래곤의 올바른 활용법!

드래곤 나이트가 괜히 드래곤 나이트가 아니었던 것이다. 태현 일행이 와이번을 쓰러뜨리자, 정신이 든 하브와 친구들이 따지기 시작했다.

"아니 운전 똑바로 못해!?"

"여기서 날아다니는 사람이 어디 있어! 남한테 민폐잖아!"

태현은 의아해했다. 뭔 민폐?

케인은 의아해했다. 자살 지망자인가?

"쟤네 뭔 소리하는 거냐?"

"미친놈들인가 봐요. 무시하죠!"

유지수는 단칼에 말했다. 딱히 하브한테 하는 소리는 아니었지만 하브한테는 아주 잘 들렸다.

"심장 몇 개 나왔지?"

"3개요."

"평범하군."

귀를 의심하게 하는 대화가 오갔지만, 하브는 일단 그건 넘어갔다. 지금 따져야 할 건 다른 거였으니까.

"너희가 빠르게 날아다니는 탓에 몬스터들이 나왔잖아!"

"여기가 산인데 몬스터가 나오는 건 당연한 거 아닌가? 혹시 너희……."

케인은 플레이어들을 빤히 쳐다보았다.

저렇게 말도 안 되는 시비를 걸다니.

설마?

"……길드 동맹 소속 아니냐?"

무시하고 떠들던 태현 일행의 고개가 돌아갔다.

뭐? 누가 길드 동맹?

하브는 당황해서 말했다.

"길드 동맹이라니 뭔 헛소리야?"

"당황하니까 더 수상해!"

케인은 하브를 가리키며 외쳤다.

"그랬군! 길드 동맹 입장에서 김태현이 우승까지 하자 미친 듯이 배가 아팠을 거야. 그래서 우리를 노리고 먼저 여기서 대기하고 있었던 거겠지! 하는 짓이 비열하구나!"

하브는 어처구니가 없었다. 말도 안 되는 시비를 거는 건 나름 자신이 있었던 그였다.

그러나 세상에는 언제나 더 위가 있는 법이었다.

"잠깐만. 누구라고? 김태현?"

"모르는 척까지!"

케인은 무기를 들어 올렸다. 길드 동맹을 잡고 오늘 못 했던 밥값을 하고 말리라!

"죽어라, 길드 동맹!"

케인은 태현과 다니면서 많은 면에서 비약적인 성장을 했다.

그중 하나가 결단력!

케인이 보기에, 태현은 정말 망설임이 없었다.

케인이라면 '아, 이래도 되나? 뒷감당이 되나?' 이렇게 고민할 상황에서도 일단 선빵부터 치고 봤다. 뒷감당은 나중에 어떻게든 되겠지! 그보다는 지금 선빵을 쳐야 한다!

이런 태현의 게임 방식을 지켜본 케인은 깨달음을 얻었다.

아. 선빵이 최고구나!

깨달음을 얻은 케인은 망설임이 없어졌다.

"크악! 어째서!"

[선량한 일반 플레이어를 공격했습니다!]
[악명이 오릅니다!]

PVP를 많이 하고 다니는 플레이어는 공격해도 악명이 오르지 않고 페널티가 없었다. 길드 동맹 소속 길드원이라면 당연히 그런 놈일 줄 알았는데!

아니라는 메시지창에 케인은 당황…… 하지 않았다.

"악명도를 관리한, 철저한 길드 동맹 놈이군!"

태현은 케인을 미친놈 보듯이 쳐다보았다.

요즘 스트레스가 많이 쌓였나?

퍽! 퍼퍼퍼퍽!

하브나 친구들은 깐족거리거나 남들을 비웃기는 해도, PVP를 전문적으로 하는 플레이어는 아니었다. PVP 전문도 나름대로 실력이 있어야 하는 것! 그런 그들이 케인처럼 태현으로 다져진 실전형 PVP 플레이어를 이길 수 있을 리 없었다.

"이 자식이 어디서!"

"밟아! 밟아!"

하브와 친구들은 화가 나서 덤벼들었지만 케인은 방패(검)를 들고 그들을 모두 상대했다. 1:4로도 밀리지 않는 강함!

"크악! 방패가 단단해!"

"옆으로 돌아서 쳐…… 컥!"

방패인 줄 알았는데 아프다!

[사디크의 화염이……]

게다가 지속적인 화염 대미지까지!

-네헤레크 검술! 재빠른 일격!

-그림자 찌르기!

하브와 친구들은 스킬을 써가며 케인을 공략하려 애썼다. 그러나 케인은 조금도 흔들리지 않았다. 마치 바위 같은 단단함!

'크윽!'

케인은 공격형 탱커의 정석을 보여주고 있었다. 어중간한 공격이나 스킬들은 전부 방패로 막거나 갑옷으로 버텨내면서 버틴다. 그러면서 틈틈이 사디크의 화염 같은 스킬들로 공격 쪽의 HP를 깎아내고 상태 이상을 걸어댔다.

초조해진 공격 쪽이 빈틈을 드러내면 무기를 들고 역습!

전문 딜러만큼 스킬이 화려하고 다양하진 않았지만, 대미지는 그렇게 크게 밀리지도 않았다.

-노예의 쇠사슬!

차르륵!

"으허헉?!"

창을 찌르고 숨을 돌리던 플레이어 하나가 그대로 앞으로 끌려 들어갔다.

"죽어라! 길드 동맹 놈!"

퍼퍼퍼퍼퍽!

케인은 앞에 끌려온 창술사 플레이어를 신명 나게 두들겨 팼다. 나머지 태현 일행들은 팝콘을 뜯으며 싸움을 구경했다.

"이야. 실력이 많이 늘었네."

"확실히 너랑 돌아다니다 보니……."

"근데 진짜 길드 동맹 사람인가요?"

"잘 모르겠는데. 근데 싸움 시작했는데 어쩌겠냐. 상대가 먼저 시비 걸기도 했고. 그냥 죽여야지."

태현은 쿨하게 넘겼다. 길드 동맹 놈인지 아닌지는 잘 모르겠지만, 사냥터에서 사냥했다고 시비터는 놈들이 멀쩡한 놈들일리는 없었다. 어차피 일어났을 싸움, 먼저 쳐서 나쁠 건 없었다.

"아…… 아니. 자네들. 안 도와주나?"

"혼자서도 잘하는데요 뭘."

갑자기 케인이 하브와 친구들을 패는 걸 본 아저씨들은 당황해서 말리려…… 고 하지 않았다.

'신나잖아!'

원래 재밌는 게 싸움 구경인데, 싫어하는 놈들이 두들겨 맞는 싸움 구경이라니!

"힘내라 힘!"

"젊은 친구! 왼쪽에 공격 들어간다!"

케인은 언제나 팬들의 응원에 굶주린 남자. 갑자기 산에서 만난 팬들의 응원에 가슴이 뭉클해졌다.

"크오오옷!"

"이, 이 자식 미쳤나!?"

괴성을 지르며 짐승처럼 덤벼드는 케인의 기세에 하브는 쩔쩔맸다.

"이런 치사하게……! 아저씨들 지금 뭐 하는……!"

"뭐? 안 들리는데?"

하나둘씩 친구들이 쓰러졌다. 하브는 이를 악물었다.

이렇게 어이없게 지게 되다니! 나름 판온에서 어깨에 힘주고 다녔는데, 세상은 넓고 고수는 많았다. 그렇지만 이렇게 갑자기 튀어나올 줄이야.

"아. 맞다. 잠깐. 잡지 말아봐."

"응? 왜?"

케인은 하브를 두들겨 패려던 검을 든 채로 멈칫했다.

하브는 안도했다. 그래도 제정신인 놈이 한 명은 있구나!

"뭐가 왜야! 당연한 걸 묻고 있어! 멋대로 사람을 공격해놓고……!"

"생각해 보니 미끼가 필요할지도 모르겠어."

저놈이 더하잖아?!

그러나 아저씨들은 감탄했다.

"확실히 미끼 역할을 할 사람이 있으면 편하지."

"저 친구가 뭘 좀 아네. 아주 똑똑한 청년이야."

유 회장은 눈을 깜박였다. 다들 얼굴은 달랐지만 저 특징적인 골드 드래곤과 장비들은……?

-너희들은 왜 여기 있는 거냐?!

-앗. 어르신. 산은 어떻게 올라오신 거죠?

-……이야기하자면 길다. 그보다 나 아는 척하지 마라.

유 회장은 기껏 생긴 친구들과 사이가 멀어질 것을 걱정했다. 유성 그룹 회장님인 걸 아는 순간 따돌림당할 수도 있는 것!

-아는 척할 생각 없었는데요. 사실 아까 착지하면서 봤는데 그냥 모르는 척하고 있었습니다.

유 회장은 오랜만에 혈압이 오르는 걸 느꼈다. 태현을 만나면 언제나 젊은 피가 불끈 솟았다. 그러나 태현은 배려심 넘치는 이유 때문에 모르는 척하고 있었던 것이었다.

　-유성 게임단이 준우승한 것 때문에 어르신이 어색하실까 봐 모르는 척 했는데…….

　……준, 준우승이 어때서 그러냐. 난 준우승도 충분히 만족한다.

　-음. 뭐 그러시다면야.

　까드득!

　유 회장은 속으로 이를 갈았다.

　유성 게임단에 몇 배로 투자를 해주마! 선수, 감독, 전력분석단 등 몇 배로 영입을 해 네놈을 이겨주마!

　[수많은 팀들을 꺾고 우승, 준우승을 차지한 한국 팀…… 한국, E스포츠의 종주국 명성을 빛내…….]

　[팀 KL의 우승 비결은? 군더더기 없는 작고 날렵한 구조…….]

　[던전은 끝났지만 투기장은 이제 시작이다. 앞으로 있을 투기장의 강팀은? 각 팀의 전력 분석!]

　대회가 끝났지만 사람들의 반응은 끝나지 않았다. 대회 관련 재방송, 대회 분석 방송, 대회 관련 기사 등 수많은 관련 반웅들! 그러나 긍정적인 기사들만 있는 건 아니었다.

[한국, 과연 E스포츠의 종주국이 맞는가? E스포츠의 종주국 한국의 불편한 진실!]

이번 대회에서 한국 팀이 우승, 준우승을 차지한 건 축하할 만한 성과다. 그러나 대회 성적을 자세히 들여다보면 충격적인 결과를 알 수 있다.

1위와 2위를 제외한 다른 한국 팀들의 성적이 매우 낮다는 것이다. 일단 팀 KL은 예외로 두자. 지나치게 파격적이고 전례가 없는 팀이니까.

태현 팀이 예외적이긴 했다. 보통 선수들끼리 모여 소규모로 시작한다고 치더라도, 성적을 내면 후원해 주는 대기업을 구해 그 밑으로 들어가는 게 보통이었던 것이다.

끝까지 독립적으로 유지해서 우승한, 전례가 없는 일을 달성한 것!

유성 게임단의 성적은 납득이 간다. 뛰어난 선수들을 모았고, 그 선수들을 도와주는 코치들과 스태프들도 훌륭하다. 거기에 새로 건설된 게임단 시설은 국내 제일이라고 할 수 있다. 유성 그룹이 이렇게까지 전폭적인 지원을 해줄 것이라고 누가 알았겠는가.

아무도 예상하지 못했을 것이다.

사실 수많은 기자들이 '대체 유성 그룹이 왜 저렇게 게임단에 투자하는 거지?'라고 의아해하고 있었다.

물론 E스포츠는 젊은 층에게 홍보하기 좋았고, 판온은 아이부터 노인까지 전부 다 홍보 가능한 게임이었지만…….

그래도 너무 과하지 않나? 회장님이 미친 게 아니라면…….

기자들 사이에서는 '그룹 내 이사 중에 판온에 빠진 사람이 있다더라' 같은 헛소문이 돌 정도였다.

그렇지만 나머지 팀들의 성적은 솔직히 실망스럽다. ST 파이브나 KG 위자드는 전통의 강호라는 말이 부끄러울 정도였고, LK 라이온즈는 반칙으로 망신이란 망신은 다 시킨 셈이었다. 나름 국내의 대형 게임단들의 현실이 이렇다.

예전과 달리 해외의 게임단들은 E스포츠에 투자하길 주저하지 않는다. 미국, 중국 쪽 게임단들은 어마어마한 자본을 등에 업고 강력한 팀을 만들어나가고 있다. 이렇게 손을 놓고 있다가는 얼마 지나지 않아서 E스포츠 종주국을 뺏기는 일이 있을지도 모른다.

이 날카로운 기사는 수많은 사람들을 댓글란에서 싸우게 만들었다.

└아니 우승 준우승 다 했는데 이런 기사 올리는 건 뭐냐?

└틀린 말은 아니지 않나? 솔직히 두 팀 빼고 나머지 진짜 실망스러웠잖아.

└LK 라이온즈 팬이었는데 진짜…….

└나름 역사적인 대기록 아니냐? 판온에서 첫 번째로 나온 약물 부정.

└KG 위자드나 ST 파이브는 그냥 전체적으로 밀리던데.

└해외 팀에 한국 선수가 없는 건 아닌데, 그렇다고 예전처럼 다 한국 선수로만 꽉 찬 것도 아니거든? 근데도 해외 팀이 이기는 걸 보면 그냥 실력 차이야. 이제 예전처럼 한국인이라고 다 쓸어 먹는 시대가 아니라니까.

└김태현만 믿습니다. 충성충성충성.

└아오, 김태현 그 새끼. 이미지 세탁은 제대로 했네.

└여러분 김태현한테 속지 마세요! 판온에서 가장 악랄한 놈입니다!

└네 다음 길드 동맹 알바.

└길드 동맹 망해서 화나니?

└난 김태현도 좋은데 유성 게임단이 더 좋음. 솔직히 투기장 리그는 유성 게임단이 더 유리하다고 본다. 실제로 이세연이 김태현 이긴 적도 있잖아.

└맞아. 던전 공략 대회랑 달리 투기장 리그는 선수들로만 버티기 힘들걸. 코치나 감독은 폼으로 있냐? 지원 빵빵하게 받는 팀이랑 없이 싸우는 팀은 차이가 나지.

└아냐. 김태현은 그런 거 필요 없어.

└무슨 헛소리를…….

└팀 KL은 지금 코치나 감독 따로 없나?

└인터뷰한 거 보니까 김태현이 다 하고 있던데.

└진짜로? 그게 사람이냐?

└난 유성 게임단이 이렇게 올라왔다는 게 너무 감격스럽다. 예전에는 유성 게임단 팬이라고 말하면 '대체 왜 그런 곳을?'이라고 했는데…….

└ㅋㅋㅋㅋㅋㅋ.

└유성 게임단 보니까 지원 진짜 장난 아니던데. 해외 유명 게임단하고 비교해도 안 밀려.

└한국의 희망……!

└10년 전으로 가서 'ST, KG, LK는 망하고 유성 게임단이 전 세계에서 먹어줌'이라고 말하면 아무도 안 믿었겠지.

└근데 진짜 유성 게임단은 왜 갑자기 뜬 거냐?

└거기 회장님이 판온 직접 하셔서 투자함.

└개소리 좀 하지 말고.

└헉. 너희 뉴스 뜬 거 봤냐?

└뭔 뉴스?

└유성 게임단 발표. 추가로 투자한다는데? 새로 후보 선수들도 영입했어.

└와…… 진짜 미쳤는데? 데니스, 워커…… 얘네 나름 유명하지 않냐? 얘네를 후보로 영입했다고?

└진짜 투기장 리그에 이를 갈았네.

데니스나 워커는 나름 유명한 랭커였다. 중소 게임단에 가면 바로 주전으로 뛸 수 있는 플레이어들!

그런 플레이어들을 후보로 데리고 온다니. 대체 어떤 조건을 제시했길래!

투기장 리그에서는 다양한 선수들을 유연하게 바꿔가면서 쓸 수 있으면 전략적으로 훨씬 유리했다. A팀 상대로는 A팀 선수들 상대로 유리한 플레이어들을. B팀 상대로는 B팀 선수들 상대로 유리한 플레이어들을. 물론 이론상 그런 거지, 그렇게 많은 선수들을 일류급으로 데리고 있는 게임단은 얼마 없었다. 그 짓을 어떻게 한단 말인가!

그러나 지금 유성 게임단은 차근차근 그 길을 걷고 있었다.

"이거 놓지 못해?! 어떻게 이런 짓을!"

하브는 버둥대며 소리쳤지만 태현 일행은 능숙하게 하브를 앞장세웠다.

언제나 에랑스 왕국의 안전한 곳에서만 시비를 걸고 돌아다녔던 하브였다. 그렇기에 하브는 몰랐다. 그는 아직까지 임자를 만나지 못했을 뿐이었다는 것을!

판온에서는 말로 시비를 걸면 페널티고 뭐고 무시하고 무기로 머리를 후려치는 플레이어들이 있었던 것이다.

치덕치덕-

"으아악! 이 끈적거리는 건 뭐야!"

"뭐 바르는 거냐?"

"아. 와이번이 좋아할 만한 먹이."

태현은 괴식 요리로 만들어 낸 <몬스터들이 좋아할 만한 냄새를 가진 정체불명의 점액질>을 하브 위에 착착 발랐다.

용용이를 타고 날아다니면서 한 마리씩을 부르는 것도 나쁘지 않은 방법이었지만, 아무래도 시간이 좀 걸릴 수밖에 없었다.

실력에 자신만 있다면 이 근처 와이번들을 최대한 많이 불러내서 몰이사냥을 하는 게 좋지 않겠는가?

[<몬스터들이 좋아할 만한 냄새를 가진 정체불명의 점액질>을 사용했습니다!]

[요리 스킬이 오릅니다.]

[괴식 요리 스킬이 오릅니다!]

[주변으로 냄새가 퍼져 나갑니다. 몬스터들이 더욱더 많이 나타납니다!]

[패시브 스킬 <몬스터들의 마음을 아는 요리사>을 얻었습니다.]

<몬스터들의 마음을 아는 요리사>

몬스터를 잡을 때마다 일정 확률로 몬스터들이 좋아하는 요리 레시피를 얻을 수 있다.

한마디로 그 몬스터를 꼬실 수 있는 최적의 먹이가 무엇인지 알아내는 스킬이었다.

근데 그걸 보통 마음을 안다고 표현하나? 뭔가 좀 아닌 것 같은데…….

"이거 풀어! 이거 풀라고! 이 개자식들아! 너희들이 이러고

도 무사할 줄 알아? 내 친구들을 불러서 밟아버릴 거야!"

탁-

케인은 하브의 어깨 위에 손을 올리고 진지하게 말했다.

"안 그러는 걸 추천한다."

하브를 위한 진심 어린 조언!

물론 그 진심이 하브한테 통할 리 없었다. 하브는 더 분노해서 외쳤다.

"뭐?! 너 이 ××! 넌 진짜 가장 먼저 밟아버릴 거야!"

"아니 이 자식이…… 진심으로 배려해 줘도 뭐라고 하네! 야! 내가 경험에서 우러난 조언을 했는데!"

케인의 모습에 아저씨들은 수군거렸다.

"패놓을 거 다 패놓고 조언을 했대."

"미친놈인가 봐. 눈 마주치지 말자."

"요즘 젊은 놈들은 무서워……."

케인은 부정하고 싶겠지만, 케인은 이미 태현과 하는 짓이 많이 비슷해져 있었다.

끼에에에엑!

"온다. 그만 놀고 준비."

태현의 말에 방금까지 떠들던 케인은 하브를 땅에 처박고 무기를 들었다.

그 재빠른 동작들에 아저씨들은 감탄했다.

이상한 놈 같은데 실력은 진짜구나!

바로 무기를 뽑고 스킬을 준비하는 솜씨가 보통이 아니었다.

[<푸른 등 와이번> 무리가 나타났습니다!]

[<푸른 등 와이번> 무리를 지휘하는 우두머리 와이번을 조심하십시오. 오래 산 우두머리 와이번은 매우 교활하고 영악한 녀석입니다!]

"등푸른 와이번?"

"그렇게 말하니까 뭔가 영양 풍부하게 들리잖아."

일행이 시시콜콜하게 떠드는 사이 케인은 눈을 반짝이며 목표를 발견했다.

'저거다!'

유난히 크고 사납게 생긴 와이번! 저놈이 우두머리가 틀림이 없으리라.

'저놈만 잡으면 확실하게……!'

길드 동맹 첩자 놈을 잡아낸 건 좋았지만 아직 그걸로는 부족했다. 대회에서 의심받은 내 능력을 보여주겠다!

'지금!'

케인의 신경이 날카롭게 한 점으로 모이고, 평소에 보여주던 집중력보다 한 단계 높은 집중력이 발휘되었다. 사람은 극한으로 집중하면 순간 주변이 느려지는 현상을 가끔 겪는다고 한다. 케인은 지금 그 현상을 겪고 있었다!

-노예의 쇠사슬!

차르르륵!

정확한 타이밍, 정확한 조준, 완벽했다. 쇠사슬이 우두머리 와이번한테 감기자 케인은 승리를 예감했다.

'됐다! 됐다고!'

"야……!"

태현이 옆에서 당황해서 외치기 전까지는.

"어? 왜?"

"이런 멍청한……."

태현은 말과 함께 일행들을 데리고 재빨리 거리를 벌렸다. 그제야 케인은 자기가 뭘 한 건지 깨달았다. 바로 머리 위를 날아다니는 놈을 쇠사슬로 끌어당기면……!

자기 위로 추락한다!

콰콰쾅!

"으아악!"

[거대한 무게에 깔립니다!]

[잠시 움직일 수 없습니다!]

[스턴 상태에 빠집니다!]

[치명타를 터뜨렸습니다!]

[한 번에 강한 대미지를 입은 우두머리 와이번이 스턴 상태에 빠집니다!]

"김태현! 김태현! 구해줘! 구해줘!"

다행히 떨어지는 와이번에게 그 힘을 이용해 공격을 넣긴 했지만, 케인도 스턴 상태에 걸렸다. 못 움직이는 것만큼 무서운 상태도 없는 것!

"에라이……"

태현 일행은 바로 반격에 나섰다. 쓰러진 우두머리 와이번에게 폭딜을 넣어서 끝내고, 용용이와 정수혁, 유지수가 날아다니는 와이번들을 떨어뜨린다. 위협적으로 날던 와이번 무리들이 순식간에 땅바닥에 떨어지고 사냥당하기 시작했다.

압도적인 전력 차이!

"우, 우리도 잡아도 되나?"

"상관없습니다."

와이번들의 숫자가 많아서 아저씨들한테도 접근했다. 아저씨들은 허락이 떨어지자 신이 나서 한 마리를 신나게 사냥하기 시작했다.

퍼퍼퍽! 퍼퍼퍼퍽!

얼마 지나지 않아 상황은 깔끔하게 정리되었다. 케인은 스턴 상태에서 풀리자 슬머시 눈치를 보며 일어났다.

"그…… 그래도 잘했지?"

"잘한다. 잘해."

뭔가 미묘한 어감의 '잘한다'! 게다가 케인이 쓰러진 상태로 고래고래 소리를 지른 덕분에 아저씨들도 태현의 이름을 들었다.

아저씨들은 혹시나 싶어 물었다.

"혹시 김태현 선수?"

"설마 그 김태현 선수입니까?"

케인은 자기가 입을 잘못 놀렸다는 걸 깨닫고 새파랗게 질렸다.

"……아, 아닌데요! 김태현 아닌데요!"

"방금 김태현이라고……."

"동명이인! 김…… 김대현! 김대현!"

씨알도 안 먹힐 거짓말을 열심히 하는 케인을 보고, 아저씨들은 무언가 떠올렸다.

"앗! 케인 선수군!!"

"맞아! 케인 선수네! 저 친구 케인 선수네!"

뭘 보고 깨달은 거지?

"케인 선수, 사인 좀 해주시죠! 우리 아들놈이 팬입니다."

"이번 대회 잘 봤습니다. 최선을 다하는 모습이…… 크흠."

"크흠. 크흠."

칭찬하던 아저씨들이 멈칫했다. 생각해 보니 대포로 잘 쏘아졌다는 게 칭찬으로 하기에는 좀…….

"이야, 역시 잘 싸운다 했더니 프로였군요."

"이렇게 만나게 되다니 정말 판온은 좁다니깐?"

아저씨들은 와이번 시체들을 옆에 두고 화기애애하게 대화를 나눴다. 아까 케인이 깔릴 때 옆에 같이 깔린 하브는 간신히 기어 나와서 외쳤다.

"김태현이라고?! 프로가 이래도 돼?!"

"되는데. 너 이 길드 동맹 첩자 놈이 어디서 시치미야?"

케인은 하브의 멱살을 잡았다.

하브는 눈물이 날 정도로 억울했다. 물론 그가 이제까지 지나가는 만만한 사람들한테 시비를 걸고 다니기는 했다. 그렇지만 이렇게 아무 논리도 없이 시비를 걸고 다니는 놈은 처음이었다.

"길드 동맹 첩자 아니라고!"

"첩자 아닌 걸 증명해 봐! 못 하면 넌 첩자다!"

"아…… 아니. 아닌 걸 어떻게 증명……."

"첩자 맞네! 이 자식. 꿇어!"

케인은 하브를 꽁꽁 묶어 무릎 꿇렸다. 길드 동맹의 습격에 당할 만큼 당한 케인이었기에 의심 가득한 눈빛이었다.

그러거나 말거나 태현 일행은 주변에 떨어진 와이번을 해체하고 아이템을 챙기기 시작했다.

"우리도 챙기자."

"암. 아껴야 잘 살지."

아저씨들도 재빨리 해체에 들어갔다. 이런 채집, 도축 스킬은 매우 높은 아저씨들이었다.

실전으로 다져진 스킬 레벨!

"응? 이거 왜 이렇게 고기가 등급이 높지?"

C등급 와이번 고기가 아닌 A++ 등급 와이번 고기!

한우 뺨을 칠 만한 질이었다.

"가죽도……."

"헉! 심장이 있어!"

"와이번의 심장이다!"

그 귀한 게 나오다니!

아저씨들은 마치 산삼을 발견한 심마니들처럼 심장 앞에 절을 올리기 시작했다. 그걸 본 태현 일행은 슬슬 거리를 벌렸다. 유 회장이 부끄러움으로 붉어진 얼굴로 말을 걸었다.

"저기……."

"어르신도 같이 하시죠! 이래야 잘 나옵니다!"

무슨 미신이……!

"자네들은 아키서스 좋아할 것 같군."

"네? 그게 무슨?"

"어쨌든 그 심장이 나온 건 자네들이 절을 해서가 아니야. 저 김태현이란 친구 때문이지."

아저씨들은 귀를 쫑긋 세우고 유 회장의 말을 들었다.

"저 친구는 그…… 아키서스 교단을 갖고 있어서 그런지 드랍률 같은 게 아주 좋더군."

"세상에……."

"그런……."

"좋은 효과가?!"

아저씨들은 깜짝 놀랐다. 아키서스 교단, 아키서스 교단, 말은 많이 들어봤어도 저렇게 강력한 효과일 줄이야?

아저씨들은 바로 고민하기 시작했다.

"교단 가입할까?"

"돈 벌기 바빠서 교단은 넘어가려고 했는데 이거, 보니까 해 볼 만한 것 같은데. 저렇게 심장 뽑을 정도의 드랍률이면……."

유 회장은 당황했다. 그냥 절하지 말라고 설명해 준 건데, 갑자기 아키서스 교단 가입으로 왜 넘어간단 말인가!

"아…… 아니야. 자네들. 잘 들어봐. 저 친구는 프로잖나."

"그렇죠."

"프로이자 랭커니까 그 정도 되는 거지, 그 밑의 교단 가입 플레이어들은 저 정도까지 안 나와. 아주 소소한 정도지."

"흠……."

"그래도 그 정도면……."

"맞아. 맞아."

아저씨들은 확률에 목숨을 거는 사람들이었다.

1%를 올릴 수 있다면 뭐든지 할 수 있다! 괜히 와이번의 심장에 절을 한 게 아니었다.

"아니라니까! 그런 희박한 확률에 목숨을 걸지 말게! 차라리 다른 교단이 나아!"

"그…… 그런가요."

"어르신이 그렇게 말씀하신다면……."

유 회장이 하도 강력하게 말하자 아저씨들도 흔들렸다.

"그런데 어르신은 어디 교단입니까?"

"맞아. 좋은 교단 있으면 추천 좀 해주시죠."

"……아키서스 교단."

"네?"

"방금 아키서스 교단이라고……."

유 회장은 얼굴이 더 붉어져서 외쳤다.

"왜! 나는 아키서스 교단 가면 안 되나?! 정말 다른 곳이 낫단 말일세! 나야 이미 취소하기는 글렀지만 자네들에게는 창창한 미래가 있잖나!"

유 회장은 나오기에는 너무 멀리 온 것이다.

"아…… 아니. 대체 이유가 뭡니까?"

"혹시 골드가 많이 듭니까?"

"공짜지……."

아키서스 교단은 자기가 미쳐서 각종 복권이나 도박에 꼬라박지만 않으면 딱히 골드를 안 내도 됐다.

"혹시 교단을 믿으면 페널티 받는 지역이 있습니까?"

"그건…… 없지."

"혹시 교단의 NPC들이 강제 퀘스트를 내주거나 합니까?"

"그것도 아닌데."

"……대체 그러면 말리시는 이유가 뭡니까?"

유 회장은 할 말이 궁색해졌다. 아니, 이게 정말로 플레이어한테 안 좋은데, 어떻게 표현할 방법이 없네!

"……사람이 불성실해지고 한 방을 노리게 되네."

"……저희가 바라는 게 바로 그런 삶입니다! 어르신!"

"인생 한 방!"

"에휴……."

유 회장은 고개를 숙였다. 그의 업보가 깊고 깊었다.

"백작님. 블라디가……."

"꺼지라고 해라."

포로로 잡힌 스카비오 백작은 블라디가 만나자고 할 때마다 욕설로 쫓아냈다.

"백작님. 블라디가……."

"만나면 목에 칼 꽂는다고 전해라."

스카비오 백작이 블라디를 싫어한다고 해서, 딱히 안달토 백작이 블라디를 좋아해 주는 건 아니었다.

"아니 이 개자식들은 내가 뭘 했다고 날 이리 핍박하는 거냐!"

블라디는 분통을 터뜨렸다. 자기 부모를 죽인 원수라도 만나서 이야기 정도는 듣는 게 뱀파이어였다.

이야기를 들어야 그걸 이용하고 수작을 부릴 것 아닌가. 음모와 계략의 종족, 뱀파이어들 치고는 정말 예외적인 일이었다.

'진실을 말해줘야 하는데…….'

오해를 풀고 싶다! 나는 사실 그렇게 나쁜 뱀파이어가 아니라고! 밖에서 애타게 부르는 블라디는 무시하고, 스카비오 백작들은 포로로 잡힌 부하들과 함께 이야기를 나눴다.

"블라디 놈이 왜 자꾸 밀을 걸이오는 것 같으냐?"

"분명 놈은 아탈리 국왕이 없는 사이 백작님에게 누명을 씌우려는 것입니다! 놈을 조심하십시오!"

"놈에게 정통 뱀파이어 귀족인 백작님은 눈엣가시일 겁니다."

"블라디…… 이 사악하고 비열한 개자식 같으니!"

포로로 잡힌 귀족에게 누명을 씌워 죽이려고 하다니! 어떤 뱀파이어 귀족도 하지 않을 사악한 짓이었다.

스카비오 백작은 주먹을 불끈 쥐었다.

"그렇다면 좋은 방법이 있다."

"……?"

"내가 정식으로 아탈리 국왕의 봉신이 되겠다. 같은 봉신이 되면 아무리 블라디 놈이 간교한 헛바닥을 놀린다 하더라도 쉽게 날 건드릴 순 없을 거다. 오히려 놈이 불리해지겠지!"

같은 귀족 신하라면 누구를 더 우대하겠는가?

사악하고 교활해 아탈리 국왕도 의심하는 블라디? 아니면 오랜 핏줄을 가진 정통 뱀파이어 귀족 스카비오 백작?

당연히 후자일 것이다!

비슷한 대화가 안달토 백작 쪽에서도 이어지고 있었다.

"내가 정식으로 아탈리 국왕의 봉신이 된다면, 아탈리 국왕이 누구를 믿겠나! 사악하고 교활하고 비열하고 더럽고 추잡하고 쓰레기 같은 블라디 놈? 아니면 당당한 전사인 이 몸?"

"물론 백작님이십니다!"

안달토 백작의 호위들은 안달토 백작의 이름을 연달아 외치며 환호했다.

"블라디 그놈은 후회하게 될 것이다!"

"아니. 미치겠네."

블라디는 왔다 갔다 하면서 초조해했다. 이놈의 뱀파이어 백작들은 도저히 말을 안 들어!

그가 지금 이러는 건 정말 순수한 이타심 때문이었다. 뱀파이어에게서 찾아볼 수 없는 타인을 위하는 마음!

다른 거였다면 '내가 당했으니 너도 당해봐라!' 했겠지만, 아키서스는 좀 달랐다. '아무리 뱀파이어라도 아키서스는 좀……' 같은 마음!

직접 당해본 블라디는 살면서 처음으로 착한 짓을 하려고 하고 있었다. 그러나 언제나 안 하던 짓을 하면 역효과가 나는 법! 블라디의 접근을 백작들은 더욱더 수상하게 여길 뿐이었다.

"저놈이 대체 뭘 꾸미는……."

"안 되겠다! 국왕에게 서신을 보내라! 봉신이 되겠다고!"

초조해진 백작들은 블라디가 사악하고 교활한 수작을 부리기 전에 선수를 치기로 결정했다.

파닥파닥-

"박쥐인가? 잡아?"

"아니, 저건 그냥 박쥐가 아닌데. 뱀파이어들이 보낸 것 같다."

태현은 다가오는 박쥐가 몬스터가 아니라는 걸 알아보았다.

'저게 보이냐?'

물론 옆에 있던 케인은 황당할 뿐!

저 먼 거리에서 날아오는 박쥐가 몬스터인지 뱀파이어가 변신한 건지 대체 어떻게 알아보는 거야?

"무슨 일이지?"

"폐하! 저희 주인님의 충성을 받아주십시오!"

[핏빛 군도의 뱀파이어 귀족, 스카비오 백작이 당신의 봉신이 되기를 청합니다!]

[귀족이 봉신으로 들어올 경우, 그 귀족은 영지에서 나오는 수입의 일정량을 세금으로 바칩니다.]

[귀족의 군대를 동원할 수 있……]

진짜 왕은 왕관을 썼다고 뚝딱 되는 게 아니었다. 이상한 여자가 연못에서 나와서 성검을 준다고 되는 것도 아니었다.

그 밑에서 충성을 바치는 영주 귀족들이 있어야 진짜 왕의 힘이 나오는 것!

그런 면에서 태현은 아직 반쪽 왕이라고 할 수 있었다. 왕위를 갖고 수도는 가졌지만, 지방에 있는 영주들은 태현을 무시하고 있었으니까.

그런 상황에서 저렇게 제대로 충성 맹세를 해오는 귀족 NPC라니!

혜택도 어마어마했다. 세금과 군대라니!

'뭐지? 함정인가?'

조건이 너무 좋아서 태현은 순간 의심이 들 정도였다.

스카비오 백작이 아무리 포로로 잡히고, 태현한테 호감을 보여도 그렇지 이렇게 냉큼 봉신 신청을 한다고?

물론 좋은 조건만 있는 건 아니었다.

[귀족을 봉신으로 받아들일 경우, 그 귀족이 공격받으면 왕의 이름으로 보호해 줘야 할 의무가 있습니다.]

[지키지 않을 경우 페널티가······.]

[스카비오 백작은 대륙의 백작이 아닌 핏빛 군도의 뱀파이어 귀족입니다. 이를 받아들일 경우 아탈리 왕국 내 귀족들이 불만을 가질 수 있습니다.]

[대륙 내 명성이······.]

'가지던가.'

태현은 쿨하게 무시했다. 이미 내 말 안 듣는 놈들인데 뭘! 이미 귀족들 도움 안 받고 알아서 잘 살고 있는 태현이었다. 이제 와서 새삼 아쉬울 것도 없었다.

'스카비오 백작을 봉신으로 받아들이면 세금과 군대가 생기지만, 명성이 떨어지고 악명이 올라간다······.'

[카르바노그가 생각해 볼 필요도 없는 제안이라고 합니다.]

'맞는 말이야.'

명성이나 악명은 태현에게 넘쳐나는 스탯! 그보다는 골드와 군대가 짱이다!

"받아들이겠다! 스카비오 백작을 내 봉신으로 받아들이겠다!"

"감…… 감사합니다!"

뱀파이어 사신은 급히 고개를 숙이고 다시 날아갔다.

그리고 또 하나가 날아왔다.

"폐하! 저희 주인님의 충성을 받아주십시오!"

안달토 백작까지!

태현은 진지하게 걱정이 되기 시작했다.

'아니…… 와이번 잡으려고 비운 시간이 얼마 되지도 않았는데, 그 사이 흡혈성에서 무슨 문제가 생긴 건가?'

그렇지 않으면 설명이 되지 않는 이 현상!

무엇을 숨기랴.

경매장에 올라온 카투가 요새를 구매한 건 김태산이었다. 심심해서 경매장을 보고 있다가 카투가 요새가 올라온 걸 보고 바로 눌러버린 것이다.

일단 지르고 보자! 뒷감당은 나중에 생각하고!

이제 그 뒷감당을 고민해야 했다. 오스턴 왕국 안에, 그것도 길드 동맹의 핵심 영역 입구에 위치한 카투가 요새!

원래라면 절대 유지할 수 없는 영지였지만…… 김태산에게도 유리한 점이 몇 가지가 있었다.

일단 길드 내에 공성전에 이골이 난 길드원들이 수두룩하다는 점! 게다가 이제 김태산은 대족장 전직 퀘스트를 끝낸 상태였다.

전설 직업, 우르크 오크 대족장은 대규모 지휘에 특화된 지휘관형 직업!

예전과는 비교도 될 수 없는 효율을 보여주었다. 거기에 이번 퀘스트로 인해 수많은 길드원들이 들어왔으니…….

저번과는 전력부터가 달랐다.

'그뿐만이 아니지.'

엄청나게 많은 오크 전사들이 갈려 나갔지만, 그만큼 많은 전사들이 경험치를 얻고 정예로 자라났다.

"제대로 알을 박는다! 길드원들을 총동원해! 카투가 요새를 놈들의 무덤으로 만들어준다!"

"형님 태현이가 우승했는데…….”

"지금 그게 중요하냐!"

"축하드린…….”

"필요 없어 인마!"

김태산은 눈에 불을 켜고 명령을 내렸다.

1초가 아까운 상황! 언제라도 길드 동맹이 정신을 차리고 역습을 해올지 몰랐다. 최대한 요새를 강화시켜야 했다.

"태현이 영지에 있는 대장장이들한테 도움을 요청해 볼까요?"

"그, 그건…… 크윽…… 그래라."

김태산은 망설이다가 수락했다. 솔직히 기계공학 대장장이

들은 공성전에는 정말 필요한 인재들이었다.

좀 미친놈들이라 그렇지!

-일당 5골드! 너만 오면 고!
-길드 동맹의 시대는 끝났다! 카투가 요새를 점령하자!

김태산과 아저씨들은 정말 온갖 방법을 동원해 카투가 요새를 짧은 시간 사이에 난공불락으로 만들었다. 안 그래도 튼튼한 요새였는데, 거기에 추가로 몇 겹의 요새벽이 세워지고, 땅 아래로는 파고들지 못하도록 각종 함정이 설치되고, 성문 앞쪽에는 독이 끓어오르는 해자가, 성벽 위에는 각종 비행 몬스터들을 견제할 수 있는 공성 병기들……. 거기에 성 안에는 길드원들과 오크 정예 전사들까지!

"올 테면 와라!"

김태산은 그렇게 외쳤다. 그리고 길드 동맹은 오지 않았다.

코앞에 생긴 카투가 요새를 치지 못할 정도로 정신이 없었던 것이다.

결국 길드 동맹은 반으로 쪼개졌다. 어떻게 보면 예정된 것이나 다름없었다. 수많은 대형 길드들을 묶어서 한 곳으로 만들었는데, 불만이 안 나올 수가 없었다.

잘나갈 때는 불만이 나오더라도 덮을 수 있었지만, 문제가 생기자 그동안 막아놨던 불만들이 터져 나왔다.

-중국 쪽 길드원한테만 너무 혜택이 좋은 거 아니냐?
-쑤닝 놈이 자기와 친한 길드만 챙겨준다!

평소에 알게 모르게 차별을 받던 비중국계 길드들이 대거 이탈을 시도한 것이다. 쑤닝이 그렇게 길마들을 달래고 어르고 꼬드겨서 하나로 뭉쳤지만, 그래도 남은 길마들이 꽤 있었던 모양이었다.

그들은 길드원들을 데리고 길드 동맹을 나갔다.

-멍청한 놈들! 자기들끼리 나가서 뭘 하려고!

쑤닝은 이 어처구니없는 사태에 기가 막혔다. 길드 동맹이 지금 많은 피해를 입었지만, 그래도 오스턴 왕국과 국왕 자리를 갖고 있는 판온 내 최대 길드였다.

여기서 쪼개져 나가서 뭘 하겠다고?

용의 꼬리보다는 닭의 머리가 낫다지만, 그것도 옛날 말이었다. 요즘은 용의 꼬리가 낫다!

-지금 당장 탈퇴 선언을 취소하고 돌아와라! 그렇지 않으면 너희 길드에게 준 영지를 공격하겠다!

오스턴 왕국 안의 도시, 성, 마을, 요새 등의 영지들은 각 길마 출신 플레이어들한테 나눠져 있는 상태. 지금은 산적들한테 매번 털리고 있었지만 그래도 영지는 영지였다.

'너희들이 그걸 지킬 수 있을 거 같으냐? 너희들은 김태현이 아냐!'

쑤닝 입장에서 저 정도 영지는 충분히 다시 뺏어올 수 있을 것처럼 보였다. 그러나 길드 동맹에서 나간 길마들이 아무 생각 없이 나간 건 아니었다.

바이에른 길드, 모베송 길드와 연합!
바이에른 길드, 글로리어스 파이터즈 길드와 연합!

그들은 재빨리 에랑스 왕국의 대형 길드들과 연합을 맺은 것이다. 에랑스 왕국의 대형 길드 입장에서는 떡이 굴러들어온 셈!

영지가 없다는 아쉬움이 있었는데, 얄미운 길드 동맹에서 영지를 떼어서 갖고 오다니.

에랑스 왕국 대형 길드들은 재빨리 지원과 연합을 외치고 길드원들과 랭커를 보내 영지에 박기 시작했다. 오스턴 왕국 서쪽 영지들이 그렇게 넘어가자 쑤닝은 뒷목을 잡았다.

-이 자식들을 정말……!
-길마님. 제카스 님이 찾아오셨습니다.

탐험가 제카스! 태현에게 1부터 당한 악연으로, 쑤닝과는 〈김태현을 매우 싫어하는 모임〉으로 친해진 사이였다.

-소식 듣고 왔다.
-지금 놀리러 왔냐?!
-아냐. 너한테 조언을 해주러 온 거다.
-?
-지금 길드 동맹 상황이 안 좋지?
-……그런데.

아니라고 허세를 부릴 생각도 안 들었다. 그나마 오스턴 왕국 중앙은 멀쩡했지만, 기껏 키운 군대가 날아가고 치안이 대폭 하락했다. 거기에 길드원들이 대거 이탈해서 서쪽 지역이 날아갔다. 얼마나 더 이탈할지 짐작도 가지 않았다.
이 피해를 회복하기까지 얼마나 걸릴지, 또 그때까지 유지될 수 있을지…….

-길드 안에 문제기 있으면 밖으로 시선을 돌려야지.

안의 문제는 밖으로 돌려서 해결한다!

-그걸 누가 모르냐? 그럴 여유가 없으니까 그렇지! 한 번만 더 실패

하면 진짜 있는 놈들도 다 나가겠다!

이제 쑤닝이 동원할 수 있는 전력은 확 줄었다.

왕국군 NPC들은 중앙 치안 유지 때문에 다 박아놔야 했고, 그나마 쑤닝을 지지하는 랭커들과 길드원들 정도?

-그렇다면 패할 리 없는 일을 해야지.

쑤닝은 뭔 소리를 하냐는 듯이 쳐다보았다.

실패할 리 없는 일이라니. 그런 거라면 너무 사소해서 시선도 돌리기 힘들 텐데?

-쑤닝. 김태현을 벤치마킹해라. 김태현이 뭘 했냐?

-한 게 너무 많아서…….

……남의 영지를 털고 다니잖아. 하지만 판온 1 때와 달리, 이제 그놈도 털릴 곳이 많지!

판온 1 때 태현은 길드도, 영지도 없는 고독한 솔로 플레어였다. 덕분에 길드들은 더욱 억울했다.

우리는 털릴 게 많은데 저놈은 어디 잡을 수도 없고……!

-김태현 놈의 영지를 치는 거다.

-그…… 그 골짜기를?

쑤닝은 지레 겁부터 났다. 거길 어떻게 뚫지?

-멍청하기는! 꼭 거기를 칠 필요가 있나! 아탈리 왕국은 넓잖아. 아무 영지나 털어도 된다고. 오스턴 왕국과 붙은 영지부터 털어도 되고!

그랬다. 꼭 태현의 직속 영지를 쳐야 할 필요가 없었다. 적당히 포장하면 되니까.

쑤닝은 머릿속에 생각이 번뜩이는 걸 느꼈다.

'정말 괜찮은데?'

일단 난이도가 훨씬 낮았다. 게다가 밖으로는 김태현에 대한 복수를 한다고 홍보도 됐다.

맨날 태현한테 털리기만 한다고 나오는 불만도, 이렇게 보복하는 시늉을 한다면 사라지리라! 영지를 약탈하면 골드부터 시작해서 각종 아이템이 쏟아질 것이고…….

현재 길드 동맹의 여러 문제점을 한 번에 해결할 수 있다! 무엇보다 태현을 엿 먹일 수 있다는 게 가장 마음에 들었다.

'김태현 이놈! 이제 네가 당할 차례다!'

CHAPTER 6

"아. 아무 놈이나 귀족 놈들 좀 공격해 주면 안 되나? 주는 거 없이 되게 얄밉네."

태현은 투덜거렸다. 안달토 백작이나 스카비오 백작 메시지 창을 보니 더욱더 비교가 됐다.

주는 거 없이 불평만 하는 얄미운 놈들 같으니!

어디 한번 아쉬운 상황 오기만 해봐라!

카르바노그는 아무 말도 하지 않고 뜨뜻미지근한 눈길로 쳐다보았다.

자기 왕국 귀족들이 공격당하기를 바라는 국왕!

하지만 이제 와서 놀라기에는, 카르바노그는 태현과 같이 보낸 시간이 길었다. 이 정도는 별로 놀랄 것도 아니지!

"흠. 그냥 내가 산적으로 위장하고 털어버리면……."

이건 좀 놀랍다!

"에이, 그럴 시간도 아깝다."

얄미웠지만 거기에 들일 시간도 생각을 해야 했다. 안 들키게, 효과를 볼 수준으로 하려면 얼마나 많이 해야 하겠는가.

[스카비오 백작이 봉신으로……]
[안달토 백작이 봉신으로……]
[명성이 오릅니다!]
[왕국의 힘이……]
[악명이 오릅니다!]
[대륙에 당신의 안 좋은 소문이……]

두 명을 받아들이자 각종 메시지창이 떴다. 이미 각오한 것들이었기에 태현은 별다른 반응을 보이지 않았다.

[봉신이 된 백작들이 자신들의 영지로 돌아갑니다.]

"……응?"
태현은 멈칫했다.
잠깐만, 몸값은???
'아차……!'
귀족들을 포로로 잡았을 때 받을 수 있는 몸값! 백작들을 봉신으로 받아들이면 자연스럽게 몸값은 사라진다!
태현은 머리를 감싸 쥐었다. 이 당연한 걸 놓치다니!

'그렇다고 이제 와서 몸값 내놓으라고 할 수도 없고, 봉신 취소할 수도 없고······.'

둘 다 지금 선택하면 페널티만 큰 바보 같은 선택!

태현은 한숨을 쉬었다.

뭐····· 그래도 봉신은 생겼으니까······.

'세금하고 군대만 해도 남는 장사긴 하지.'

안 그래도 싸울 일이 많은 태현에게 저런 귀족들은 든든한 부하들이 되어 줄 것이다.

"돌아가자."

"김태현 선수!"

"응?"

"우리도 아키서스 교단에 가입하기로 했습니다!"

"······대체 어째서입니까?"

태현은 '뭘 잘못 먹었기에?' 하는 눈빛으로 아저씨들을 쳐다보았다. 대체 왜 그런 잘못된 선택을?

"저 어르신 말을 듣고 마음을 굳혔죠."

"우리랑 아주 잘 어울리는 교단 같아서!"

태현은 세상에서 가장 나쁜 사람을 보는 눈빛으로 유 회장을 쳐다보았다.

와, 사람이 어떻게 저러냐?

물론 유 회장 입장에서는 억울해서 숨이 넘어갈 일이었다.

'내가····· 얼마나 말렸는데······!'

"아, 예. 들어오신다니 감사하네요····· 제 잘못 아닙니다?"

아저씨들은 당황했다. 태현의 말이 무슨 뜻인지 알 수가 없었던 것이다.

"그보다 김태현 선수. 내가 아주 좋은 사업 아이템이 있는데…… 팬과 함께하는 사냥 어떻습니까?"

"앗. 좀 더 자세히 말해보세요."

옆에서 듣던 이다비가 솔깃한 얼굴로 물었다.

"그게 기존 선수들이 하는 팬미팅과 뭐가 다르죠?"

유명한 랭커들이나 판온 선수들은 판온 내에서 팬미팅을 꽤 많이 했다. 랭커와 같이 사냥을 하는 것만으로도 영광!

사실 그렇지만 실속은 별로 없었다. 레벨 차이, 장비 차이도 심한 플레이어들끼리 처음 만나서 파티 플레이가 잘될 리가 있겠는가. 어디까지나 화기애애한 친목 행사!

"다릅니다! 김태현 선수와 함께 하는 팬미팅은 그냥 팬미팅이 아닌, 희귀 아이템들이 잔뜩 나오는 팬미팅입니다."

이중섭과 아저씨들은 태현의 경이로운 드랍률에 흠뻑 빠진 상태였다. 저런 드랍률을 가질 수 있다면 머리카락이라도 내놓겠다!

"게다가 이 팬미팅의 장점은 태현 선수한테도 이득이라는 겁니다."

"?"

"팬미팅을 열려고 따로 장소, 시간을 잡는 게 아니라 태현 선수가 재료를 모으려고 할 때 즉석에서 모으는 겁니다. 태현 선수는 시간 낭비할 필요 없이 재료를 모으고 도움을 받을 수 있고, 팬들은 태현 선수를 만나서 좋고!"

태현과 이다비는 놀란 눈으로 아저씨를 쳐다보았다.

제법 괜찮은 아이디어잖아!?

사실 태현이 팬미팅을 하면 영지 밖까지 줄이 설 거라는 건 모두가 알고 있었다. 파워 워리어 길드원들이라면 누구나 꿈꾸는 대박 장사!

그러나 그걸 하지 않는 데에는 이유가 있었다. 그럴 시간에 태현이 퀘스트 하나라도 더 깨야 했으니까!

그렇지만 저 아이디어는 그런 단점이 없었다.

'파워 워리어 길드에 어울리는 사람이군.'

'파워 워리어 길드에 어울리는 사람이네요.'

태현과 이다비는 이중섭에게서 파워 워리어의 분위기를 읽었다.

"와! 해냈다! 토끼가…… 무려 20마리!"

흡혈성에 돌아온 태현 일행. 돌아온 일행이 가장 먼저 한 건 모으고 모아 온 재료를 토왕이한테 먹이는 것이었다. 에반젤린과 흑흑이는 왠지 모르게 창백해지고 피곤한 얼굴!

"……이, 이거 하려고 피를 그만큼이나…… 더 뽑아야 하는 건 아니지?"

에반젤린은 평소와 달리 약한 목소리로 물었다. 사람의 마음을 약하게 만드는 애절한 목소리!

태현도 차마 '더 뽑아야지!'라고 할 수는 없었다.

"20마리……로 만족하자. 아키서스 포병대에 배치해서 써 봐야지."

-카르릉!

토왕이는 배가 불러서 만족했다는 듯이 통통거렸다.

태현은 입맛이 썼다. 과연 이런 고생을 할 만한 가치가 있었을까?

"블라디. 알다시피……."

"??"

"스카비오 백작과 안달토 백작이 내 봉신이 되었다."

"언제 말입니까?!?!!?"

블라디는 하늘이 무너지는 것 같은 충격을 받았다.

대체 언제?! 태현은 지금 막 돌아왔는데?!

"나한테 부하를 보내서 신청하던데?"

'이 백작들이 미친 건가?'

아무리 급하고 절박해도 그렇지, 자존심 높은 뱀파이어 귀족들이 대체 왜 그런 짓을 한 건지 도저히 이해가 가지 않았다.

"잠깐만. 블라디. 넌 같이 있었을 텐데 그것도 몰랐냐?"

두 백작은 블라디의 귀에 들어가지 않도록 철저하게 숨겼다. 덕분에 두 백작이 봉신 허락을 받고 영지를 떠나 돌아갈 때도 블라디만 소식을 전혀 듣지 못했다.

"전 알고 있었습니다. 폐하."

"저도요."

"저도 알고 있었습니다. 화신님."

심지어 기사단과 포병대원들은 모두 알고 있었던 사실!

블라디는 충격을 받아 비틀거렸다.

"어쨌든 블라디, 원래 흡혈성을 유지하려면 꽤 많이 싸워야 할 줄 알았는데 생각보다 일이 쉽게 풀렸어."

두 백작과 계속 치고받고 해야 할 줄 알았는데, 두 백작이 밑으로 들어온 이상 여기 크네마 섬을 건드릴 사람은 없게 되었다.

"네가 맡아서 관리하도록. 크네마 백작 자리를 주마."

블라디는 눈을 크게 떴다. 그러고 보니 그런 약속을 했었지! 여기를 장악하게 되면 그한테 관리하도록 맡기겠다는 약속!

그때는 '뭔 개소리야 미친놈이'라고 생각했고, 그 다음에는 '제발 좀 날 좀 풀어줘라 미친놈아'라고 생각했었지만…… 정말 이렇게 기회가 올 줄이야!

"목…… 목…… 목숨을 바쳐서 충성하겠습니다!"

"마음에도 없는 소리 하지 말고. 세금 잘 바치고 병사들 잘 키워서 보내라."

"……병사들이요?"

"……뭐 알아서 잘 만들어봐."

"잠, 잠시만요. 폐하. 혹시 지원은……."

"네가 알아서 잘해야지."

생각해 보니 크네마 섬은 똥땅 중의 똥땅이었다. 두 백작들이 탐낸 것도 토끼들이었지 딱히 땅을 탐낸 건 아닌 것!

대부분의 영지 스탯이 바닥 상태였고, 세금부터 병사까지 고쳐야 할 게 한둘이 아니었다.

탁!

블라디는 재빨리 몸을 앞으로 던지며 태현의 발목을 붙잡으려 들었다. 재빠른 뱀파이어 태클!

그러나 태현은 한 번 당한 기술에 다시 당해주는 사람이 아니었다. 재빨리 발을 들어 블라디의 얼굴에 가져다 댔다.

퍽!

멋진 태클 방어였다.

"커헉!"

"자. 열심히 해라. 블라디. 나는 할 일이 많아서 이만! 세금 내는 거 잊지 마라!"

"폐하! 폐하!!! 폐하!!!!!"

블라디는 목에 핏발이 서서 외쳐댔지만 태현은 뒤도 돌아보지 않았다.

이다비가 걱정된다는 듯이 물었다.

"그런데 진짜 위험하지 않나요? 블라디 혼자서 관리할 만한 땅이 아닌 것 같은데."

영지의 치안이 내려가고 불만이 올라가면 반란이 일어났다. 애써 얻은 크네마 섬이 다른 이들의 손에 들어갈 수도 있는 것!

"응. 근데 잃어도 별로 아쉬운 곳이 아니잖아."

"……그렇긴 하네요!"

이미 챙길 건 다 챙겼다!

태현 일행은 훈훈하게 섬을 떠날 준비를 마쳤다.

'에랑스 왕국 은행 들려야겠군. 보물 내놓으라고 해야지.'

살라비안 교단을 쫓아 아탈리 왕국의 보물을 회수하려는

퀘스트가 참 멀리도 왔다!

블라디는 흡혈성 위에 서서 섬을 내려다보았다.

아무것도 없었지만 일단 땅이었다. 평생 가질 수 없는 땅!

'……이대로 도망칠 수는 없다!'

원래는 그냥 도망칠까 했지만 도저히 도망칠 수가 없었다.

살면서 이런 기회가 언제 오겠는가. 아무리 뱀파이어가 오래 산다 하더라도 알 수 없는 일이었다.

그렇지만 어떻게?

블라디한테는 아무것도 없었다. 부하들도 없었고, 골드도 없었고, 그렇다고 본인이 뛰어난 전사거나 마법사도 아니었다. 솔직히 지금 찾아올 암살자부터 걱정해야 할 판!

그때 블라디의 눈에 들어온 건 사람들이었다.

흡혈성에 수도 없이 많이 몰려온 플레이어들!

태현은 떠났지만 한 번 몰려온 플레이어들은 바로 사라지지 않았던 것이다.

블라디는 붉어진 눈으로 그들을 쳐다보았다.

'그래!'

지금 블라디에게 남은 건 저들밖에 없었다. 어떤 수를 써서라도 붙잡아야 한다!

"모험가들이여! 여기를 봐라!"

블라디는 최대한 근엄하고 웅장한 모습으로 성벽 위에 섰다. 흡혈성에서 뭐 주워 먹을 거 없나 돌아다니던 플레이어들이 일제히 고개를 돌렸다.

"나 블라디 백작! 여기까지 찾아온 그대들에게 경의를 표한다!"

"쟤 누구냐?"

"김태현 어디 감?"

"김태현하고 같이 다니던 뱀파이어 귀족 같은데…… 들어보니 엄청 사악하고 교활하다는데."

"그래? 그렇게 생기긴 했다."

수군거리긴 하지만 일단 들어주는 플레이어들!

"내가 어떻게 혼자서 이 흡혈성을 되찾을 수 있었겠는가! 그대들의 도움이 없었다면 불가능한 일이었다!"

"오. 뭘 좀 아는데?"

"그러게? 귀족인데 별로 거만하지가 않네."

플레이어들은 신기해했다. 보통 귀족 NPC들은 거만, 오만, 싸가지 없음 이 3종 세트를 탑재하고 나오게 마련이었다.

뭘 해줘도 '그래? 하찮은 평민인 주제에 제법 잘했다' 같은 반응을 보여주는 놈들도 있는 것! 오죽하면 '귀족 죽빵 때리고 튀어도 되요?' 같은 질문글이 올라올까!

Q: 테란드 남작이라는 미식가 귀족이 너무 짜증 나는데 한 대 치면 안 돼요?

A: 네가 랭커 아니면 안 돼요.

그런 와중에 블라디 같은 겸손한 태도는 신선한 일이었다.

"나 블라디! 이 성의 모든 것을 그대들에게 열어주겠다!"

"오……?"

"진짜?"

성의 영주실, 보물 창고, 비밀 던전 등 영주에게만 허락된 공간들! 그런 공간들에 한 번 들어가려면 어마어마한 공적치 포인트를 쌓아야 했다.

그런데 그걸 그냥 오픈한다고?

"이 섬에서 나는 모든 것들! 그대들이 가져가도 된다! 아주 약간의 세금만 내면!"

"와아아아!"

"와아아아아아아!"

뒷말은 제대로 못 들은 플레이어들이 일단 신나했다. 정확히 뭔지는 모르겠지만 뭔가 좋은 거 같다!

"이 영지에 정착하라! 이 영지에 정착하는 이들에게 혜택을 주겠다! 이 놀라운 혜택이 무려 이번 주까지! 그 기회를 놓치면 오지 않는다!"

점점 말이 귀족보다는 싸구려 잡상인에 가까워지기 시작했지만 솔깃한 플레이어들은 우르르 거점을 바꾸기 시작했다. 해서 손해 볼 것도 없는데 한번 해보자!

'살았다!'

블라디는 안도의 한숨을 내쉬었다. 이렇게 플레이어들이 많다면 기본적으로 암살자들한테서 안전했다.

사이에 꼭 붙어 다녀야지!

보물 창고? 영주실? 상관없었다. 어차피 안에 든 것도 없는데. 비밀 던전? 성에 연결된 지하 던전이야 있었지만 그게 별로 쓸 만한 수준은 아니었다.

만약 괜찮은 던전이었다면 다른 귀족들이 노렸겠지!

[크네마 섬을 거점으로 삼은 뱀파이어들이 늘어납니다.]
[숨겨진 지하 던전의 문이 열립니다!]

블라디는 깜짝 놀랐다.

아니 뭐라고?

'크네마 백작……! 이런 걸 숨겨놓고 있었나! 좀 말해주지!'

[<흡혈성의 거대한 심장>이 뱀파이어들의 힘을 받아 지하 던전을 강화시킵니다.]
[<흡혈성의 거대한 심장>이 뱀파이어들의 힘을 받아 포도나무들을 더욱 자라게 만듭니다.]

모두가 토끼 때문에 놓치고 있었지만, 흡혈성의 핵인 <흡혈성의 거대한 심장>은 매우 강력한 아이템이었다. 생전에 크네마 백작이 똥땅인 이 섬을 어떻게 굴렸을지 알 수 있었다.

'이렇게 한 거였나!'

기뻐서 환호하던 블라디. 그제야 문득 생각이 났다.

'잠깐만. 나 이거 그냥 공유한다고 하지 않았나?'

……입장료 받았어야 했는데!

"곰곰이 생각해 봤는데, 지금 필요한 건 용기야."

태현 일행은 모두 태현의 말에 경악한 얼굴로 태현을 쳐다 보았다.

방금…… 뭐라고?

"뭐, 뭔 용기?"

"미움받을 용기지."

"그, 그거면 이미 충분한 거 같은데……?"

대체 저기서 미움받을 용기까지 가지면 얼마나 미친놈이 되 는 거지?

케인은 두려웠다. 태현은 뒤를 가리키면서 무슨 소리를 하 냐는 듯이 타박했다.

"아니. 뭔 소리를 하는 거야? 저기 뒤에 따라오는 놈들 말하 는 거잖아."

"아……."

태현이 가리킨 건 기사단이었다.

에랑스 왕국 제4기사단. <은빛 검 기사단>! 악마나 언데드 를 전문적으로 상대하는 이름 높고 고귀한 기사단으로, 플레이어들 사이에서도 인기가 높았…….

'그건 중요하지 않고.'

중요한 건 저놈들이 찰거머리 같다는 것! 태현은 솔직히 저들을 데리고 다니면서 질질 시간을 끌면 '아! 폐하! 저희도 바쁩니다!' 하고 돌아갈 줄 알았다.

그런데 뭐만 하면 할수록 '와! 폐하! 너무 멋있습니다!' 하고 친밀도와 내부 명성이 올랐다.

이제는 뭐 어떻게 할 수가 없다!

'이대로 에랑스 왕국에 가면 미뤄놨던 살라비안 교단의 남은 NPC들을 처형해 달라고 하겠지. 그냥…… 지금 말해야겠다.'

더 미뤄봤자 어떻게 될 것 같지도 않았다.

그냥 잘라내고 서로 갈 길 가자!

평판이나 명성, 친밀도야 깎이겠지만 그렇다고 손에 들어온 살라비안 교단 NPC들을 처형할 수는 없지 않은가.

아무리 기사단이 좋아도 그들은 결국 에랑스 왕국 NPC였고, 살라비안 교단은 아탈리 왕국의 NPC였으니까!

'게다가 두 뱀파이어 백작을 봉신으로 챙겼으니…….'

"잘 들어라."

"예. 폐하! 잘 듣고 있습니다!"

"폐하의 말씀 한마디 한마디가 저희의 가슴을 울립니다!"

"……너희 아키서스 포병대 아니지?"

태현은 순간 당황했다. 아키서 부족 전사와 기사단원들이 순간 똑같게 느껴졌던 것이다. 대사 차이가 전혀 없다!

"예? 무슨 말씀이십니까?"

"아니…… 그게 아니라. 됐다. 어쨌든 할 말이 있다. 나는 살라비안 교단의 남은 뱀파이어들을 처형하지 않겠다!"

[에랑스 왕국 4기사단과 한 약속을 어겼습니다!]
[기사들과의 약속은 명예로운 약속입니다!]
[약속을 어길 경우 어마어마한 페널티가 있을 수 있습니다!]
[기사들이 당신을 공격할 수 있습니다!]
[명성이 매우 높습니다.]
[친밀도가……]
[기사단 내 평판이……]
[페널티를 받지 않습니다!]

"흠. 그러실 수도 있죠, 뭐."

"뱀파이어 안 죽일 수도……."

저렇게 유연한 놈들이었나?!

이다비는 경악한 표정으로 기사단을 쳐다보았다. 분명 다른 영상들에서는 '언데드! 죽여라! 악마! 죽여라!' 하면서 타협을 거부하던 꽉 막힌 놈들이었는데?!

"더 커다란 정의를 위해 뱀파이어를 이용할 수도 있다는 것을 폐하의 뒷모습을 보면서 배웠습니다."

[화술 스킬이 오릅니다.]

[<은근슬쩍 말 바꾸기>를 얻습니다.]

<은근슬쩍 말 바꾸기>
귀족으로서 한 말을 바꿔도 일정 확률로 페널티를 받지 않습니다.

소소하지만 강력한 패시브 스킬!

태현처럼 사기 치고 다니는 일이 많은 사람한테는 더욱더 쓸 만한 스킬이었다. 기사단의 이 반응에는 태현도 당황했는지 다시 한번 물었다.

"정말 안 처형한다?"

"예!"

"내 영지에 들여놓을 건데?"

"뱀파이어도 포용하는 폐하의 위대함! 존경합니다!"

"뱀파이어 백작들도 봉신으로 들였다?"

"뱀파이어 백작들마저 감복시킨 폐하의 위대함! 존경합니다!"

'……내가 대륙을 너무 많이 구했나?'

태현은 진지하게 의문이 들었다. 아무리 직업 스킬 보정에 화술 스킬 보정이 있더라도 이게 돼?

"폐하! 제 보잘것없는 병사들을 훈련시켜서 돌려주시다니!"

[에랑스 왕국 내 명성이 오릅니다!]

[칭호: 병사 훈련가를 얻었습니다!]

[골드를 얻었습니다.]

[아이템을……]

각 영지 귀족들은 태현이 경비대를 끌고 돌아오자 매우 기뻐했다. 한 명도 다치지 않은 데다가 레벨까지 올려오다니!

덕분에 칭호부터 평판까지 추가 보상이 따박따박 들어왔다.

"난 아무리 생각해도 아탈리 왕국보다는 에랑스 왕국에 어울리는 것 같아."

일행은 무심코 동의했다. 확실히 태현은 아탈리 왕국보다는 에랑스 왕국에서 인기가 좋았다.

에랑스 왕국의 귀족들은 태현을 영웅이라고 해주고, 기사단들도 잘 따르는데…… 아탈리 왕국의 귀족들은 '뭐? 저런 놈이 왕이라고? 흥! 인정할 수 없어!'라는 놈들이 대부분이니…….

"흠. 이대로면 은행에서도 순순히 보물을 넘겨주는 거 아닐까?"

"그건 너무 안일한 생각이에요. 태현 님."

"그래?"

"은행 놈들이 얼마나 악독한데요! 손에 넣은 건 절대 내주지 않을 거라구요!"

이다비는 단호했다.

은행에 대해 쌓인 게 많은 표정!

'확실히…….'

태현이 은행 입장이라도 그럴 것 같긴 했다. 자기들한테 굴러들어 온 떡을 누가 그렇게 순순히 내주겠는가?

'일단 국왕한테 부탁을 해보긴 하겠지만 잘될지 모르겠군.'

에랑스 왕국 국왕이라면 에랑스 은행 편을 들어주지 않을까?

"음. 영지에 연락해서 에드안 오라고 해야겠다."

태현은 일단 전(前) 대도적 에드안을 부르기로 했다.

[카르바노그가 설마 하는 눈빛으로 쳐다봅니다.]

'아니, 꼭 훔치기로 한 건 아니고…… 만약을 몰라서. 진짜야.'

[……]

"살…… 살면서 제가 에랑스 은행을 털 기회가 오다니…… 후후후! 폐하! 저를 믿어주신 건 정말 탁월하신……."

"아직 털기로 한 거 아니거든?"

"저는 믿습니다."

"?"

"폐하께서 결국 털게 되실 거라는…… 컥!"

"이 자식이 저주를 하네."

태현은 에드안의 입을 막았다. 왜 초를 치고 그러냐!

"에랑스 국왕과 귀족을 믿어보자."

"폐하! 저희가 앞장서서 말씀을 올려보겠습니다."

기사단원들이 열정적으로 나섰다.

태현이 얼마나 대단한 영웅인지 나서서 말해주겠다!

"고맙군. 잘 부탁해."

"예!"

기사단원들은 태현의 격려에 신이 나서 우르르 왕궁 앞으로 돌진했다. 그리고 5분 후 우르르 돌아왔다.

"……불길한데."

별로 좋은 징조는 아니었던 것!

"폐하."

"왜?"

"국왕 폐하께서 쓰러지셨습니다."

일이 꼬이려니 이렇게 꼬이는구나!

태현은 혀를 찼다. 이제까지 깬 퀘스트 때문에 에랑스 국왕과는 꽤 이야기가 잘 풀릴 거라고 생각했는데…….

〈에랑스 국왕의 질병 치료-에랑스 왕실 퀘스트〉

위대한 에랑스 왕국의 국왕이 쓰러졌습니다!

왕국의 사제들과 마법사들이 나섰지만 제대로 된 치료가 이뤄지지 않고 있는 상황입니다. 국왕이 어떤 병에 걸렸는지, 어떻게 치료할 수 있을지 알아내는 건 위대한 모험가만이 가능한 일일 겁니다.

에랑스 왕국의 국왕이 걸린 병을 치료할 방법을 찾아오십시오! 성공

한다면 막대한 보상이 기다리고 있을 것입니다!

　보상: ?, ???, ?????

　퀘스트 등급: 전설.

　'오랜만에 보는군.'

　전설 등급 퀘스트! 일행도 모두 퀘스트창을 봤는지 이것저것 확인하고 있었다.

　"뜬 지 얼마 안 된 퀘스트 같아요. 게시판 보니까 다들 정보 공유하고 있네."

　"무슨 병이지?"

　"그러게. 에랑스 왕국 국왕 정도면 병에 걸리기도 힘들 텐데."

　축복받은 왕궁 내에서, 온갖 사제들과 마법사들을 거느리고 있는데 병에 걸리다니! 보통 일은 아니었다.

　"추측 글들이 있는데……."

　"어디? 나도 좀 보자."

　태현은 게시판을 같이 쳐다보았다.

　전설급 퀘스트다 보니 온갖 추측글들이 쏟아지고 있었다.

　-시제 직업한테 기회 아님? 이거 깨면 교단 대주교 자리를 줄지도……!

　-실제로 교단 퀘스트도 같이 떴음. 깨면 대주교다.

　-그보다 국왕이 걸린 게 무슨 병임? 왕궁에도 못 들어가게 하는데 어떻게 알아?

　-최근에 국왕 만났던 플레이어들 솔직하게 정보 공유합시다. 같이

먹고 삽시다!

-보니까 악마한테 당했다는 소문이 있던데…….

-악마한테? 갑자기 악마가 왜 나와? 에랑스 왕국이 악마들 안방도 아니고.

-그, 세계수 열려서 악마 숫자 늘어났잖아. 그래서 그런 거 아님?

태현은 움찔했다.

이상하게 그럴듯한 추측! 만약 세계수 때문에 악마들이 대륙에 오기 쉬워져서 그런 거라면…….

'음. 안 들켰으면 좋겠군.'

툭툭-

"?"

뒤에서 누군가가 태현을 건드렸다. 씩 웃고 있는 에드안이었다.

"폐하……!"

마치 '제가 뭐라고 그랬습니까?'라고 말하는 것 같은 에드안!

"아, 아니. 아직 훔쳐야 하는 걸로 확정은 아니잖아."

"후후후…….."

"이 자식이 아까부터 자꾸 불길하게!"

"크헉! 폐하! 부정하지 마십시오! 솔직히 폐하도 훔치고 싶으실 겁니다!"

에드안은 두들겨 맞으면서도 포기하지 않았다.

"죄송합니다. 폐하. 안 됩니다."

"정말 정말 안 되나?"

"예. 안 됩니다. 저희 은행은 신뢰를 먹고 사는 곳입니다."

에랑스 왕국 은행의 담당 NPC, 레니엑 백작은 직접 나와서 태현을 상대했다. 어마어마하게 높은 명성과 신분 때문에 다른 직원들이 나와서 대접할 수는 없었던 것이다.

물론 그런다고 결과가 달라지진 않았다. 보물 찾아가고 싶으면 맡긴 놈이 직접 와라!

'내가 불태웠는데 어떻게……!'

태현은 후회했다. 앞으로 보스 몬스터를 태울 일이 있으면 한 번은 더 고민하고 태워야지!

물론 그런다고 불타버린 대주교가 돌아오진 않았다. 태현은 화술 스킬을 쓰는 것을 포기하고 물러섰다.

일행은 긴장한 얼굴로 태현을 쳐다보았다.

물러설 것이냐? 도전할 것이냐? 터느냐? 마느냐?

정말 터는 거라면……!

"……너희는 먼저 좀 아탈리 왕국으로 가 있어."

터는구나!

일행은 경악했다. 설마 설마 했는데 진짜 털 줄이야!

'역시 김태현!'

'역시 선배님이십니다!'

'정말 대단해요!'

둘만 남자, 에드안은 흐뭇한 미소를 지으며 태현을 쳐다보았다. 태현은 그걸 보며 말했다.

"너 한 번만 더 기분 나쁘게 웃으면 미끼로 써버린다."

"……넵."

에드안은 그렇게 말하고서 조심스럽게 물었다.

"그래서 어떻게 터실 겁니까? 역시 벽을 폭탄으로 날려 버린 다음 습격?"

"……그건 도둑이 아니라 강도 아니냐?"

조용히 몰래 털어도 모자랄 판에 은행 벽을 날려 버리고 습격하라니. 목숨이 몇 개여도 부족하겠다!

"하, 하지만 폐하께서 익혀 오신 기계공학 스킬은 이럴 때를 위해서 연습한 게 아닙니까?"

"아니거든? 뭐라는 거야?!"

누구를 무슨 프로 도둑이 되기 위해 훈련한 사람처럼 말하고 있어!

"일단 최대한 평화롭게 해볼 생각이야."

"……어떻게 말입니까?"

에드안은 놀랐다. 태현의 입에서 '평화'가 나오다니.

평화롭게 다 죽이나? 평화롭게 다 터뜨려 버리나?

"대주교인 척을 해보려고."

많은 사람들이 태현을 오해하곤 했다. 특히 판온 1 때에는 더더욱.

-눈에 보이는 게 없는 또라이!
-수틀리면 터뜨리고 함정 까는 미친놈!
-사람의 마음이 없는 놈!

그러나 태현은 여기에 대해서는 억울했다. 앞뒤 안 가리고 행동하는 것처럼 보였지만 태현은 언제나 치밀하게 계산하고 행동했다.

던전에 온갖 함정을 깔고 자폭하듯이 싸워도 그건 다 계산을 하고 한 것! 앞뒤 안 가리는 놈은 가브리엘 같은 놈이었지, 태현은 아니었다.

그런 면에서 왕국 수도 한복판에 있는 에랑스 왕국 은행은 원래라면 절대 건드리면 안 될 곳!

'1분 내에 기사들부터 시작해서 마탑 마법사들까지 오겠지.'

걸리면? 그 페널티가 상상하기도 싫었다.

태현이 잃을 게 없는 일개 플레이어면 그냥 현상금 붙고, 가는 마을마다 '아니! 범죄자 김태현이다!' 하고 쫓아내는 정도겠지만……. 국왕인 지금에는 나라 대 나라 문제로 이어질 수 있었다.

원래라면 절대 해서는 안 될 짓이었지만…….

'승산이…… 아예 없는 건 아니야.'

대도적(자칭) 에드안. 그리고 살라비안 교단 대주교를 흉내 낼 수 있는 태현.

-카르릉!

거기에 토왕이까지…… 응?

"응?"

태현은 토왕이의 울음소리에 당황했다. 넌 왜?

[자기가 활약할 때가 왔다고 카르바노그가 전해줍니다.]

"아니……."

에랑스 왕국 은행 금고는 레벨 1짜리 토끼가 들어갈 곳이 아니었다. 함정 하나만 밟아도 죽겠다!

"네가 죽으면 내 마음이 너무 아플 것 같은데……."

-카르릉!

태현의 말에 감동받은 토왕이!

물론 태현은 들인 골드와 재료를 생각해서 한 말이었다.

-주인이여. 어째서 저 토끼한테만…….

-잘 생각해라. 골드 드래곤. 저 말에 담긴 뜻을.

흑흑이가 옆에서 용용이를 정신 차리게 만들었다.

아무리 생각해도 저건 좋은 뜻으로 한 말이 아니야!

[그렇지만 토끼만큼 이런 일에 활약할 수 있는 생물은 드물다고 카르바노그가 말해줍니다.]

'하긴 그것도 그래.'

확실히 토끼만큼 이런 일에 잘 맞는 생물도 없었다.

[원래 예전부터 쥐와 토끼가 도둑질에는 최고였다고 카르바노그가 전해줍니다.]

'……너 토끼 신 맞지?'

태현은 일단 다시 한번 가진 것들을 점검해 보았다.

일단 〈마르덴 후작의 살아 움직이는 가면〉이 있었다. 태현이 게임 초반에 얻어 아직까지도 쓰고 있는, 정말 효자 같은 아이템! 그 능력에 비하면 〈오래 착용 시 악명 증가〉 같은 페널티는 페널티도 아니었다.

솔직히 가면으로 오르는 악명은 태현이 불태우고 폭파시키고 깽판 쳐서 오르는 악명에 비하면 새 발의 피!

그리고 살라비안 교단의 권능이 있었다. 일단 권능 흉내는 가능했다. 문제는 은행의 보안이 얼마나 철저한지였다.

'소문에는 안에 드래곤 기르고 있다던 말도 있었지. 무슨 해×포터도 아니고…….'

가장 문제는 정보가 전혀 없다는 것! 가끔가다가 잃을 거 없는 도적 플레이어들이 미친 짓을 시도해 보긴 했지만 정문에서 잡히는 게 대부분이었다.

'안에 마법이 엄청 걸려 있을 텐데, 가면이 풀릴까? 화술로 어디까지 커버 가능하지?'

화술 스킬이 꽤 많은 문제를 해결해 주지만 그렇다고 만능은 아니었다. 눈앞에서 가면이 풀리면 화술 스킬로도 커버가 불가능할 것이다.

그나마 안전한 방법은 태현이 앞에서 간을 보고, 에드안이 들어가서 훔쳐 오는 것이겠지만…….

'진짜 토왕이가 나오려나?'

한다면 에드안보다 토왕이가 더 유리하지 않을까?

"에드안. 어떻게 생각하나?"

"아니, 잠시만요 폐하. 원래 저 혼자 들어가는 거였습니까?!"

태현의 설명을 들은 에드안은 기겁했다.

같이 들어가는 게 아니었어!?

"난 들어갈 수 있는 곳까지만 같이 가고 그 이후부터는 너한테 시키려고 했지."

"아니 왜…….."

"대도적이잖아."

"폐하도 저 못지않으신…….."

"대도적이잖아."

"옙."

"어쨌든 토왕이……를 써볼까 고민인데."

"……아주 좋은 생각 같습니다."

"너 지금 너 들어가는 것보단 나아서 이러는 거지?"

"아, 아닙니다. 폐하."

그러나 결국 토왕이로 정해졌다.

에드안으로만 뚫는 건 너무 위험 부담이 높았던 것!

[살라비안 교단의 대주교로 변장했습니다!]

[살라비안 교단의 권능을 갖고 있습니다.]

[화술 스킬이 매우 높습니다.]

[보너스를 받습니다!]

거의 완벽에 가까운 변장!

에드안은 옆에서 대주교의 시능을 드는 시종으로 변장했다.

"폐하. 그런데 반지는 어떻게 하실 겁니까?"

에랑스 왕국 은행은 맡긴 걸 찾아가려면 반지가 필요했다.

고객한테 하나씩 새로 만들어주는 반지!

위조가 불가능하고 강력한 마법이 걸려 있는 징표였다. 이 반지가 없다면 아무리 본인이 왔다고 하더라도 들여 보내주지 않을 것이다.

"혹시 찾으신 겁니까?!"

"그 불 속에서 어떻게 찾아? 다 탔지."

"……."

"일단 화술로 최대한 뻐겨볼 생각이다. 그사이 토왕이를 들여 보내보자."

"과연 될까요?"

"안 되면 너도 들어가야지 뭐."

에드안은 진지하게 두려워졌다.

제발 토왕아! 힘을 내다오!

도둑질에 자신이 있는 에드안이었지만, 그건 어디까지나 철저한 계획을 등에 업고서였다. 안에 뭐가 있는지도 모르는 곳에 목숨 걸고 들어가는 건 미친 짓!

[에랑스 왕국 은행 지하 입구에 도착했습니다!]
[강력한 고대 마법 결계를 발견했습니다! 마법 스킬이 오릅니다!]
[위대한 예술품을 발견했습니다! 명성이⋯⋯]

'와. 쏠쏠하군.'
에랑스 왕국 은행의 지하로 내려가는 길은 화려했다.
각종 예술품과 공예품으로 장식!
거기에 벌써부터 고대 마법 결계가 걸려 있었다. 에드안은 의수를 꿈틀거렸다. 마음만 같아서는 훔치고 싶다!
태현과 에드안의 안내를 맡은 은행의 직원은 고블린이었다.
"이상하게 오늘따라 대주교님의 모습이 한층 더 풍채가 좋아 보이십니다. 크헬헬."
기계공학 스킬로 인한 친밀도 보정! 고블린 직원은 왠지 모르게 태현이 매우 마음에 드는 걸 느꼈다.
"자. 대주교님. 반지를 주십시오."
"아⋯⋯ 잠시만 기다리게."
태현은 옷 속을 뒤지는 시늉을 하기 시작했다.
연기가 중요했다.
"없잖아? 잠깐. 이놈. 반지를 챙긴 거 맞느냐?"

"예? 저는 챙겼습니다!"

"그런데 멀쩡한 반지가 어디 갔단 말이냐! 에잇! 이놈!"

철썩!

"으악!"

"이 간단한 일도 제대로 하지 못하는 쓸모없는 뱀파이어 놈 같으니!"

"너, 너무하십니다!"

"너희랑 만나고 나서 되는 일이 없어!"

에드안은 움찔했다. 방금 말은 진심 같았는데?

고블린은 당황해서 손을 내저었다.

"켁켁. 대주교님. 여기서 이러시면 안 됩니다."

"이놈이 시종 주제에 제대로 일을 못 하잖나!"

"반지가 없으시면 다음에 다시 오십시오."

그러는 사이 토왕이는 슬쩍 빠져나와 안으로 들어갔다.

태현은 긴장했다. 과연 여기 설치된 고대 마법 결계를 뚫고 들어갈 수 있을까?

숙-

'된다!'

결계를 무시하고 들어가 버리는 토왕이!

그 모습에 태현은 감동했다.

녀석! 너한테 먹힌 재료들이 아깝지 않구나!

"그런데 폐하."

"?"

밖에 끌려 나온 에드안은 태현을 보며 물었다.

"그 토끼 말입니다…… 얼마나 가지고 나올 수 있습니까?"

"음?"

"아니, 덩치가 작잖습니까. 게다가 몰래 갖고 나와야 할 텐데……."

그러네?

태현은 계획의 맹점을 깨달았다. 토왕이가 갖고 나오더라도 사이즈에 한계가 있다는 것을!

"……안 되면 몇 번 더 해보자."

"꼬리가 길면 잡히는데……."

둘은 의자에 앉은 채 침묵했다. 은행이라 그런지 수없이 많은 플레이어들이 왔다 갔다 했다. 그들 중 아무도 여기 초라하게 앉아 있는 사람이 태현이라고 생각하지 못했다.

설마 김태현이 여기 이러고 있을까!

토도도도-

얼마나 지났을까. 태현의 귀에 익숙한 발걸음 소리가 들려왔다. 토왕이가 빠져나온 것이었다.

"토왕아!"

-카르릉.

"여기 토끼 데리고 다니는 사람도 있나?"

"신기한 펫이네."

지나가던 플레이어들이 신기해서 한 번씩 쳐다볼 정도!

태현은 걱정과 기대가 반반 섞인 시선으로 토왕이를 쳐다보았다.

"그래서 얼마나 가져왔어?"

-카르릉…… 카아악.

토왕이가 걸쭉하게 기침을 하더니…….

촤르르르르르르르륵!

태현과 에드안은 경악했다. 토왕이가 금화와 보물들을 미친 듯이 토해내기 시작한 것!

저 막대한 양을 몸속에 집어넣은 게 놀랍기도 했지만…….

여기는 지금 은행 한복판!

"야! 야! 챙겨!"

"다시 집어넣어!"

에드안은 미친 듯이 손을 놀려 보물들을 챙겼고, 토왕이는 놀라서 다시 보물들을 먹었다.

"골…… 골드잖아?!"

"누가 골드 뿌렸어!"

와아아아!

수많은 플레이어들이 오가던 은행이었다. 바닥에 골드가 뿌려진 걸 본 플레이어들은 눈이 돌아가서 달려들었다.

"주워야 해!"

"이 자식! 내가 먼저야! 비켜!"

퍼퍼퍽!

졸지에 싸움까지!

[골드를 뿌려 소란을 일으켰습니다!]

[악명이 오릅니다!]

[화술이 오릅니다!]

[혼란 관련 스킬에 보너스를……]

"……튀자!"

금화 몇 개 잃긴 했지만 그건 손해도 아니었다. 중요한 건 다 챙겼으니까! 은행 쪽에서 수상하게 여겨도 이미 일은 다 끝낸 상황! 안 잡히면 그만이다!

"토왕이 만세!"

"앞으로 저한테도 빌려주십시오, 폐하! 후후후!"

"미쳤냐!"

두 사람과 토끼 하나는 신이 나서 에랑스 왕국 대로를 질주했다. 플레이어들은 그들을 보며 머리에 대고 손가락을 빙빙 돌렸다.

미친 사람들인가 봐!

"사람이란 게 욕심이 끝이 없어. 이렇게 갖고 나오니까, 또 다른 것도 갖고 나와도 되지 않았을까 싶네."

"후후. 폐하. 그 마음이 바로 도적의 마음입니다."

"시꺼."

"넵."

"뭐…… 과욕은 금물이지."

태현은 욕심을 과하게 부리는 게 얼마나 위험한지 잘 알고 있었다. 지금 대주교가 맡긴 보물들을 훔쳐온 건, 원래 이 보물들이 아탈리 왕국의 보물이었고 대주교가 죽었기 때문이었다.

즉 훔쳐 가도 이 보물을 찾으러 은행에 올 사람이 없다는 것! 들킬 리 없는 완전범죄나 마찬가지였다.

그렇지만 은행에 있는 다른 보물들은? 다 주인이 생생하게 살아 있는 보물들이었다. 그런 보물들을 훔치는 건 아무리 생각해도 뒷감당이 너무 위험했다. 언제 들킬지 몰랐으니까.

'마법은 너무 사기야.'

판온에서는 완전 범죄가 거의 없었다. 나름 안 들키고 잘했다고 생각해도, 어느 날 메시지창으로 [추적이 시작됐습니다!]라고 떴으니까. 일단 안 걸리는 게 최선이었다.

[에랑스 왕국 은행에 들어가 도둑질을 하는 데 성공했습니다!]
[은신 스킬이 크게 오릅니다!]
[도적 계열 스킬이 전체적으로 크게 오릅니다!]
[영웅 직업 <에랑스 왕국의 의적>으로 전직……]
[전직이 불가능합니다]
[명성이 오릅니다!]
[악명이 오릅니다!]
[에랑스 왕국 은행에 알려질 경우 끔찍한 보복을 당할 것입니다!]
[에랑스 왕국의 비밀 도둑 길드, <어둠의 방랑자>가 당신을 찾

아올 수 있습니다.]

'고급 은신이 벌써 레벨 8이네.'

2만 더 올리면 최고급 은신! 도적 직업도 아니고, 기계공학이나 검술처럼 주력으로 올린 스킬도 아닌데 벌써 고급 8이라니.

믿을 수 없이 빠른 속도였다. 태현이 그만큼 위험한 퀘스트들을 깨왔다는 증거기도 했다.

도적은 난이도 높은 일을 할수록 성장한다!

"에드안."

"후후. 왜 그러십니까?"

에드안은 보물들을 만지작거리며 흐뭇하게 웃었다.

"〈어둠의 방랑자〉라는 도둑 길드 아냐?"

쨍그랑!

에드안은 들고 있던 보물을 떨어뜨렸다.

"아니. 거기를 어떻게……?!"

"쓸데없이 보물은 왜 떨어뜨려?"

"죄송합니다."

에드안은 보물을 챙겨서 다시 닦았다. 보물을 잘 챙기는 건 도둑의 기본!

"제가 한때 〈어둠의 방랑자〉 소속이었습니다."

"오. 그래? 그러면 사이가 나쁘지 않겠는데?"

태현은 솔깃했다. 이거 잘하면 공짜로 도둑놈들을 부려먹을 수 있는 것 아닌가?

도둑놈, 도둑놈 하지만 실력 있는 도둑들은 판온에서 꼭 필요한 인재였다. 언제 어디서든 써먹을 수 있는 다용도 인재들!

그러나 에드안은 대답 대신 진땀을 흘리며 시선을 피했다.

"……너 뭐냐?"

"예, 예?"

"사이가 나쁘구나?"

"후후…… 원래 도둑들끼리는 사이가 좋다가도 나쁜…… 컥! 죄송합니다! 사이 나쁩니다!"

"왜 사이가 나쁜데? 혹시 그놈들 돈이라도 훔쳐서 나왔…… 설마 진짜냐?!"

에드안은 고개를 푹 숙였다. 태현은 경악했다.

아니, 이 도적놈은 같은 동료들 물건도 훔쳐?

대도적이라는 칭호가 그래서 붙은 거였나?!

"아닙니다! 폐하!"

태현의 경멸 어린 시선을 느꼈는지 에드안이 급하게 변명을 시작했다.

"그래. 근데 좀 떨어져 줄래? 구체적으로 내 보물에게서 거리를 좀 둬라."

-카르릉!

토왕이마저 에드안을 경계의 눈빛으로 쳐다봤다.

"아닙니다! 폐하! 아니란 말입니다! 제 말을 들어주십시오!"

"아. 들어주고 있잖아. 인마. 거리 좀 두고 말해."

"흑흑……"

에드안은 눈물을 글썽거리며 설명을 시작했다.

"〈어둠의 방랑자〉는 실력 있는 도둑들이 모인 길드지만 서로 사이가 별로 좋지 않았습니다."

"뭐, 도적놈들이 그렇지."

판온에도 비슷한 이야기가 있었다. 힐러나 탱커 전문 길드는 오래 간다. 그에 비해 딜러들 길드는 오래 못 간다!

도적 직업을 하는 플레이어들은 기본적으로 양보가 없는 성격이었던 것이다.

"어느 날 시비가 붙었는데, 저보고 그렇게 뛰어난 도적이면 어디 한번 대단한 걸 훔쳐보라고 하더군요."

"그래서 설마……."

"그놈들 걸 다 털어서 나왔어……."

태현과 토왕이는 미묘한 눈빛으로 에드안을 쳐다보았다.

"그다음에는 어떻게 됐는데?"

"모릅니다. 뒤도 안 돌아보고 도망쳤거든요."

"잘했다. 잘해."

잡혔다면 두 팔이 아니라 목이 날아갔을 것!

"뭐, 그동안 안 만났으니 별문제는 없겠지."

"후후. 저도 그렇게 생각합니다."

[아탈리 왕가의 보물들을 회수했습니다!]

[아탈리 왕가의 창고에 보물들이 들어왔습니다.]

[왕국의 치안이……]

[왕국의 발전도가……]

[왕국의 문화력이……]

[레벨 업 하셨습니다!]

사라졌던 보물들을 다시 다 채워 넣자, 왕국의 스탯들이 크게 오르고 보상까지 들어왔다. 태현의 어마어마한 레벨 업 경험치 양을 생각해 보면 충분히 대단한 보상!

"아니, 근데 진짜 털었어?"

"대체 어떻게 턴 거야?"

케인과 최상윤은 의아하다는 듯이 물었다. 먼저 아키서스 포병대와 기사단을 데리고 떠나긴 했지만, 솔직히 될지 안 될지는 반신반의했던 것! 그래서 게시판을 보면서 '에랑스 왕국 은행 폭파됨!' 같은 글들이 안 올라오나 찾아봤는데…….

물론 그런 글들은 올라오지 않았다. 기껏해야 올라오는 건 '어떤 미친놈이 은행에서 골드 뿌렸다!' 같은 흔한 글 정도!

태현이 무슨 일이 있었는지 설명해 주자, 이다비가 눈을 반짝이며 토왕이를 쳐다보았다.

저건 걸어 다니는 창고였어!

상인 직업에게 가장 중요한 이 아이템은 무엇일까? 정답은 바로 가방이었다. 얼마나 많이 들어가는 가방을 갖고 있느냐가 상인 플레이어의 능력!

그런데 설명을 들어보니 토왕이는거의 사기적인 가방이었다. 어마어마한 양을 삼키고 다니면서, 동시에 무게 제한도 걸리지 않다니.

상인들이 꿈꿔오던 전설의 가방 그 자체 아닌가!

-카르릉!

토왕이는 겁먹은 눈빛으로 태현의 뒤로 피했다. 이다비의 눈빛이 뭔가 무서웠던 것이다.

"어, 어째서?!"

"쟤가 뭘 했다고 그래? 쟤 안 무서운 애야."

-카르릉! 카릉!

태현은 토왕이를 잡아 이다비에게 건네주려고 했지만, 토왕이는 발버둥을 쳤다.

나 쟤 싫어!

[이다비가 무섭다고 카르바노그가 전해줍니다.]

"아냐. 친해져 봐."

-카르르르르릉!

토왕이가 발버둥을 쳤지만 레벨 1의 힘으로는 뭘 할 수 없었다. 토왕이는 얌전히 잡혀서 이다비한테 안겼다.

-카르릉…….

토왕이는 겁에 질려서 눈만 동그랗게 떴다.

'어차피 정면에서 싸울 것도 아니고, 상태 이상 막아주는 효과가 있으니 이다비가 갖고 다니는 것도 나쁘지 않겠어.'

다른 토끼들은 아키서스 포병대에 배치되어 있었지만, 토왕이는 이다비가 데리고 다니는 것도 나쁘지 않을 것 같았다. 일행 중 가장 전투력이 낮았으니까! 거기에 어마어마한 창고 능력까지 있었으니…….

"자. 이것도 좀 넣고, 이것도 좀 넣고…… 아. 이것도 좀 넣어주라."

-카르륵!

토왕이는 발버둥을 쳤지만 이다비는 가차 없이 갖고 있던 잡템들을 토왕이한테 채워 넣었다.

대충 정리가 되자, 케인이 다가와서 물었다.

"우리 이제 다음은 어디로 갈 거야?"

"아스비안 제국 가서 권능 퀘스트 마무리할 거야."

황제와 용을 만나서 공짜 보상도 좀 받고, 아키서스 권능도 찾아올 생각이었다.

[드디어 찾는다고 카르바노그가 안심합니다. 잊어버린 줄 알았다고 카르바노그가 말합니다.]

'하하. 내 직업 스킬인데 잊었을 리가 있겠어? 당연히 기억하고 있었지.'

[입에 침이나 바르라고 카르바노그가 말합니다.]

"자! 그러면 아스비안 제국으로 출발……."

"폐하! 큰일 났습니다!"

펠마스가 문을 박차고 안으로 뛰어 들어왔다.

"왕국 국경 근처에 정체불명의 도적 집단이 나타났다고 합니다! 영주들이 도움을 요청했습니다!"

[아탈리 왕국 내에 습격이 일어나고 있습니다!]

[습격을 막지 않으면 아탈리 왕국 내 귀족들의 불만이 올라갑니다.]

[습격을 막지 않으면 아탈리 왕국 내 귀족들의 영지의 상태가 내려갑니다.]

"흠. 그렇군."

"혹시 새로 데리고 온 기사단은 저걸 위해서……?"

펠마스가 감탄 섞인 눈빛을 보냈다. 태현이 어디서 기사단을 또 데리고 왔길래 '정말 남의 병력 헛바닥으로 훔쳐오는 솜씨 하나만큼은 대륙 제일이다!' 하고 감탄하고 있었던 것이다. 다 이걸 위해서였나!

"응? 아닌데. 쟤네들은 그냥 따라온 거야."

"아…… 그, 그렇군요."

"어쨌든 출발하자!"

"어느 영지부터 가실 겁니까?"

"아스비안 제국으로!"

펠마스는 귀를 의심했다.

아니, 지금 영주들이 습격을 당하고 있다니까?!

To Be Continued

흙수저 판타지 장편소설

회귀자
사용설명서

어느 날, 이세계로 소환되었다.

짐승들이 쏟아지고, 믿을 수 없는 위기가 닥쳐오나.
가지고있는 재능은 밑바닥.

[플레이어의 재능수치는 최하입니다.]
[거의 모든 수치가 절망적입니다.]

선택받은 용사든, 재능 있는 마법사든,
시간을 역행한 회귀자든,
모든 것을 이용해야 한다.

살아남기 위해.

"쓰레기면 뭐 어떻습니까. 살아남기 위해서
뭔 짓인들 못 하겠어요?"